마술사 쿠논은
보인다

I believe that water magic is the best.
I really want to insist that it's the best and the strongest.
But, because I couldn't beat my master,
I still insist only the best.
I study hard here, learn ....,
and then I will surpass my master.

2

"―전 수속성이 최고라고 생각합니다.
실은 최고이자 최강이라고 주장하고
싶지만, 스승님을 이긴 적은 없거든요.
그러니 아직은 최고라고만 주장하겠습
니다. 이곳에서 착실히 공부하고, 많은
것을 배우고 익혀서 반드시 스승님을
뛰어넘어 보겠습니다."

―쿠논 그리온

닥쳐오는 피의 연못.

흩날리는 선혈의 안개.

그것이 사프를 엄습했다.

도망칠 곳은 없으나—.

"……왜 그래? 이게 끝이야?"

거기까지였다.

아직은.

"끝이잖아요?"

쿠논이 말했다.

"이 과제는 종료했습니다."

쿠논 그리온

사프 크리켓

"―지금 느끼고 있는 게 무엇이냐면,
바로 굴욕이라는 감정이겠죠."

레이에스 센트란스

Kunon the Sorcerer
can see through

마술사 쿠논은
보인다

Umikaze Minamino

미나미노 우미카제

illust. Laruha

2

contents
Kunon the Sorcerer
can see through

프롤로그

펜이 종이 위를 사각사각 달리는 소리.

희미하게 코를 찌르는 잉크 냄새.

이 넓은 방에서 느껴지는 기척이라고는 그뿐이었다.

검은 탑 최심부에 있는 방— 휴그리아 왕국 왕궁마술사의 수장인 론디몬드의 집무실.

그는 창에서 새어드는 석양을 등지고 홀로 책상에서 서류를 작성하고 있었다.

휴그리아 왕국 최고의 마술사들이 모인 이 검은 탑에서는 실험과 연구가 매일 반복되고 있었다.

검은 탑에서 벌어지는 일 전부를 파악하고 있는 사람은 론디몬드 총감뿐.

그리고 파악한 사실을 간단히 기록해두는 것은 그의 업무 중 하나였다. 기록 원본은 연구자 본인에게 있으니, 간단히 말하자면 목록화, 책에 빗대자면 개요를 나열하는 작업이었다.

"—후우."

론디몬드가 불현듯 상반신을 일으켰다.

오랫동안 같은 자세를 유지했기에 허리뼈가 비명을 질렀기 때문이다.

"하아……. 나이를 먹고 싶지 않구만."

그렇게 중얼거린 순간.

"—아저씨, 있나?!"

창문이 깨지더니 밖에서 한 남자가 들어왔다.

"……."

론디몬드는 아무 반응도 없었다.

무표정한 눈으로 깨진 유리와 석양을 등지고 서있는 남자를 쳐다볼 뿐이었다.

"뭐야, 있잖아? 부르면 대답 정도는 하라고."

어째선지 불만스러운 표정을 지은 남자— 제온리 핀롤이 기고만장한 표정으로 손님용 로우 테이블에 앉았다.

그 태도는 마치 이 집의 주인 같았다.

"대답할 짬이 있었다면 했을 테지."

론디몬드는 딱히 반응하지 않고 그저 마술을 사용했다.

그 순간— 방금 존재의의를 잃었던 깨진 유리가 부서진 창틀과 함께 창문으로 되돌아갔다.

마치 시간을 되돌린 것처럼.

"일단 묻겠네. 무슨 마술 실험이길래 내 일을 방해한 겐가?"

「아무 이유도 없이 유리창을 깼다면 용서하지 않겠다」는 뜻이었다.

론디몬드는 기고만장해하는 제온리에게 답변을 요구했다.

"토마술로 육체를 강화하는 실험이야. 제어하는 데 실패해서 **내 친김에** 여기까지 왔지. 용건도 있고 말이야."

"그럼 됐네."

이유도 없이 습격했다면 용서치 않았겠지만.

이유가 있다면 좋다.

론디몬드는 마술사에게 상식 따위를 바라지 않았다.

그러한 장난이나 무모한 발상에서 엄청난 것이 탄생하곤 한다는 사실을 알기 때문에.

오히려 그러한 무모한 짓을 벌이지 않는 왕궁마술사는 이곳에 필요하지 않았다. 상식을 지키면서 도달할 수 있는 경지는 뻔하기 때문이었다.

—그러한 사고방식을 지닌 론디몬드가 총괄역을 맡고 있기에 이곳에 뿌리를 내린 마술사도 있었다. 제온리도 그 중 한 사람이었다.

"헌데, 무슨 용건인가?"

"쿠논의 추천장을 써줘."

"응? ……아아, 그렇구만."

쿠논은 그리온 후작가의 차남. 수속성 견습 마술사다. 제온리의 제자로서 한창 배우는 중이다.

2년 전에 딱 한 번 만나봤는데, 기억에 또렷이 남아있었다.

아니, 잊을 리가 없었다.

요즘에 마도구를 전문으로 개발하고 있는 제온리의 가설과 새로운 학설에는 아마도 쿠논이 관여했으리라.

만난 적은 없지만, 그가 썼던 글과 고찰은 론디몬드도 익숙했다. 마치 딱 한 번 만났던 사이가 아닌 것처럼.

"그도 벌써 열두 살이 됐나?"

마술도시 디라싯크에 있는 마술학교는 열두 살 때부터 입학할 수 있다. 상한선은 제한이 없다.

쿠논도 그 나이가 됐다는 뜻이었다.

"헌데 자네의 제자잖나? 본인이 쓰지 그러나?"

"쓸거야. 아는 교사를 통해서 말이야. 그래도 정식 추천장은 당신이 써줬으면 좋겠어. 저기, 난 꽤나 문제아였거든. 학교 측에서 갑자기 색안경을 끼고서 쳐다본다면 쿠논이 얼마나 불쌍하겠어?"

"불쌍하다? 자네답지 않은 발언이로구면."

제온리는 언제나 불손했고, 언제나 넘쳐흐르는 자신감으로 자신의 길을 나아갔다. 누군가에게 마음을 썼던 경우가 거의 없었다.

"난 사고를 너무 많이 쳤거든."

마술학교 졸업생인 제온리는 자각하고 있었다.

평범한 문제아였다면 모를까, 자신이 도가 지나친 문제아였는 것을.

사고를 쳤던 일화가 한두 개, 혹은 서너 개, 자질구레한 것까지 포함한다면 백여 개는 분명 남아있으리라.

「그 제온리가……」라면서 여러 일화들이 대대로 전해지고 있을 게 틀림없었다. 그 정도로 문제아였다.

"쿠논은 내 제자거든. 어차피 문제아가 되겠지. 근데 처음부터 그런 취급을 받는 건 불쌍해."

―제온리는 재학 중에 우수한 실력과 오만한 성격 때문에 모두가 인정하는 유명인이 됐다.

적도 많았다.

아니, 온통 적뿐이었다.

같은 편은 거의 없었다.

그럼에도 제온리는 여유롭게 마술학교를 졸업했다.

"그 녀석은 나보다 뻔뻔하지만, 아직 꼬맹이라서 섬세한 구석이 있거든. 게다가 세상 물정을 몰라. 그러니 조금씩 문제아가 되는 게 좋아."

론디몬드는 그 말을 듣고서 문제아가 되는 건 확정됐나? 하고 생각했다.

─참으로 재밌다.

제온리가 단언했으니 필시 그리 되겠지.

그리고 론디몬드는 문제아를 매우 좋아했다.

특히 마술에 푹 빠진 문제아는 최고였다.

"좋네. 자네가 바라는 대로 추천장을 쓰지."

평소에는 아무에게도 관심을 주지 않는 문제아가 처음으로 들인 제자 때문에 익숙지 않은 배려까지 했다.

론디몬드는 그 뜻을 헤아릴 만한 도량쯤은 갖고 있었다.

"다만 조건이 있네. 쿠논 군이 재미난 내용을 보고한다면 내게도 알려줄 것. 알겠나? 독점한다면 용서 못하네?"

제온리가 보증했을 정도다.

분명 그 소년도 마술학교에서 여러 문제를 일으킬 문제아가 되겠지.

더욱이 론디몬드와는 무관하게.

책임을 지지 않는 위치에서 문제아의 행적을 지켜본다.

재미없을 리가 없었다.

"쿠논 군은 자네를 뛰어넘는 문제아가 될 것 같은가?"

"어렵겠지. 뭐, 그렇다고 해도 열심히 발버둥 쳐줬으면 좋겠군."

또한 제온리는 추천장이라는 서류를 써본 적도 없거니와 쓰는 법도 몰랐다. 결국, 그가 선의로 써줬던 추천장 때문에 관계자들은 입학시험 때 상당히 두꺼운 색안경을 끼고서 쿠논을 바라보게 됐다.

제1화 마술학교로

마술학교는 마술도시 디라싯크에 있다.

도시라고 하지만, 이미 한 나라라고 해도 과언이 아닐 것이다.

주변 삼면이 대국에 둘러싸인 디라싯크는 그 어디에도 속하지 않은 독립된 도시였다.

정신이 아찔해질 만큼 먼 옛날부터 살아왔다고 전해지는, 불로불사의 마녀 그레이 루바가 지배하는 땅.

위대한 마녀를 중심으로 사람들이 모이고 번성하여 커다란 도시가 됐다.

다양한 사람, 다양한 물건들이 모여들었는데— 특히 마술사들이 많이 모여들었다.

전 세계에서 수많은 마술사들이 모였다.

그레이 루바에게 가르침을 받길 바라는 사람들이었다.

신비와 기적, 그리고 약간의 욕망과 어둠이 느껴지는 마술의 심연에 도전하고자 하는 구도자들이었다.

그들이 모여 마술학교를 세웠고, 결과적으로 지금에 이르렀다.

그리고 대국들이 여러 번 교섭하고 침략전쟁을 시도했지만, 모조리 무찌르고서 현재는 공존의 길을 걷고 있었다.

"요컨대 그레이 루바 혼자서 제국과 성교국, 신왕국을 상대한 전

쟁에서 살아남은 도시라는 말이야."

"우와. 그레이 루바 씨는 참 대단한 사람이네요."

"그러게. 세계 제일의 마녀라고도 하니 마술사 중에서 모르는 사람은 없겠지."

휴그리아의 왕도에서 출발한 지 며칠이 흘렀다.

마술도시 디라싯크로 향하는 여행은 이제 막 시작되었다.

긴 여행길을 나아가는 마차 안에서, 시녀 이코가 심심해서 「마술 학교는 어떤 곳이냐」고 물었다. 쿠논은 아버지가 준비해준 자료를 바탕으로 이야기를 들려줬다.

쿠논은 벌써 그 자료를 두 번이나 읽었다.

무척 설레는지라 또다시 두 번, 아니, 네 번은 훑어보고 싶은 심정이었다.

내용은 이미 외우긴 했지만.

"궁극의 마녀라느니, 천사와 악마를 부리는 자라고 불렸던 적도 있대."

"그렇군요. 귀여운 천사와 귀여운 악마를 부리는 마녀인가요?"

"귀엽다는 말을 붙이니 의미가 다르게 느껴지네. 난 싫진 않지만."

"싫어하지 않으면 안 돼요. 쿠논 님은 귀여운 천사니까요. 조심하셔야죠."

"진짜? 악마가 아니라?"

"악마였다면 어떻게 이렇게 친해졌겠어요?"

두 사람이 마주보며 웃었다.

여정은 순조로웠다.

마차 여행은 계속 이어졌다.

창문 밖에 펼쳐진 경치는 역시나 쿠논의 눈에는 조금 이상하게 비쳤다.

흘러가는 구름이 소용돌이치는 보라색 하늘.

한없이 이어지는 새하얀 초원에 은색 가루 같은 것이 강풍에 실려서 흩날렸다.

저 멀리 보이는 물만은 익숙한 빛깔을 띠고 있었다.

―그러나 한 번쯤 보길 염원했던 그리온 후작령의 풍경이었다.

이번 여정은 3주에서 한 달쯤 걸린다.

그동안, 쿠논은 「경안(鏡眼)」 훈련에 매진할 작정이었다. 아직 구사하는 데 익숙하지 않아서 열심히 특훈을 해야 했다.

마술도시에 도착하는 시기는 입학시험 한달 전. 그동안 입학 수속을 밟으면서 준비를 갖출 예정이었다.

무리 없는 페이스로 나아가는 여행은 느긋했다. 그리고 닷새 만에 그리온 후작령에 다다랐다.

"―오랜만이야."

눈이 보이지 않았던 쿠논은 저택 부지 안에서 거의 나가본 적이 없었다.

그러한 쿠논이 유일하게 어렸을 적에 외출했던 곳이 이 그리온 후작령의 저택이었다.

아니, 정확히 말하자면 타지에 나와 있는 그리온가 일원들이 돌아가야 할 장소라고 해야 할까?

이른바 그리온가의 친가이니까.

왕도에 있는 저택은 별택이고, 원래는 이쪽이 그리온가의 본거지였다.

"정말로 오랜만이네요. 4년 만인가요?"

"아, 벌써 그렇게 됐어?"

마지막에 온 지 벌써 4년이 넘었다고 한다.

마술에 푹 빠진 후부터 왕도에 있는 별택의 별채에서 거의 움직이지 않았다.

아버지와 어머니, 형은 영지를 관리하고 다른 가문과 교류하기 위해 돌아온 적이 있었지만, 쿠논은 동행하지 않았다.

"4년 전에 왜 돌아왔더라?"

4년 전이면 제니에에게 마술을 배웠던 무렵인가?

그 시절에는 왕도 저택의 별채에서 나가야 할 이유가 없었을 텐데.

분명 가족과 함께 본가에 돌아갔었던 기억이 어렴풋하게 남아있었지만, 무언가를 했던 기억은 없었다.

분명 마술 훈련과 독서와 조사에 정신을 쏟았겠지. 일상과 별반 다를 게 없었기에 인상에 전혀 남지 않았겠지.

"어? 정말로 잊어버리셨어요?"

"어? 뭘?"

"본가의 도서실이 크니 마술 관련 책이 있을지도 모른다는 말을 듣고서 다른 용무가 있으셨던 주인님과 마님, 그리고 이쿠시오 님까지 억지로 꾀어 돌아가셨잖아요."

"어? 내가?"

"『같이 가겠다고 할 때까지 춤추는 걸 멈추지 않겠어!』라면서 줄곧 이상한 춤을 추셨는데, 정말로 잊으셨어요? 사교적이지도, 도발적이지도, 선정적이지도 않은 독창적인 댄스를 잊어버리셨다고요?"

"아, 언젠가 춤을 마구 췄던 기억은 남아있어. 그게 그때였나? 왜 춤을 췄는지는 까먹었거든."

"……그 시절 쿠논 님은 『갈증』을 느끼시면서 조사도, 마술 공부와 검술 훈련도 매진하셔서 늘 피곤해 하셨거든요. 그래서 주인님 내외께서 쿠논 님을 요양시킬 겸 돌아가기로 결정하셨어요. 가는 김에 이쿠시오 님도."

기억은 나지 않지만, 아마도 쿠논은 주변 사람들에게 민폐를 끼쳤던 모양이었다.

"참고로 그때 추셨던 댄스 말인데요."

"기억나지 않아. 어땠어?"

일단 그림이 삽입된 교본과 플라라 가든 남작부인의 예절 수업, 미리카의 도움에 힘입어 쿠논은 기본적인 사교댄스만은 습득했다.

잘 추지는 못했지만, 형식만은 나름 갖췄다.

"댄스 자체는 됐어요. 전 쿠논 님의 표정이 시종일관 진지했다는 사실을 평가하고 싶어요."

"표정이 진지했다라."

쿠논은 상상했다.

가족 앞에서 진지한 얼굴로 사교적이지도, 도발적이지도, 선정적이지도 않은 독창적인 댄스를 마구 추는 자신의 모습을.

"그렇다면 아버님께서는 내 진지한 얼굴과 성의 있는 댄스에 감동을 받아 본가로 데리고 가주셨구나."

"예. 틀림없어요, 분명."

분명 아니다.

전해진 것은 성의가 아니라 쿠논의 정신에 영향을 미친 것으로 보이는 피로감이었겠지.

마차는 그리온가로 향하고 있었다.

본가에서 이틀 밤을 묵기로 했다.

그리고 시녀와 헤어진 뒤, 마술학교에서 자신을 수행할 새로운 사용인과 만날 예정이다.

예정했던 일정에 맞춰 그리온가에 도착했다.

쿠논이 마차에서 내리는 도중에 익숙하고 정겨운 목소리가 그의 이름을 불렀다.

"쿠논!"

사랑하는 할아버지의 목소리였다.

"할아버님!"

노신사가 두 팔을 활짝 벌렸다.

한편 손자는 마음만은 달려가고 있었지만, 몸은 평범하게 걸어서 다가갔다.

그 부조화가 약간 우스꽝스럽게 보이긴 했지만, 이윽고 노신사와 쿠논은 부둥켜안으며 재회를 기뻐했다.

―앤드류 베란드.

어머니 티나리자의 아버지로, 쿠논에게는 외할아버지에 해당하는 인물이었다. 현재는 이곳 그리온가의 본가에서 영지 경영을 대행하고 있다.

이른바 집지키기 역할이었다.

아버지 아손이 왕성에서 근무하는 동안에 그리온 영지를 비워둘 수는 없는 노릇이므로 한가한 앤드류에게 부탁하여 이곳에서 살게 했다.

다만 대행이라고 해도 그 근본은 다른 가문의 사람이므로 실질적인 권한은 없었다. 어디까지나 집을 지키는 역할이었다.

손자를 귀여워하는, 노년에 접어든 58세의 남자.

아내를 일찍 여의고서 현재는 취미를 즐기면서 유유자적 살아가는 독신 노신사였다.

"오오, 많이 컸구나!"

"늘 어제보다는 더 나은 사람이 되어야 하거든요."

"오오, 그래, 그러냐! 잘 모르겠지만 네 말이 맞구나!"

반년만의 재회인가?

앤드류는 종종 왕도에 오므로 가끔씩 만났다.

"조금 쉬었다가 마술도시에 간다고! 이 할아버님이 뭐든지 사주마!"

"야호!"

"—영주대행님, 마님께서 쓰신 편지가 있습니다."

"과자를 준비해뒀다! 자, 안으로 들어가자꾸나!"

"—영주대행님, 귀하의 따님께서 써주신 편지를 갖고 왔다고요! 받아주시지 않으면 제가 꾸지람을 들으니 받아주세요!"

그 할아버지는 손자에게 안으로 들어가자고 청하면서 기쁜지 싱글벙글 웃었다.

이상적인 할아버지로서 보자면 꽤 높은 점수를 받을 수 있겠지.

다만.

분명 좋지 않은 내용이 적혀 있을 딸이 보낸 편지에 등을 돌리는 그 모습은, 싫은 것으로부터 당당히 눈길을 돌릴 수 있는 담력을 지녔고, 산전수전을 다 겪어본 숙련자 그 자체였다.

"—흥."

앤드류가 의자에 앉고서 퉁명스러운 얼굴로 콧방귀를 꼈다.

"50만 넷카 이내로 제한한다고? 무슨 꼬맹이 용돈도 아니고."

앤드류는 쿠논을 응접실로 안내한 뒤 딸이 보낸 편지를 힐끗 보고서 이렇게 말했다.

뒤를 쫓아다니며 열 번쯤 편지를 받아달라고 다그쳤던 시녀는 이 할아버지는 여전하네, 하고 생각했다.

티나리자가 보낸 편지에 「쿠논에게 줄 용돈 액수는 여기까지」라고 적혀 있었겠지.

그렇게 제한하지 않는다면 진심으로 집이나 땅을 사줄지도 모르니까.

쿠논에게 약한 어머니가 이렇게 신신당부를 했으니 얼마나 심각한 일인지 짐작할 수 있겠지.

사실 50만 넷카도 큰돈이었다.

그리온가의 사용인이 받는 급료의 두 달 치보다 조금 많은 액수였다.

"—할아버님."

쿠논이 부른 순간, 짜증을 내며 투덜거렸던 노회한 표정이 단번에

인자한 할아버지로 바뀌었다. 재주 좋은 노신사였다.

"오, 뭐냐? 몰래 대형선이라도 사주랴? 그만한 돈은 있다."

지금 배를 사서 뭘 어쩌자는 것인가. 할아버지의 넘치는 재력은 참 골칫거리였다.

"아뇨, 우선 제 새로운 사용인을 불러주세요. 이코한테서 인수인계를 받아야 하니까요."

"어, 그래. ……그렇구나. 너, 마술학교에 간다고 했지."

그렇다. 오래 머물 수는 없었다.

이곳에 들른 이유는 어디까지나 마술도시 디라싯크로 가는 도중에 숙소로서 묵기 위해서.

그리고 마술도시에 동행하지 않는 시녀 이코를 대신할 사용인을 데려가기 위해서였다. 결코 손자가 할아버지와 놀기 위해서 온 것이 아니었다.

"몇 년은 보질 못하겠구나. 적적하겠구만."

"할아버님, 그 말은 하지 않기로 약속했잖아요."

그런 약속을 했던 기억은 없지만, 앤드류는 숙연히 「그렇구나……」 하고 고개를 끄덕였다.

"—부르게."

벽 쪽에 대기하던 사용인에게 명령하자 그녀가 방을 나갔다— 그리고 이내 두 사람이 돌아왔다.

"자기소개를 하거라."

앤드류가 명령하자 새롭게 나타난 또 다른 시녀가 응했다.

"린코 라운드입니다! 열여덟 살입니다! 꽤 짭짤한 급료에 홀려서 지망하게 됐습니다! 장래에 가게를 차리고, 결혼하는 데 필요한 돈을 모으려고 입후보했습니다! 그리고 언니가 추천했습니다!"

"처음 만나네. 이코의 여동생이지?"

"예!"

그렇다. 그 시녀는 이코의 여동생이었다.

이곳 그리온가의 사용인으로서 일하게 된 것도, 이번에 마술도시에 가게 된 것도 전부 언니가 추천해서였다.

잘 휩쓸리는 여성이었다.

"참고로 약혼자가 있어서 애인 계약은 사절입니다! 쿠논 님의 약혼자님께 원한을 샀다가는 정말로 살해될 것 같아서 그런 의미로도 사절입니다!"

"그건 안심해도 돼. 나도 약혼자가 삼시세끼보다 더 소중하거든. 너도 네 약혼자를 삼시세끼보다 더 소중히 여겨도 좋아."

"예! ……삼시세끼보다 더 소중히…… 여길 수 있으려나…….."

아마도 린코에게 약혼자는 삼시세끼보다 덜 중요한 존재인지도 모르겠다.

쿠논은 이코에게서 여동생이 있다는 말을 들었다.

그런데 4년 전에는 아직 이 저택에 없었기에 쿠논이 린코와 만나는 것은 이번이 처음이었다.

잠깐 대화를 나눠보니 린코는 이코에게 뒤처지지 않을 만큼 성격이 명랑한 것 같아서 쿠논은 금세 마음에 들었다.

농담도 주고받을 수 없는 사용인과 온종일 함께 지내는 것은 이제

견딜 수가 없었다.

약혼자가 있다는 것도 좋았다.

어느 시대든 남녀 사이에서는 무슨 일이 벌어질지 알 수가 없었다. 피차 삼시세끼보다 더 중요한 존재가 있으니 잘 됐다.

얼굴도 이코와 매우 닮았다.

「경안」으로 보이는, 이마에 난 멋들어진 검은 뿔도 자매가 흡사했다.

그리고 할아버지 앤드류는…….

관자놀이 부근에서 좌우로 크게 뻗쳐나간 거대한 뿔은 마치 그림책 삽화로 봤던 대악마처럼 대단했다.

딸— 쿠논의 어머니인 티나리자는 영웅담에 나올 법한 멋들어진 오드아이 소유자였고, 그 아버지는 대악마처럼 생겼다.

어떤 인연이 느껴지는 것 같기도 하고, 아닌 것 같기도 하고…….

뭐, 쿠논에게만 보이고, 실체도 없으므로 신경을 써본들 시간낭비겠지만.

할아버지가 승마를 가볍게 가르쳐주기도 했고, 할아버지가 「몰래 카지노라도 사줄까? 어린이용이라서 안심해도 좋아」라면서 재력을 과시하기도 했고, 할아버지가 「놀아주지 않으면 급속도로 늙어서 죽을 게야」라면서 떼를 쓰기도 했다. 본가에 머무는 중에 쿠논은 대부분의 시간을 할아버지와 함께 보냈다.

몇 년쯤은 만나지 못할 것 같으니 쿠논은 할아버지와 최대한 함께 시간을 보냈다.

아직은 누가 데리러 오기에는 이른 나이라서 괜찮겠지만, 어쨌든 고령이었다. 언제 무슨 일이 벌어질지 아무도 알 수 없었다.

……라고 생각하며 한껏 어울렸지만, 역시나 밤까지 함께 하는 건 무리였다.

밤에도 활기찬 할아버지를 「초연체 물 구슬」에 눕혔다.

금방 잠들었다.

수면을 촉진하는 향기까지 풍기는 물침대는 너무 아늑해서 사람을(주로 제온리를) 타락시킨다는 평가까지 받았기에 즉시 효과를 발휘했다.

쿠논은 그렇게 이곳에 머물기로 한 이틀을 순식간에 소화했다.

◆

쿠논이 할아버지와 지내고 있을 무렵.

"—저 사람이 쿠논 님이구나. 일이 비교적 편할 것 같아."

그리온가의 부엌에 이코와 린코가 있었다.

두 사람은 시녀 업무를 인수인계하기 위해서 요리사를 방해하지 않도록 구석 공간을 빌렸다.

"그러네. 린코라면 괜찮을 거야."

그렇게 대답한 이코의 머릿속에는 지금보다 어렸을 때의 쿠논의 모습이 떠올랐다.

그 시절…… 맨날 고개를 숙인 채로 우울해했던 쿠논을 얼마나 걱정했던가.

하지만 지금의 쿠논이라면 괜찮다.

"오히려 나보다도 쿠논 님이 더 힘들지 않을까? 뭐, 언니랑 함께 있었을 때도 별일 없었으니 나도 괜찮을 것 같지만."

고향에서도 라운드가의 자매는 「명랑」하기로 유명했다. 서민이기에 복잡하게 따지지 않고, 밝고 즐겁게 살아왔다.

그리고 「명랑한 성격」을 높이 평가받아 이코는 그리온가의 사용인으로 고용됐다.

―돌이켜보면 그 시절의 쿠논과 접촉할 사람을 만들기 위해 이코를 고용한 것 같긴 하지만…… 뭐, 이제와서 진실을 따져본들 소용없겠지.

"린코."

"응?"

"쿠논 님은 아직 어리고 진지해서 주변에서 하는 말에 귀를 잘 기울여. 그래서 하는 말인데― 쓸데없는 소리를 흘려 넣었다가는 용서치 않을 거야. 나쁜 놀이 같은 걸 가르쳤다가는 정말로 흠씬 패줄 거다?"

"나쁜 놀이? 바람 같은 거?"

"그만! 듣고 싶지 않아!"

이코는 귀를 막았다.

―정말로 소중히 지켜봐왔던 귀엽고 귀여운 쿠논.

그런 쿠논이 영악하고 지저분한 여자와 접촉하는 광경을 상상했더니. 아아, 참을 수 없어!

여자로서 쿠논과 접촉해도 되는 사람은 오직 미리카뿐― 쿠논에게 정을 너무 많이 쏟은 이코는 진심으로 그렇게 생각했다. 그렇게 되길 바랐다.

"알겠어. 쿠논 님한테는 왕족 약혼자가 있다고 들었으니 여성관계는 주의할게."

언니의 본심은 제쳐두고.

그러는 편이 여러 의미에서 편하겠지, 하고 여동생은 생각했다.

—누가 뭐라 해도 왕족 약혼자다. 만약에 무슨 사태가 벌어져서 휘말렸다가는 목숨도 보전하기 어려울 거다.

애당초 후작이 아들을 모시게 됐기에 나름대로 각오는 해뒀다.

쿠논이 저지른 불상사의 책임을 모조리 시녀에게 떠넘기는…… 동화 속 극악한 귀족이나 저지를 법한 사태도 충분히 벌어질 수 있었다.

앞으로 린코는 쿠논과 몇 년을 함께 해야하니 문제가 발생하지 않는 게 가장 좋았다.

여자든 다른 사람과의 관계든 최대한 주의할 작정이었다.

"그보다도 얼른 쿠논 님이 어떤 분인지 알려줘. 인수인계를 해주지 않으면 곤란해."

조심하기 위해서라도 우선은 쿠논이 어떤 사람인지 알아둬야만 했다.

언니가 쿠논에게 정성을 과하게 쏟았다는 것은 금세 알아챘지만, 린코는 그와 만난 지 얼마 되지 않았다. 아직 감정이 건조했다.

"그러네—."

언니가 마음을 다잡고서 쿠논에 관해 말했다.

처음에는 고개를 끄덕이며 듣던 여동생의 표정이 점점 진지해졌다.

"—이런 느낌이야."

이코는 득의양양한 얼굴로 장황하게 들려줬다.

여동생의 표정은 엄청나게 진지했다.

"요약하자면 쿠논 님은 신사인지라 여성한테 상냥해서 거의 반드시 말을 걸어주고, 칭찬도 아끼지 않는 등 여성이 좋아할 법한 성격이라는 말이네."

요점을 간추리자 언니가 발끈했다.

"왜 그렇게 나쁘게 말하는 거야?"

"그거 말고 다른 얘기는 듣지 못했는데."

분명 여성에게 상냥한 남자는 좋다.

그 점은 불만이 없었다.

그러나 여성에게 과도하게 상냥하다면 문제가 아닐까?

특정 인물뿐만 아니라 무차별적으로 광범위하게 뻗어나간다면 뭐라고 해야 할까—.

"쿠논 님, 실은 바람 피는 거 아냐?"

린코는 그런 성격으로밖에 생각되지 않았다.

"그만! 쿠논 님은 그런 짓을 하지 않아!"

"아니, 말이 안 되잖아……."

가문도 좋고 반듯하게 자랐다.

외모도 꽤 귀여웠다. 앞으로 몇 년쯤 지나면 매우 멋진 남성이 되겠지.

눈은 보이지 않지만, 마술의 힘 덕분에 일상생활에는 지장이 없다.

그리고 여성에게 상냥하고, 여성을 홀릴 줄 아는 성격이다.

―이런 남자가 바람을 피지 않는다?

"이건 꽤나……."

생각했던 것 이상으로 힘든 업무가 될 것 같았다.

유소년기의 사정 때문에 언니가 「삐뚤어진 신사관」을 심어준 것 같은데.

그러나 그것이 통하는 것은 지금뿐.

굳이 말하자면 어린애일 때만 통하겠지.

성인이 된다면 확실히 문제라고 지적받을 터.

―조금씩 수정해갈 수밖에 없겠네, 하고 린코는 생각했다.

자신의 안전을 위해서라도.

할 수밖에 없었다.

◆

그리온가에서 보냈던 이틀은 순식간에 지나가버렸다.

"쿠논 님, 시간이 됐습니다."

헤어지기 싫다며 칭얼거리는 할아버지와 아침밥을 먹고서 방으로 돌아와 떠날 준비를 하고 있으니 이코가 찾아왔다.

이틀 동안에 이코와 한 번도 만나지 않았다.

이후에 쿠논의 전속 시녀가 될 여동생 린코에게 업무를 인수인계했기 때문이었다.

드디어 만났다.

다시 말해 이제는 헤어져야 할 시간이라는 뜻이다.

"이코. 지금까지 고마웠어."

"돌아오시면 또 뵐 수 있지만요. 전 결혼하더라도 왕도의 별택에서 사용인으로서 계속 일할 계획이거든요."

"응. 다음에는 몇 년 뒤에나 만날 수 있을 거야. 우리 또 봐."

두 사람은 자연스럽게 포옹했다.

쿠논에게는 자신의 인생을 절반 넘게 지탱해준 사람이었다.

살아가는 법을 알려줬던 사람이었다.

살아갈 목표를 주고서 앞을 볼 수 있게 해준 사람이었다.

결코 일개 사용인이 아니었다.

이렇게 서로 포옹하며 공유하고 있는 이 감정을 뭐라고 해야 좋을지 모르겠다. 고맙다고 하기에는 부족하고, 애정이라고 하기에는 너무 덤덤했다.

그러나 몰라도 괜찮겠지.

지금 쿠논이 품고 있는 감정과 이코가 품고 있는 감정.

분명 서로 말로 표현하지 않아도 전해지고 있다고 믿고 있을 테니까.

"—그럼 가볼까요."

"—응."

눈물은 나지 않았다.

두 사람의 관계에 그런 것은 어울리지 않으니까.

그래서 앞으로 나아가는 쿠논의 뒤에서 짐을 든 채로 이코가 코를 훌쩍이는 소리 따윈 들리지 않았다.

쿠논 역시 결코 손수건으로 안대 안쪽을 닦지 않았다.

"정말로 가는 게야? 안 가도 되지 않느냐? 여기서 이 할아버님이랑 함께 살자."

펑펑 울어대는 할아버지를 향해 모호하게 웃으며 작별을 고한 뒤, 쿠논은 마차에 탔다.

"그럼 다녀오겠습니다!"

이코의 역할을 넘겨받은 여동생 린코도 탑승했다.

"정말로 가는 게야?! 이 할아버님이 이리도—."

"출발해도 좋아."

쿠논이 마부에게 말하자 「물 구슬」로 바퀴를 보호한 마차가 부드럽게 움직이기 시작했다.

"괜찮을까요? 영주대행님, 뭐라고 말씀을 하시고 계시는데요."

"진지하게 들어줬다가는 길어질 테니 어쩔 수 없어."

일정은 거의 정해져 있었다.

날씨에 좌우되긴 하겠지만, 나아가야 할 때는 나아가야만 했다.

할아버지는 은근슬쩍 일정을 지연시켜 체류 기간을 늘리는 것이 목적이므로 그냥 출발하는 게 정답이었다.

"린코, 앞으로 잘 부탁할게."

"예, 저야말로! 돈을 위해서 열심히 하겠습니다!"

실로 든든한 말이었다.

아직 정이 들 정도로 친해지지 않았고, 자신은 그리온가의 당주도 아니므로 충성심을 기대하는 것도 어려웠다.

쿠논은 그녀의 속물적인 면이 알기 쉬워서 좋았다.

그래, 아직은 낯선 사이다.

서두를 필요는 없겠지만, 서로 알아가야만 했다.

"인수인계는 확실히 마쳤어?"

"예! 쿠논 님께서 피곤해하시는 것 같으면 반드시 쉬게 하라고 했습니다! 이게 철칙이라고 했습니다!"

"그래……"

분명 이코처럼 마술이나 독서, 서류 작업에 푹 빠지면 강제로 쉬게 하려고 다양한 방법으로 방해하겠지.

이번 시녀도 꽤나 만만치 않을 듯했다.

"린코의 약혼자는 괜찮아? 다시 만나려면 몇 년은 기다려야 할 텐데."

"빅머니를 거머쥘 때까지는 서로 참기로 정했습니다! 쿠논 님은 아시죠? 마술학교에 가면 다달이 급료를 받는 것은 물론이고, 임무를 완수하고 돌아가면 지금까지 받았던 급료만큼 추가보수까지 나와요."

추가보수.

금시초문이었다.

"즉, 마지막에는 제시받은 급료의 두 배가 들어온다?"

"예! 빅머니입니다! 몇 년간 어린애의 수발을 들기만 하면 큰돈이! 이렇게 맛있는 일거리는 좀처럼 없어서 덥석 물어버렸습니다!"

속이 후련할 만큼 속물이었다.

"장래에 가게를 차리고 싶으니 자금은 많으면 많을수록 좋거든요! 이 근무가 끝나면 바로 가게를 얻어서 부부끼리 운영할 계획이에요!"

"그렇구나. 꿈이 있어서 좋네. 무슨 가게를 하려고? 사람을 어둠으로 보내버리는 뒷골목 업종?"

"그것도 고민하긴 했지만요. 결국 저랑 약혼자 모두 먹는 걸 좋아해서 음식점을 차리기로 했습니다. 둘 다 비슷한 업종이지만, 합법적인 일이 좋지 않을까 싶어서."

"그렇구나. 음식으로 사람을 살리느냐, 어둠으로 사람을 처리하느냐는 차이밖에 없으니까."

만남이 있다면 이별도 있다.

이제는 이코가 곁에 없다는 불안감은 있었다.

그러나 새로운 생활이 시작됐기에 누군가와의 이별은 피할 수가 없었다.

가족과도 헤어졌다.

약혼자인 미리카와 검술 스승인 오우로 타우로, 마술 스승인 제온리와도 헤어졌다.

꽤 오래 전이긴 하지만, 제니에와 플라라 남작부인과도 헤어졌다.

이코와도 헤어졌다.

그리고 린코와 만났듯 새로운 만남이 잔뜩 기다리고 있겠지.

─쓸쓸한 건 지금뿐.

쿠논은 여행길에서 앞으로 몇 년간 함께 지낼 린코와 친목을 다지기 위해 많은 대화를 나눴다.

쓸쓸하긴 했지만, 그래도 나쁘지는 않은 시간이었다.

제2화 성교국에서 디라싯크로

여행이 시작된 지 3주가 지났다.

쿠논 일행은 별다른 문제 없이 성교국 수도에 도착했다.

이제부터 일주일에 걸쳐 성교국을 빠져나간 뒤 인접한 마술도시 디라싯크로 건너갈 예정이었다.

성교국 센트란스.

이름대로 종교적인 색채가 강한 나라로, 국민 모두가 빛의 여신 키라레이라의 신자라고 한다.

그러나 그것도 옛날 이야기이고, 지금은 평범한 도회지 같은 느낌이었다.

옛날에는 국민 모두가 로브를 두르고서 여신의 이름 아래에서 생활했다고 했다. 그러나 시대의 흐름이 그러한 옛 관습을 밀어내버렸다나?

"……으음."

쿠논은 고민했다.

손에는 세계적으로 유명한 수마술사 사토리의 새 학설이 적힌 책이 들려 있었다.

역시나 마술도시 바로 옆에 위치한 나라인지라 마술과 관련된 도구와 책이 많이 흘러들었다.

—쿠논은 지금 센트란스의 수도에 있는 규모가 큰 마술전문점에 있었다.

센트란스의 수도에는 어젯밤에 도착했다.

호텔에서 하룻밤을 묵고서 오늘을 맞이했다.

린코를 데리고서 수도를 거닐던 중에 이 가게에 들렀다.

오늘 하루는 휴일로 정했다.

여독을 확실히 풀고서 내일 아침 일찍 디라싯크행 마차에 탈 예정이었다.

"린코, 지갑 내용물은?"

"몇 번을 물어보셔도 딱 그 책을 살 돈밖에 없어요. 참고로 그 책을 사신다면 호텔비는 물론이고 마차를 탈 돈도 없어질 거예요."

"그래? 그럼 사도 돼?"

"절대로 안됩니다. 구입한 순간부터 길바닥에서 헤매는 처지가 될 거예요."

—마술 관련 서적은 비싸다.

애당초 그것이 필요한 사람은 마술사뿐이다.

마술을 쓸 수 없는 일반인에게는 필요가 없으니 마술사 말고는 필요 없는 물건이었다.

그래서 대부분이 유일품뿐이었다.

양산품이 아니므로 가격이 비쌌다.

더욱이 이름을 떨치는 마술사가 쓴 서적은 더더욱 비쌌다.

"비싼 물건이니 천천히 생각하는 게 좋겠지만, 나도 사지 않는 게 좋을 것 같아."

상품을 팔아야 이득을 보는 마술전문점의 여성 점원도 사지 않기를 권했다.

"그보다도 너, 마기사에는 흥미 없니? 요즘에 잘 나가는 제온리의 중고 책이 들어왔어. 사토리가 쓴 책보다 싸서 그쪽을 권할게."

"그쪽은 됐어요."

—요즘 희대의 천재 마기사 제온리 핀롤의 책이 마술사 및 마기사 업계를 뒤흔들고 있었다.

그러나 쿠논은 읽지 않고도 책의 내용을 숙지하고 있으므로 거들떠도 보지 않았다.

사실 스승이 줘서 갖고 있었다.

"—이건 뭐하는 데 쓰는 건가요?"

"—그거? 그건 『순간이동함(트레이드 박스)』이라고 하는데, 두 상자가 한 쌍이야. 간단히 말해서 한쪽 상자에 넣은 물체를 다른 쪽 상자로 이동시키는 마도구지."

사토리의 책을 들고서 고민하는 쿠논의 옆에서 린코와 여성점원이 대화를 나눴다.

"어, 대단한데요? 이거 제가 들어가도 되나요?"

"들어갈 수 있다면야 들어가도 상관없어. 그런데 손가락 하나만 겨우 들어갈 수 있는 크기인데 어떻게 들어갈 거야?"

"그게 문제네요. 조금만 무리하면 들어갈 수 있지 않을까요?"

"꽉꽉 눌러 담지 않으면 어렵겠네. ……아니, 확실히 말할게. 절대로 무리. 그러니까 정말로 들어가려고 하지 마. 망가지니까."

"그거 아쉽네요. 몸을 작게 만드는 마도구는 없나요?"

"현재는 없는 것 같은데."

"그런가요……. 시도해보고 싶어라. 쿠논 님, 어떠세요? 들어가보실래요?"

"—으음."

쿠논은 사토리의 책을 책장에 다시 꽂았다.

수마술사 사토리는 이제부터 입학하려는 마술학교의 교사이기도 했다.

그렇다면 이곳에서 책을 구입하지 않고, 학교에서 본인에게 직접 이야기를 들으면 되겠지. 학교에 있다는 도서관에 책이 있을지도 모르고.

꼭 갖고 싶지만 어쩔 수 없었다.

쿠논의 용돈으로도 부족하고, 여비까지 털어야만 겨우 구입할 수 있다면 역시 무리였다. 무심코 이곳에 할아버지가 있었다면 얼마나 좋을까 생각했다.

그보다도.

"아름다운 레이디. 그 상자를 잠깐 시험해봐도 될까요?"

쿠논은 린코와 여성 점원의 대화도 주의를 기울이고 있었다.

"응? 어? 레이디? ……괜찮긴 한데, 들어가지 않을 거지?"

아까 전에는 긍정하는 투로 대답했지만, 들어갈 생각은 없었다. 크기를 보면 들어갈 수가 없었다.

"—린코, 상자를."

쿠논이 손을 내밀자 그 위에 자그마한 금속함이 올려졌다.

"자, 여기요."

"어? 어?"

상자는 두 개가 한 쌍.

하나는 쿠논이 들고 있고, 다른 하나는 여성점원이 들고 있었다.

"흐으음……."

쿠논은 마력으로 더듬으며 상자의 구조를 해석했다.

난반사 마법진이 여러 개나 중첩된 구조였다.

한 번에 여러 마법진을 통과시켜서 공간을 억지로 구부려 또 다른 상자에 이어놓았다.

상당히 난폭하고 잡스러운 솜씨였다.

유효 거리도 꽤 짧을 테고, 강도도 미묘했다. 아마도 열 번쯤 쓰면 부서지겠지.

상자 크기도 작아서 이용가치가 보이지 않았다.

마도구로서는 결함품이라고 할 수 있었다.

─그러나 이런 것은 착안점이 중요하다.

이러한 상품에서 발전하여 실용적인 발명품이 만들어지는 거니까.

"흥미롭네……. 아, 열어봐도 돼요."

"네? 아, 예─ 우아아!"

쿠논은 상자를 통하여 여성점원이 갖고 있는 상자로 전송한 것은 상자에 들어갈 만큼 작은 「물고양이」였다.

마차로 이동하는 중에 심심해하던 린코가 주문한 대로 해봤더니 탄생했다.

"귀여워! 조그마해! 귀여워!"

역시 고양이는 반응이 좋았다.

"역시 너도 마술사구나."

여성점원은 쿠논이 마술 관련 서적을 갖고 싶어 하는 모습을 보고서 짐작하긴 했지만, 손님의 사정에 간섭하는 것은 결례인 것 같아 아무 말도 하지 않았다.

그러나 마술을 봤기에 신분이 드러난 것이나 마찬가지였다.

"혹시 지금 디라싯크 마술학교에 가는 길?"

"네. 가는 중입니다."

"그랬구나. 매년 이 시기…… 조금 늦었나? 너 같은 견습 마술사가 가게에 오거든. 여행하던 도중에 잠시 들러봤다면서."

"우와. 당신도 마술사인가요?"

"아니. 마술을 좋아하긴 하지만, 재능이 없어. 그래도 마술사와 관련된 일을 꼭 하고 싶어서 지금 여기에 있는 거야. 뭐, 이른바 마술사 마니아야."

"그보다도."

마니아 여성점원이 약간 억지로 화제를 바꿨다.

"올해 성교국 〈성녀〉가 마술학교에 입학한대."

"성녀?"

금시초문이었다.

성녀가 존재한다는 것 자체는 알고 있지만, 이 시대에 현존하고 있는 줄은 몰랐다.

"작년에는 제국의 〈광염왕자(狂炎王子)〉와 신왕국의 〈뇌광(雷光)〉도 입학했대. 유망주들이 즐비해. 너는 그런 곳에 들어가는 거야. 응응, 재밌겠다, 재밌겠어."

마술사 마니아 여성점원은 손가락만 한 고양이를 검지에 올리고서 자신의 취향에 딱 맞는 소년을 찾아냈다는 사실을 기뻐했다.

"이렇게 작은 고양이를 만들 수 있는 마술사는 처음 봤어. 너, 반드시 유명해질 거야. 장래에 마술학교에 입학하기 전의 널 만났다고 자랑할 날이 올 것 같아."

그런 소리를 들었지만, 지금 쿠논의 머릿속에는 다른 것이 차있었다.

"성녀, 광염왕자, 뇌광…… 흐으음."

재밌겠다, 재밌겠어.

그것은 쿠논도 동감이었다.

딱 한 번 만나봤던 왕궁마술사들과 제니에와 제온리를 제외하고서 다른 마술사와 어울려본 적이 아직 없었다.

속성이 다르면 응용할 수 없을까?

그것은 시도해보지 않으면 알 수 없었다. 토속성을 구사하는 제온리의 가르침이 크게 도움이 됐기에 가능성은 낮지 않겠지.

아직 만나지 않은 학우를 생각했다.

생각만 해도 벌써부터 즐거웠다.

쿠논은 여태껏 학교생활을 제대로 보내본 적이 없기에 더더욱 그랬다.

"근데 너 말이야."

"예?"

"네 속성은 뭐야?"

아무래도 「물고양이」가 물로 만들어졌다는 사실을 모르는 듯했다.

"힌트는 불에 가까이 가져가면 증발한다? 답을 알아내면 좋겠네요."

"—아, 물이구나."

쿠논은 힌트만 슬쩍 주고는 린코를 데리고서 씩씩하게 가게를 나섰다.

마니아 여성 원이 바로 대답했지만 듣지 못한 척했다.

두 사람은 어슬렁어슬렁 걷다가 다음 가게를 찾았다.

"으―음. 오오. 으―음. ……응? 응……."

"쿠논 님, 조용히 좀 해주실래요?"

"아무 말도 하지 않으면 무섭잖아?"

"아뇨, 아무 의미 없이 말하시는 게 약간 더 무서워요."

"이코는 말이 없는 게 더 싫다고 했는데 말이야……. 알겠어. 잠자코 있을게."

―둘 다 싫은데. 재봉점 남성점원은 그렇게 생각했다.

"저기, 죄송합니다만 상품을 그렇게 심하게 만지시면……."

시녀를 대동한 행색이 번듯한 아이가 가게에 들어오자마자 상품을 마구 만져댔다.

그것도 가차 없이.

그렇게 만질 필요가 있나 싶을 정도로.

"아, 신경쓰지 말아요."

"아뇨, 신경이 쓰입니다. 아주 많이."

그렇게 넓은 가게도 아니고, 달리 손님도 없었다.

그래서 자꾸만 눈길이 갔다.

더욱이 만지고 있는 상품은 가게에서 가장 비싼 물건이었다. 신경이 쓰일 수밖에 없었다.

귀족 영식은 거의 오질 않는 서민 상점이고, 안대로 눈을 뒤덮었고, 시녀도 대동했고.

가뜩이나 눈에 띄는데, 이런 기행마저 벌이고 있으니 신경 쓰지 않는 게 오히려 더 이상하겠지.

"대체 뭘 하고 계시는 겁니까? 우린 품질에 절대적으로 자신이 있어서 그렇게 악착같이 만져보며 확인할 필요가……. 결코 가짜가 아니라고요."

"아뇨, 감촉을 외우고 있는 것뿐입니다. 이거 암호(闇狐) 모피죠? 감촉이 참 좋아요."

"하아, 그건 고마운 말이지만……."

"―린코."

안대를 한 아이가 모자를 고르고서는 거울 앞에서 포즈를 취하며 이따금씩 「휴우―」, 「야채 도둑은 사형이야?」 하고 중얼대는 시녀를 불렀다.

"예. 이제 외우셨나요?"

"응― 이거."

남성점원이 화들짝 놀랐다.

아이의 두 손에 어느새 털이 거먼 여우가 있었다.

그 여우는 밤에 녹아든 달빛처럼 빛나고 반들반들한 검은 모피를 지녔다.

틀림없는 검은 여우였다.

"우와, 귀여워라! 고양이나 개도 좋지만, 여우도 괜찮네요!"

"그래? 그럼 이것도 레퍼토리에 넣어둘까."

"꼬리는 살짝 더 길게. 털은 더 풍성하고 살짝 더 굵게. 아아, 그래요, 그래. 아아, 좋아, 귀여워. 그 아이를 제게 주세요!"

"좋아. 그럼 다음 모피를—."

"당신들, 우리 상품에 무슨 짓을 한 겁니까!"

남성점원이 외쳤다.

역시나 신경이 쓰이는 점이 너무 많아서 언급하지 않을 수 없었다.

지금 눈앞에서 상품을 이용하여 부정한 짓을 벌이는 것 같은 낌새마저 들었기 때문이었다.

—성교국의 마술전문점에서 나온 쿠논 일행은 근처 재봉점을 찾았다.

이만큼 큰 도시의 재봉점이니 평소에는 볼 수 없는 진귀한 모피를 취급하리라 짐작했다.

쿠논의 동물 레퍼토리를 늘리기 위해서였다.

린코가 「고양이 말고 다른 동물도 정밀하게 만들어보시죠」라고 제안하자 쿠논은 관심이 생겼는지 동의했다. 그리고 지금 이곳에 이르렀다.

어차피 여행 중에는 할 수 있는 일이 많지 않아서 좋은 훈련거리였다.

여행하는 중에 소, 말, 개, 털 없는 거대 쥐의 실물을 만져봤다.

노력한 보람에 있어서 나름대로 재현할 수 있게 됐다.

그리고 더욱 크게 성장하기 위해 이곳에 왔다.

이곳에서 쿠논은 쉽게 볼 수 없는 진귀한 모피를 찾았다.

방금 전에 뺨으로 비비면서 감촉을 확인했던 상품은 검은 여우의 모피로 만든 머플러였다.

　하얀 배와 수염을 제외하고는 온몸의 털이 검은색인, 매우 진귀한 여우라고 했다.

　뭐, 기본적으로 평범한 여우의 색깔을 바꾸기만 하면 충분히 재현할 수 있겠지만.

　"네……? 마술로 동물을 재현…… 그, 그렇구나……?"

　쿠논이 남성점원에게 설명했다.

　모피 감촉을 외워서 마술로 재현하고 싶다고.

　샘플로 「물 강아지」를 건네면서.

　점원은 마술 자체를 잘 모르는 듯했지만, 어째선지 납득해줬다. 물로 만들었다고는 믿기지 않는 강아지를 어루만지면서.

　"죄송합니다. 설명을 하고서 허락을 구했어야 했는데요."

　점원이 자유롭게 살펴보라고 말하긴 했지만 마술용으로 참고해도 좋다고는 말하지 않았다.

　보통은 아무도 그렇게까지 말하지 않지만, 그런 말을 듣지 못한 건 확실했다.

　"으음, 뭐든지 재현할 수 있습니까?"

　"재현할 수 있는 건 형태랑 감촉뿐이지만요. 살아있는 건 아니에요."

　"그럼, 여자도?"

　"—아이한테 뭔 소리를 하는 거냐, 너."

　린코가 처음으로 싸늘하게 말하자 남성점원과 쿠논이 벌벌 떨었다. —방금 그 한 마디는 화가 난 이코보다도 더 무서웠다.

"아니, 저기…… 죄송합니다."

"사과로 넘어갈 일이 아니잖아. 우리 소중한 쿠논 님의 귀를 더럽히다니."

"린코, 미안. 내가 잘못했어."

"왜 쿠논 님까지 사과하시는 건가요?"

왜냐고 묻는다면 린코가 화났기 때문이었다.

그러나 확실히 쿠논이 사과해야 할 이유는 없었다.

"……사람은 재현하는 게 어려워서 무리죠."

과거 시녀와 똑같이 생긴 「물인형」을 만든 적이 있었지만.

왕성으로 날렸다가 혼쭐이 났던 이후로 그 기술은 거의 다뤄보지 않았다.

그때는 신나서 함께했던 왕궁마술사들도 같이 혼났다.

그리운 추억이었다. 론디몬드는 잘 지내고 있을까?

동물은 모르겠지만, 사람은 늘 움직이는 존재다.

가만히 있어도 심장 박동과 맥박은 멈추지 않는다. 그런 부조화가 보는 이에게 위화감으로서 전해진다.

아니, 실제로는 동물도 마찬가지인가? 물로 재현했던 동물도 다소 위화감은 느껴질 것이다.

아무리 닮았더라도 움직이지 않으니까.

"……사람 재현이라."

다시금 생각해보니 흥미로운 과제였다.

무언가 유효한 사용법이 있을 것 같았다.

이런 마술은 폭을 최대한 넓혀둘수록 좋다. 꼭 필요한 상황이 닥쳤는데 『불가능』하다면 얼마나 원통할까.

"쿠논 님, 가시죠. 여긴 글러먹은 어른이 있는 가게입니다."

"정말로 죄송합니다! 우발적인 충동이었습니다! 저기, 좋아하는 여자가 있는데, 곁잠이라도 자주면 좋겠다는 마음에 그만 마가 껴서."

"입 다물어. 귀뿐만 아니라 마음마저 더러워졌어."

린코가 생각에 잠긴 쿠논의 손을 잡고서 가게 밖으로 끌고 나갔다.

"―아이 참. 도시는 아이 교육에 좋지 않네요."

린코는 의외로 교육열이 뜨거운 타입인 것 같다.

◆

"하아……."

재봉점 남성점원이 사고를 쳤다며 한숨을 내뱉었다.

무심코 말하고 말았다.

여자를 재현할 수 없느냐고.

지금 안고 있는 개의 재현도가 매우 훌륭했기에 무심코 욕망이 튀어나오고 말았다.

확실히 저만한 아이에게 성인의 야릇한 소망을 표출하는 것은 너무 일렀다. 저도 모르게 노골적인 요구를 하고 말았다는 후회가 그치질 않았다.

바로 그때였다.

"―실례하겠습니다."

출입문이 열리더니 하얀 로브와 후드를 걸친 두 여성이 들어왔다.

키가 큰 여성과 아이였다.

아이의 성별은 다르지만, 아까 봤던 어른과 아이의 조합이었다.

두 사람이 갖춰 입은 하얀 로브에 들어간 금색 자수를 보고서 남성점원이 등을 쭉 폈다.

조금 화려하지만, 한없이 아름답고 청아한 덩굴잎 자수.

아는 사람이 보면 단번에 알 수 있다.

─성교국의 높은 사람이다.

미복 차림으로 보이지만, 틀림없이 고위직 신관이었다.

"여기에 암호 머플러가 있다고 들었습니다. 상품을 보여주시겠어요?"

"아, 저쪽 선반에…… 예?"

남성점원이 선반으로 손을 뻗자 아이가 아랑곳하지 않고 다가왔다.

"마술이군요."

아이가 주목한 것은 남성점원이 아직도 안고 있는 개였다.

"마술? 그 개가?"

"예."

키가 큰 여성이 묻자 아이가 수긍하고서 손가락으로 개를 만졌다.

그때─ 촤악, 터지며 개가 물로 되돌아갔다.

"으악!"

갑자기 물로 변해서 피할 틈이 없었다. 남성점원의 옷이 하반신을 중심으로 젖고 말았다.

마치 아까 전에 저지른 결례에 대한 벌을 받은 것처럼.

"아아, 죄송합니다. 물인 줄 몰라서."

—항마 체질 때문에 터지고 말았다. 그 소녀는 마술과 마력 내성을 타고난지라 약한 마술은 자연스럽게 없어져버린다.

그 사실을 잊고서 무심코 만지고 말았다.

아니, 개를 만드는 데 투입한 마력이 생각보다 적었던 것도 원인일까.

"아뇨…… 하하……."

—아까 왔던 아이가 마술사였다면, 지금 이 아이도 마술사.

마술사 자체가 희귀한데, 설마 손님으로서 연달아 방문할 줄이야.

우연치고는 너무 과한 기분이 들었다. 그러나 분명 우연이겠지.

"……아, 저기, 왜 그러시는지……."

점원이 우물쭈물거렸다.

고위 신관으로 추정되는 여성과 아이가 점원의 젖은 바지를 물끄러미 쳐다봤다.

—일찍이 자신의 하반신이 이리도 주목을 받았던 적이 있었나? 아니, 없었다.

점원은 그런 어리석기 짝이 없는 생각을 했지만, 두 사람의 시선은 흔들리지 않았다.

"방금 그 개가 정말로 물이었습니까?"

"보다시피요."

여성이 묻자 아이가 대답했다.

"틀림없이 물이군요."

"……제 지식에는 없는 마술이네요."

"저도 모릅니다."

―동물을 본뜬 수마술.

비슷한 마술이 있긴 했지만, 중급 이상의 고도의 마술이었다.

그러나 만약에 그랬다면 소녀가 지닌 항마 체질에 사라지지 않았겠지.

"흥미가 있나요?"

"아뇨, 딱히."

소녀는 감정이 희박한지라 마음이 움직이지는 않았다.

그저「신기한 마술이 있다」면서 기억에 담아뒀을 뿐이었다.

"그런가요. 전 매우 흥미롭네요. 점주님, 그 마술을 구사했던 사람은 어떤 분이었나요? 실례가 안 된다면 알려줄 수 없을까요?"

여성이 젖은 사타구니를 가리키며 묻자 점주가 떠듬떠듬 대답했다.

이 무슨 고문이야, 하고 생각하면서.

―쿠논과 그녀…… 성녀 레이에스가 이곳에서 스쳐지나갔다는 사실은 조금 나중에 밝혀진다.

◆

"―우와, 도착했네요."

"―도착했네."

사소한 트러블은 있었지만, 일정에서 크게 벗어나지는 않았다.

여행은 대단히 순조로웠다. 쿠논 일행은 약 한 달여의 여정을 거쳐 무사히 마술도시 디라싯크에 도착했다.

마술도시답게 마술사가 많이 살고, 마술 상점도 많다고 알려진,

쿠논에게는 그야말로 꿈같은 곳이었다.

당장에라도 도시를 탐색해보고 싶었지만, 수속을 밟는 게 먼저였다.

도착한 그날은 휴식도 할 겸 호텔에 일찍 들어가 하룻밤을 묵었다.

이튿날 아침에 마술학교의 접수처로 향했다.

마술학교 부지의 바로 바깥에 위치한 건물 창구에서 접수처 여성에게 수속을 신청했다.

그러자—.

"죄송합니다만, 기숙사는 이미 꽉 찼습니다."

접수처 여성에게 입학과 기숙사에 관해 물었더니 그런 대답이 돌아왔다.

이번 여행의 최대 트러블은 최후의 최후에 찾아왔다.

입학은 아버지가 수속을 끝내뒀다.

창구에서 가볍게 물어봤을 뿐인데 입학시험을 치를 수 있도록 허가가 내려졌고, 수험표를 무사히 받을 수 있었다.

시험은 지금부터 한 달 뒤에 치러진다. 그렇게 되도록 일정을 조정해왔다.

그러나 문제는 기숙사였다.

앞으로 살 곳 말이다.

쿠논이 마술학교에 입학하는 것이 확실하지 않았기에 아버지는 기숙사 입사 신청까지는 하지 않았다.

쿠논의 뜻이 명확해졌을 때는 이미 늦었다. 선착순으로 신청을 받아서 자리가 다 차버렸다고 했다.

린코가 「어떻게 안될까요?」 하고 매달렸지만, 접수처 여성이 「어떻게 해드릴 수 없습니다」라고 딱 잘라 말했다.

린코가 은밀히 넷카…… 접수처 여성에게 뇌물을 건넸지만, 「뇌물은 만 단위부터 시작입니다. 백 넷카를 쥐여봤자 어떻게 해드릴 수 없습니다. 애당초 뇌물로 해결해보려는 생각이 마음에 안 드네요」라면서 두 사람을 내쫓듯 바깥으로 내보냈다.

그리고 현재.

"난감하게 됐네요."

"난감하네."

린코와 쿠논은 당황했다.

"백 넷카도 돌려주지 않았어요."

"나도 뇌물은 별로 권하고 싶지 않았지만, 정말로 백 넷카로 어떻게 될 거라고 생각했어?"

백 넷카는 서민층 아이가 받는 용돈 수준이었다.

"처음에는 무모한 요구부터 던지는 게 흥정의 기본이잖아요?"

과연.

백 넷카로 시작하여 금액을 조금씩 올리면서 흥정을 벌일 셈이었구나.

타인이 들어서는 안 되는 이야기를 당당하게 늘어놓은 것부터가 잘못됐다고 생각하는데.

더욱이 이곳은 상대방의 직장이니까.

뭐, 어차피 실패해서 상관없겠지.

쓸데없이 알려줬다가는 다음에 뇌물 흥정이 먹힐 확률이 올라갈 테니 그런 의미에서도 이대로 넘어가는 편이 좋겠지.

―일단 귀족 교육에서는 뇌물도 유효한 교섭술이라고 가르친다. 린코가 시도하려고 했던 행위는 귀족의 사용인으로서 크게 잘못된 것은 아니었다.

분명 마술도시에서는 뇌물과 상납, 고위직들의 유착의 양상도 다른 곳과는 다르겠지.

"기숙사에 들어가지 못할 경우도 상정하여 돈을 많이 받았지?"

"예. 호텔에 한 달은 체류할 수 있습니다."

그렇다면 손을 쓸 수 있는 여유가 있었다.

그동안에 친가에 연락을 넣어도 되고, 추가 자금을 보내달라고 요청해도 된다. 어떻게 할지 물어봐도 되겠지.

"앞으로 몇 년은 이 도시에서 살면서 마술학교에 다녀야 하니 오랫동안 머물 수 있는 집을 빌릴 수 없을까?"

그러나 쿠논은 비용이 비싼 호텔보다는 몇 년 단위로 살 수 있는 거처를 확보하고 싶었다.

이곳에서 생활해야 하니 앞으로 보유할 물건들이 늘어나겠지.

마술 관련 서류나 책이 자꾸 늘어날 테고, 마도구 개발에 착수할지도 모른다. 물론 마술 실험과 연구도 많이 하겠지.

생활하는 데는 돈이 든다. 마술에 정진하는 데도 돈을 낭비하게 되겠지.

그러나 그것은 불필요한 지출이 아니다.

호텔에서 지내면 쾌적할지도 모르겠지만, 분명 불필요한 지출에 속하겠지.

절약할 수 있는 부분은 절약해야 했다.

"린코는 요리를 할 줄 알지?"

"예. 장래에 약혼자와 합법적인 요리를 제공하는 가게를 차릴 예정이니까요."

―더불어서 인수인계를 하면서 쿠논이 좋아하거나, 간편하게 즐기는 음식이 무엇인지도 들었다.

쿠논의 비위를 맞춰주고 싶을 때는 베이컨을 두껍게 썰라고 언니가 말했다.

"집안일도 할 수 있지?"

"예. 언제든지 시집갈 준비가 되어 있습니다."

이래 봬도 린코는 그리온가의 사용인이다. 그런 업무는 완벽하게 수행할 수 있다.

"그럼 작은 집을 빌려서 함께 살자."

"앗. ……설마, 프러포즈……?"

"나랑 너한테 약혼자가 없다면 그렇게 받아들여도 상관없어. 나랑 너한테 약혼자가 없다면 결혼하자. 나랑 너한테 약혼자가 없다면 평생 소중히 아껴줄게."

"예! 저랑 쿠논 님한테 약혼자가 없다면 기꺼이!"

두 사람이 마주보며 웃었다.

"―저기."

그리고 그 광경을 보다 못한 접수처 여성의 표정이 약간 일그러졌다.

"일단 기숙사에 들어갈 수 없는 입학 희망자한테는 이걸 나눠주도록 되어 있는데……. 그리고 아까 받았던 백 넷카도 돌려줄게요. 고작 이 푼돈을 받고서 뇌물을 챙겼느냐며 상사한테서 꾸지람을 듣는 건 참을 수 없어서요."

아마도 전달사항이 있는 듯했다. 아까 쿠논 일행을 쫓아냈던 접수처 여성이 쫓아왔다.

그녀는 두 사람이 이상한 대화를 벌이기 시작하자 차마 말을 걸지 못하고 잠시 기다렸다.

그리고 서로 친해서 좋겠다고 생각하면서 쳐다봤다.

"종이?"

눈이 보이지 않는 쿠논을 대신하여 린코가 받아들고서 서류를 가볍게 훑어봤다.

"예. 부동산 업자 정보네요. —매해 기숙사에 들어가지 못하는 분이 있나봐요?"

"예측하기 어려워요. 전 세계적으로 마술사 자체가 적어서 입학 희망자가 없는 해도 있거든요. 그리고 입학한 학생이 좀처럼 졸업하지 못하는 경우도 있어서 기숙사 현황은 꽤 불안정해요. 이번에는 작년과 올해의 졸업생이 적어서 그래요."

과연.

올해 입학 희망자가 너무 많았던 게 아니라 먼저 입학한 학생들이 졸업하지 못해서 기숙사가 비지 않은 패턴인 것 같다.

"그 목록에 적힌 부동산 업체에 가면 마술사가 살기 괜찮은 양호한 집을 소개해줄 거예요."

"살뜰히 챙겨줘서 감사합니다. 아까 전에 무례하게도 뇌물을 건넸던 점, 사과드리겠습니다."

"……뇌물은 만 단위부터예요. 백 넷카를 건네봤자 팁으로밖에 여기지 않거든요."

"명심해두겠습니다."

접수처 여성이 기막혀하며 한숨을 내뱉고는 건물 안으로 되돌아갔다.

"그럼 쿠논 님, 서로 약혼자가 없다면 사랑의 둥지가 될 수도 있는 장소를 찾으러 가볼까요?"

"응. 단둘의 생활이 시작되겠네."

그것은 약혼자를 운운하지 않더라도 사실이었다.

마술학교 입학시험은 앞으로 한 달 뒤에 치러진다.

그때까지 쿠논은 시험에 대비하여 준비해야만 했다.

시험에 떨어지더라도 일단은 마술사이기에 나름대로 처신할 수가 있긴 했지만, 쿠논은 시험을 통과해야 한다는 생각밖에 하지 않았다.

불로불사의 마녀 그레이 루바를 필두로 만나보고 싶은 마술사의 이름이 아주 많았고, 그 사람들 대부분은 마술학교의 교사였다.

설령 유명하지 않더라도 마술학교에 있는 교사들은 각자의 분야에서 세계 최고 수준의 지식과 경험, 희귀한 마술적인 재능을 갖고 있다고 들었다.

이곳까지 왔는데 그 대단한 사람들과 만나지 못하고 돌아갈 수는 없었다.

그래서 쿠논은 반드시 시험을 통과할 생각이었다.

기숙사 신청은 늦었지만, 소개해준 부동산 업체에서 집을 빨리 찾아줬다.

보통 입학희망자는 시험을 2주 앞두고서 늘어난다고 했다.

쿠논은 시험 한 달 전에 도착했기에 기숙사는 허탕을 쳤지만 주거지는 마음대로 고를 수 있었다.

두 사람이 살기에 조금 넓은 집을 빌려서 린코와 함께 생활하기 시작했다.

생활에 익숙해지는 데 일주일이 걸렸다.

식문화에 익숙해지는 데 2주가 걸렸다.

쿠논이 마술 관련 상점을 모두 둘러보는 데 3주하고도 닷새가 걸렸다.

남은 만 이틀 동안에 쿠논은 아직 꺼내지 않았던 전력을 다하여 시험공부에 박차를 가했다.

그렇게 완벽하게 준비를 마친 쿠논은 드디어 마술학교의 입학시험에 임했다—.

제3화 입학시험에 도전하다

입학시험 당일.

쿠논은 지정된 시간에 린코와 함께 다시 마술학교 접수창구로 향했다.

한 달 전에 만났던 접수처 여성이 응대해줬다.

두 사람을 기억했기 때문이었다.

"저 앞은 수험생만 들어갈 수 있는데……."

그녀는 쿠논을 보면서 말을 우물거렸다.

멋들어진 안대와 근사한 지팡이 때문인지 눈이 보이지 않는다는 걸 알아챘다.

"아, 전 혼자서도 문제없어요. 굳이 문제가 있다면 린코와 헤어지면 마음이 적적해진다는 것 정도?"

"공교롭게도 저도 마찬가지예요, 쿠논 님. 뇌물로 어떻게 안될까요?"

"안되니까 백 넷카를 건네려고 하지 말아요. 뇌물은 만 단위부터라고 했잖아요. 혼자서도 별 문제가 없다면 시종은 일단 물러나주세요. 시험은 오전 중에 끝나니 근처 찻집에서 차라도 마시면서 기다리는 게 어떤가요?"

"아, 그럼 달콤한 음식이나 먹으러 가야겠다. 쿠논 님, 열심히 하세요!"

린코가 바로 가버렸다.

"……당신과 저 시녀의 관계는 대체 뭔가요?"

저 시녀는 대체 어떤 인간이야?

쿠논을 걱정하는 줄 알았더니만 꼭 그렇지도 않다는 태도로 바로 가버렸다. 결코 사이가 나쁜 것 같지는 않은데.

"글쎄요. 늘 저래서 잘 모르겠어요. 하지만 매력적인 여성한테는 미스테리어스한 일면도 있으니 괜찮다고 생각해요."

"하아, 그런가요?"

"분명 당신한테도 미스테리어스한 면이 있겠죠. 예를 들어 이름이 없다거나."

"이름이 없다니, 그게 무슨 소린가요? 전 루베라라는 이름이 있는데……. 아."

—접수처 여성이 화들짝 놀랐다.

어이없어하다가 무심코 이름을 밝히고 말았다—. 마치 교묘한 픽업 아티스트의 화술에 걸려든 것처럼.

"루베라. 근사한 이름이네요. 루랑 베라의 울림이 특히 좋아요. 마치 루와 베라가 조합된 이름 같아."

이름을 고스란히 드러내고 말았다.

더욱이 영문을 알 수 없는 소리까지 하고 있었다.

시녀도 이상하지만, 저 아이도 이상했다.

접수처 직원 루베라는 진지하게 상대했다가는 피곤할 것 같아서 얼른 시험장으로 안내하기로 했다.

접수창구가 있는 건물의 뒷문을 통해 밖으로 나갔다.

"여기부터가 마술학교의 부지입니다."

접수처 여성이 눈이 보이지 않는 쿠논에게 설명해줬다.

저 멀리 학교 건물과 특별동이 있다면서 대략적인 방향만을 알려주며 나아갔다.

"오호……."

쿠논은 벌써부터 두근거렸다.

거리가 꽤 떨어져 있지만, 그래도 알 수 있었다.

저 너머, 마술학교의 부지 안에서 강대한 마력이 여럿 느껴졌다. 분명 고명한 교사들의 마력이겠지.

어서 이곳에서 존경할 만한 수많은 스승과 만나고, 학우와 대화를 나누고, 여러 실험을 하고 싶었다. 분명 재밌겠지.

"시험의 개요는 알고 계시나요?"

"우선 실기시험을 통해 수험자의 마술 실력을 보인 뒤 속성별로 필기시험과 면접을 치르죠? 하지만 결국 실기시험에서 당락의 90퍼센트가 결정된다던데요."

"대강 맞습니다. 마술 실력이 확실하다면 마술 이론도 갖춰져 있을 테니 필기시험 결과도 자연스럽게 짐작할 수 있대요. 설령 이론을 잘 모르더라도 나중에 가르치면 된다고 판단하는 모양이에요."

그 케이스는 이론은 엉성하지만 마술 실력은 확실한 인물에게 적용되겠지.

그 사람은 틀림없는 천재일 것이다. 거의 없겠지만.

"문제는 면접이네요. 마술학교에 걸맞지 않는 사람…… 남을 괴롭히는 걸 좋아하는 사람이나, 남의 연구나 실험결과를 훔쳐갈 것 같은 사람이나. 그런 위험한 인물을 가려내기 위해 면접을 실시하죠."

마술은 힘이다.

힘은 곧 무기다.

무기는 사람을 지키는 데도 쓸 수 있지만, 위해를 가하는 데도 쓸 수 있다.

최소 연령에 제한을 둔 이유도 술자의 정신연령이 올라가면 인격도 무르익으리라는 의도 때문이었다.

그러나 힘은 사람을 매혹시킨다.

힘을 가지면 사람은 바뀌고 만다.

인격에 문제가 있는 마술사는 적지만, 아예 없는 것은 아니었다.

"이 세상에는 여러 사람이 있으니까 무섭죠. 루베라 씨도 조심해요. 결혼사기나……"

"……말해두겠지만, 전 가드가 단단한 여자로 유명하거든요? 당신이 어린애라서 무심코 이름을 밝히고 말았지만, 전 그렇게 가벼운 여자가 아닙니다."

"매우 단단하면 반대로 매우 물러지기도 하죠. 예를 들어 마음을 한 번 연 남성한테는 한없이 망가지고 빠져들 수도 있고요. 그러다가 무거운 여자라며 버림받기도 하고요. 어떤 분야에서든 유연성이 필요하다고 생각해요."

"……"

루베라는 할 말을 잃었다.

고작 어린애인데.

마치 사전에 알아보고 온 것처럼 루베라의 괴로운 기억을 정확하게 찔렀다. 무서운 아이였다.

"뭐, 저라면 루베라 씨 같은 매력적인 여성을 결코 버리지 않겠지만."

"앗……. 큭."

본의 아니게 조금 두근거리고 말았다.

고작 어린애인데.

정말로 무서운 아이였다.

―더욱이 쿠논이 방금 말한 내용은 전부 일찍이 수다쟁이 시녀 이코가 했던 말을 고스란히 옮긴 것에 불과했다.

쿠논 본인은 연애 따위 잘 알지 못했다.

◆

쿠논은 실기를 치르는 시험장에 도착했다.

주변에는 아무도 없었다. 확 트인 장소였다. 교정인지도 모르겠다.

그리고 그곳에는 먼저 온 남성 둘, 여성 하나의 세 손님이 있었다.

"여기서 기다리세요."

여러 의미로 쿠논이 무서워진 접수처 여성이 빠르게 물러났다.

먼저 온 세 사람이 도착한 쿠논을 보고 있었다.

괴이한…… 안대로 눈을 뒤덮은 아이가 다가오자 의아하게 여긴 듯했다.

"―음."

반면에 쿠논은 놀랐다.

"……그렇구나."

놀라고 납득했다.

일단 장소와 사람을 확인해두기 위해 「경안」으로 주변을 둘러봤더니—.

지금까지 알고 있던 법칙이 무너졌다.

여행하는 동안에 여러 이상한 것을 봐왔다.

그것을 바탕으로 일종의 법칙이 보이기 시작했는데…….

아니, 무너진 것은 아니었다.

새로운 법칙을 찾아냈다고 표현하는 편이 맞겠지.

세 사람은 수험생이겠지.

가장 먼저 눈길을 끈 사람은 하얀 로브를 입은 은발 여성이었다. 쿠논과 나이가 비슷해 보였다.

그녀는 금빛을 은은하게 발하는 거대한 고리를 짊어지고 있었다.

신화를 묘사한 그림책에서 저런 것을 본 적이 있었다.

후광이었다.

그녀의 등 뒤에는 후광을 물질로 표현한 것 같은 것이 떠있었다.

다른 두 사람도 마찬가지였다.

스무 살쯤 된 성인과 쿠논과 비슷한 또래의 소년.

성인은 새빨간 도마뱀을 몸에 두르고 있었다.

아니, 휘감고 있다고 해야 하나?

소년의 주변에는 잘게 자른 색종이 같은 게 흩날렸다.

그것은 가끔씩 본 적이 있는…… 자연 속을 지나가는 바람에 섞여 있었다.

지금껏 「경안」으로 사람을 관찰하면서 세워왔던 법칙이 무너졌다.

여태껏 관찰해온 결과를 토대로 「몸에서 무언가가 튀어나왔다」, 「몸에 무언가가 생겨났다」, 「무언가가 작용됐다」라는 세 가지 패턴으로 분류했다.

그리고 쿠논만이 몸속이 아니라 몸 바깥에 거대한 게를 짊어지고 있었다.

자신만이 예외일까? 아니면 영문을 알 수 없는 환상일 뿐, 아무런 이유가 없는 걸까?

—그렇지 않았다. 분명 이 차이는 일반인과 마술사의 차이였다.

일반인은 「본인의 몸속에 있다」.

마술사는 「밖에 갖고 있다」.

현 단계에서는 아직 잠정적인 가설에 불과하지만, 아마도 맞겠지.

눈에 비치는 것이 무엇인지는 여전히 모르겠지만, 이 법칙은 틀리지 않은 듯했다.

제온리는 너무 눈이 부셔서 볼 수가 없었는데, 지금은 다르게 해석할 수 있었다.

분명 그의 바깥에 있는 「무언가」가 찬란하게 빛나며 본인을 감춘 거겠지. 당사자의 흔들림 없는 자신감이 눈부시게 빛난 것이 아니라.

"……그렇구나."

쿠논은 다시금 중얼거렸다.

눈에 비치는 것이 무엇인지는 모르겠다.

그러나 그것이 마술과 관련이 있다는 사실만은 확실히 판명된 듯했다.

—단순한 환상이 아니라면 이 역시 연구 대상이다.

쿠논은 이 수수께끼를 꼭 해명하고 싶었다.

「경안」에 비치는 현상의 법칙을 고찰하는 것은 뒤로 미루기로 하고.

"—네가 성교국의 성녀?"

쿠논은 후광을 짊어진 은발 소녀에게 말을 걸었다.

성녀가 입학한다는 이야기는 들었다. 그것이 사실인지 확인하고서 여러 가지를 물어보고 싶었다.

만약에 정말로 성녀라면 그녀의 속성은 빛이다.

마술사는 가뜩이나 희귀한 존재인데, 그중에서도 빛과 어둠, 마(魔) 속성을 지닌 자는 더더욱 희귀했다.

거기에다가 성녀라면.

현재, 성녀는 이 세계에서 한두 명밖에 없을 정도로 희소한 존재였다.

"그게 뭐 어쨌다는 겁니까? 추파를 던지는 거라면 사양하겠어요."

"역시?! 그랬어?! 대단해!"

그녀가 무척이나 쌀쌀맞은 목소리로 대응했지만, 쿠논은 흥분했다.

"광속성이지? 치유마술을 쓸 수 있는 유일한 속성 맞지?! 대단하네!"

"……당신은 대체 뭔가요. 능글맞게."

소녀가 무척이나 차갑게 대했지만, 쿠논은 아랑곳하지 않았다.

"제발! 제발, 제발! 광속성에 관해 알려줘! 시험을 치른 뒤…… 달콤한 음식이라도 먹으면서! 돈은 내가 낼 테니까! 제발! 디라싯크의 명물인 매직 파르페가 참 맛있어! 먹어봤어? 난 먹어봤어! 두 번!"

"……하아."

싸늘한 태도로 일관하던 소녀가 한숨을 내뱉었다.

"추파는 사양한다고 말했습니다만?"

"추파가 아니라 마술 이야기를 하고 싶어! 다른 의도는 전혀 없어! 그냥 같이 가기만 하자! 가기만 하는 거야! 손가락 하나 대지 않을 거야! 약속할게!"

"당신은 광속성이 아니죠? 얘기를 들어서 뭘 어쩌려고요? 듣는다 해도 당신한테 무슨 이득이 있다고?"

"그건 얘기를 들어보지 않으면 알 수 없어! 참고할 수 있는 부분이 있을지도 모르니 듣고 싶어!"

"……하아."

소녀가 차가운 눈빛으로 한숨을 한 번 내뱉고서 말했다.

"광속성은 다른 속성의 상위에 해당합니다. 상위마술에 관해 아는 게 하위마술을 연구하는 데 어떻게 참고할 수 있다는 말인가요?"

"어?"

쿠논은 당황했다.

그리고 볼 생각은 없었지만, 눈앞에서 뜬금없이 추파를 던지기 시작한 소년과 추파를 받고 있는 소녀를 지켜보던 두 수험생도 조금 부아가 치밀었다.

빛은 다른 속성보다 상위.

그렇지 않았다.

빛과 어둠과 마(魔) 속성은 희소할 뿐, 각 속성마다 명확한 상하관계는 없었다.

……그러나 소녀가 성녀이기에 틀렸다고 반박하기가 어려웠다.

광속성 마술사가 반드시 성녀인 것은 아니었다. 성녀가 아닌 광속성 보유자도 있기 때문이었다.

오히려 광속성이 아니라 성녀라는 존재가 마술사보다 상위존재라고 말했다면 일리가 있다며 납득했겠지.

그 이유는 성녀만이 쓸 수 있는 고유마술이라는 특별한 마술 때문인데—

"시시한 이유를 늘어놓지 말고, 추파를 던지고 싶었을 뿐이라고 진심을 말하도록 해요."

"어?"

쿠논은 거듭 당황했지만— 일단 하나씩 정정하기로 했다.

"난 수속성이 최고이고, 그 어떤 속성에도 뒤지지 않는다고 생각하는데."

"뭐라고요?"

이번에는 소녀가 당황했다.

—하필이면 흔한 속성인 수속성이 최고라고? 그 어떤 속성에도 뒤지지 않는다고?

귀를 의심했다.

"그리고 정말로 추파를 던지는 게 아냐. 아무리 내가 여성한테 친절하다고 해도 초면인 여성한테 뜬금없이 데이트를 신청할 만큼 상스럽지 않아.”

게다가 그 은발이 싫어…… 라는 말은 입 밖에 내뱉지 않았다.

쿠논은 자신의 눈동자와 비슷한 색깔인 은색을 그다지 좋아하지 않았다.

“역시 데이트는 한두 번 만나본 뒤에 해야지. 서로 이름도 모르는데 어떻게 꼬시겠어? 그건 성실한 신사의 품행이 아냐. 미안, 기대감을 품게 해서.”

“…….”

영문을 알 수 없는 소년의 논리하며, 결국에는 자신이 차인 것 같은 이 전개는 대체 뭐지?

소녀는 당혹스러울 뿐이었다.

“기대 따윈 하지 않았는데.”

“그거 잘 됐네. 그럼 시험을 치른 뒤에 얘기를 해주겠어?”

“뭐가 『그럼』인가요? 당신과 얘기 따윈 하지 않겠습니다.”

“—이봐. 여자는 나중에 꼬셔.”

쿠논은 더 따지려고 했지만 그럴 수가 없었다.

애당초 꼬실 의도가 없었다고 정정하고 싶었지만, 그럴 상황이 아니었다.

두 사람 사이에 갑자기 끼어든 사람은 이들 중에서 가장 강력한 마력을 갖고 있는 젊은 남성이었다. 그는 한 여성을 거느리고 있었다.

쿠논과 소녀가 이러쿵저러쿵 대화를 나누는 사이에 도착한 듯했다.

그렇다. 드디어 시험관을 맡은 교사가 나타났다.

"내 이름은 사프 크리켓. 이 디라싯크 마술학교의 교사야. 이쪽은 조수인 세이피 씨."

"세이피입니다. 아직 정식으로 채용되진 않았고, 직위는 준교사입니다."

시험관이 이름을 밝히고서 인사하자 방금 전까지 쿠논 때문에 풀어져 있던 분위기가 팽팽해졌다.

드디어 입학시험이 시작된다.

—「경안」으로 사프를 보니 녹색 구슬 네 개가 주변에 떠 있었다. 그리고 세이피는 발밑에 쥐를 열 마리쯤 키우고 있었다. 새로운 법칙에 위배되지 않았다.

"자. 우선 네 명 모두 입학을 축하한다."

사프가 말하자 두 교사가 뜬금없이 손뼉을 짝짝 쳤다.

"우린 기본적으로 마술사이기만 하면 입학시켜. 왜냐면 지금은 마술을 잘 구사하지 못하더라도, 지식이 부족하더라도 앞으로 단련해나가면 되니까. 이곳은 자신의 능력을 단련하는 곳이기도 해. 귀중한 마술사를 쉽사리 내쫓을 수야 없지."

이럴 수가.

그런 숨겨진 진실이 있었을 줄이야.

"몰랐지? 의외로 이곳 관계자는 그런 얘기를 잘 하질 않아. 다들 어디선가 시험이 어렵다는 말을 듣지 않았나? 그거, 졸업생의 허세거든. ……뭐, 전부 다 허세라고는 할 순 없겠지만."

쿠논은 완전히 속았다.

디라싯크에 도착한 뒤 한 달……의 마지막 이틀은 시험공부를 착실히 했다. 아무래도 시간을 낭비한 듯했다.

"저기, 그럼 시험은? 무슨 목적으로?"

성인 수험생이 물었다.

"여기서 어떻게 지낼지 나누기 위해서지. 앞으로 설명할 테니 잘 들어."

사프가 말했다.

앞으로 치르는 시험을 통해 마술학교에서 어떤 코스에 다닐지 결정한다고 했다.

그 이유는 모두들 배우고 싶은 내용과 속성, 특기 분야가 다르기에 한꺼번에 뭉쳐서 가르치는 것은 효율이 떨어지기 때문이었다.

쿠논처럼 사전에 단단히 준비해왔거나 마술을 단련해온 사람도 있는가 하면, 단지 문장이 나타났다는 이유만으로 이곳에 끌려온 견습 마술사라고 부를 수도 없는 생초보도 있기 때문이었다.

그러한 두 사람을 한 자리에 앉혀두고서 가르치는 것은 도저히 무리였다.

그래서 처음부터 이 학교에서 생활하는 방식을 나눠야 했다.

요컨대 실력을 보고서 클래스를 나누겠다는 이야기였다.

클래스는 특급, 2급, 3급 세 가지로 나뉜다.

"특급의 별칭은 『자유 연구조』. 본인이 하고 싶은 것, 배우고 싶은 것을 알아서 택해도 되는 클래스야. 2급의 별칭은 『교사조』. 일반 학교와 가장 비슷할 거야. 이곳에 배정되는 학생이 가장 많아. 3급의 별칭은 『기초조』. 그 명칭대로 기본부터 배우는 클래스인데…… 오늘 입학생을 보니 그곳과는 관계가 없겠군."

다시 말해 쿠논이 노리는 곳은 특급이었다.

자유롭게 연구할 수 있다.

바라마지 않는 생활이었다.

―마술학교의 시험이 어렵기로 유명하다는 말은 아마도 이 특급에 들어가는 것이 어렵다는 의미겠지.

마술사라면 대부분 실험이나 연구를 자유롭게 하고 싶어 하니까.

"말해두겠지만, 어느 클래스든 졸업은 쉽지 않아. 특히 특급은 일류 마술사를 길러내는 클래스다. 들어가는 것도, 졸업하는 것도 결코 쉽지 않아."

일류 마술사를 길러내는 클래스.

목적은 오직 그뿐.

"이것으로 설명을 어느 정도 마쳤는데, 시험을 시작해도 될까?"

그리고 우선은 실기시험이 시작됐다.

"행크 비트."

"예."

사프가 처음 호명한 사람은 성인 수험생이었다.

"렛트 선생의 조수는 이제 졸업했나?"

"예. 기술은 성숙됐다고 판단했습니다. ……시험을 치를 자신이 없어서 도전하지 않았을 뿐이라서."

아마도 시험관과 수험생이 서로 아는 사이인 듯했다.

그리고 시험에 불합격이 없다는 사실을 알고서 가장 경악한 사람도 그였다.

보아하니 다른 사람의 밑에서 경험을 쌓았던 시절이 있었나 보다.

시험의 진실을 아무도 알려주지 않은 걸 보니 이미 암묵적인 양해를 넘어선 어떤 관습이 있다고밖에 볼 수 없었다.

"대강 알고 있겠지만 규정이라서 물을게. 문장 속성과 랭크, 구사할 수 있는 마술 숫자를 알려다오. 아, 그리고 희망하는 클래스도."

"불의 문장 2성. 구사할 수 있는 마술은 일곱 가지입니다. 특급 클래스를 희망합니다."

"그렇다는데, 세이피 씨?"

"듣고 있습니다."

조수 세이피가 서류에 기입했다.

그와 동시에 쿠논도 붉은 도마뱀을 두르고 있는 그의 인적사항을 머릿속에 넣어뒀다. 눈에 보이는 모든 것은 고찰을 위한 샘플이 된다. 눈이 보이진 않지만.

"그럼 실기에 들어가지. 네가 가장 잘하는 마술을 써봐."

사프가 말하자 행크의 마력이 지면을 달렸다.

"─『화주(カ リュ)』!"

"우와……!"

쿠논은 감탄했다.

책을 읽어서 알고 있던 마술이었다. 그러나 실제로 보는 것은 이번이 처음이었다. 뭐, 보이지는 않지만.

화주(カ リュ).

화속성 마술사가 초기에 익히는, 난이도가 그리 높지 않은 마술이었다.

마력을 선행시킨 자리에 불이 타오르게 하는 마술이었다.

불 그 자체보다는 경로를 결정하듯 기름을 대신하여 마력을 선행시키는 것이 더 중요한 듯했다. 그것이 저 마술의 핵심이겠지.

불이 타오르며 번져나가는 속도를 보니 아마도 더 큰 규모의 불도 일으킬 수 있을 것 같다.

—구조가 단순해서 얼마든지 응용할 수 있을 것 같다. 쿠논은 그 광경을 보고서 참고가 됐다고 생각했다.

불이 소용돌이치듯 바깥에서 원을 그리며 모여들었다가 한가운데에서 사라졌다. 불길에 살짝 그을린 땅에서 하얀 연기가 피어올랐다.

"응, 나쁘지 않아. 특히 컨트롤이 훌륭한 것 같군."

그렇다. 이것은 마력 제어, 컨트롤이 필요한 마술이다.

더욱이 화력이 강력하기만 한 마술이 아니라 기교를 부려야 하는 마술을 택한 점에서도 행크의 센스가 느껴졌다.

그와는 말이 잘 통할 것 같다고 쿠논은 생각했다.

"리야 호스."

"아, 예."

행크가 실기시험을 마치자 다음에는 종이 가루를 휘감고 있는 소년이 호명됐다. 쿠논보다 한두 살쯤 연상인 것 같았다.

"속성과 랭크, 구사할 수 있는 마술 숫자, 희망하는 클래스를 말해줘."

"저기, 속성은 바람이고 2성입니다. 쓸 줄 아는 마술은 여덟 가지입니다. 2급 클래스를 희망합니다."

"그 나이에 여덟 가지나 쓸 수 있나? 대단하네. 세이피 씨, 그치?"

"그러네요."

쿠논도 대단하다고 생각했다.

쿠논은 여전히 두 가지밖에 구사하지 못한다.

……다른 수험생에 비해 구사할 수 있는 마술이 적어서 조금 불안해졌다.

그리고 이번에도 조수가 서류에 기입하는 동안에 쿠논은 자신의 머릿속에도 리야에 관한 정보를 담아뒀다.

"나도 바람의 문장이야. 왠지 개인적으로는 응원해주고 싶어지네."

시험관이 편애하는 발언을 하긴 했지만, 애초부터 합격이 정해져 있기에 딱히 문제는 없겠지.

"그럼 가장 자신 있는 마술을 보여줘."

"예―『풍아왕(風牙王)』."

상공에 마력을 정체시킨 뒤 공기를 끌어모아 바람으로 방출하는 마술이었다. 「풍아(風牙)」의 상위판이었다.

위에서 아래로 발사된 거대한 공기탄이 지면을 크게 팼다.

엄청난 위력이었다. 사람이 맞았다면 확실히 날아가버렸겠지.

"제법이야. 그 나이에 중급마술까지 쓸 수 있구나."

단순히 소모된 마력이 많았다.

아직 초보 마술 두 가지밖에 쓸 수 없는 쿠논은 그 마력 사용량에 크게 놀랐다.

저것이 중급마술.

중급답게 초급과는 상당히 다른 듯했다.

쿠논은 흥미롭다고 생각했다.

"레이에스 센트란스."

"예."

다음은 성녀 차례였다.

아까 「빛은 다른 속성보다 상위」라고 했던 발언 때문에 쿠논을 제외한 다른 수험생들에게서 반감을 조금 샀지만.

그래도 이 자리에 있는 사람들 중에서 그녀가 가장 흥미로웠다.

광속성은 대단히 희귀하다.

시험관은 모르겠지만, 수험생들 모두 마술자가 광마술을 구사하는 모습을 직접 보는 것도 처음이었다.

"속성과 랭크, 쓸 줄 아는 마술 숫자, 희망하는 클래스."

"속성은 빛, 3성. 쓸 줄 아는 마술은 다섯 가지. 특급 클래스를 희망합니다."

광속성에다가 3성.

쿠논은 더더욱 흥미가 끌렸다.

"먼저 말해두겠지만, 전 성녀입니다."

"그렇다고 하더라. 하지만 고유마술은 실기시험의 대상이 아니니 이 시험과 네가 성녀라는 사실은 거의 무관하지 않나?"

"그런가요? 말이 나온 김에 한 가지 더 말해도 되겠습니까?"

"음? 뭐지?"

"별로 자각은 하지 못하지만, 전 『영웅의 상흔』 때문에 감정이 희박하다고 합니다. 제 언동 때문에 혹여 불쾌해하실지도 모르겠지만, 본의는 아닌지라."

영웅의 상흔.

쿠논과 마찬가지로 마왕의 저주를 받고서 태어난 사람이었다. 처음 만났다.

광속성 성녀인데다가 『영웅의 상흔』이기도 했다.

흥미가 자꾸만 샘솟았다.

"그래? 왠지 살기 힘들 것 같긴 하네. 지금 난 불쾌하지 않아. 세이피 씨는?"

"문제없습니다."

그러한 촌극이 있긴 했지만, 시험은 문제없이 진행됐다.

"—『성광선(聖光線)』."

치유마술이 특기라고 말하긴 했지만, 부상자가 없으면 선보일 수가 없기에 레이에스는 보유한 마술 중에서 유일하게 치유계열이 아닌 마술을 보였다.

들어올린 손에서 열 광선을 고속으로 발사하는 광속성 초급마술이었다.

무언가에 적중하지 않아서 위력은 잘 모르겠지만, 속도는 주목할 만했다.

무서우리만치 빨랐다.

방출되기 전에 반응하지 않으면 도저히 피할 수 없는 속도였다.

이제 쿠논은 흥미를 품지 말라고 한다면 발끈할 만큼 온통 흥미로웠다. 만약에 눈이 보였다면 지근거리에서 줄곧 관찰했겠지.

"쿠논 그리온."

"예."

드디어 쿠논의 차례가 찾아왔다.

"어디 보자. 넌 특별히 대우하도록 부탁을 받았는데, 괜찮겠나?"

"……예?"

무슨 소리지?

사프는 전에 시험을 치렀던 세 사람에게 하지 않았던 말을 꺼냈다.

"아, 역시 아무 말도 못 들었구나. ……왠지 가엾네, 세이피 씨?"

"하지만 어쩔 수 없네요."

무슨 이야기인지 잘 모르겠지만, 지금 한순간 조수의 악의를 살짝 느낀 것 같았다.

어쩔 수 없다니.

입학시험이라는 중요한 행사에서 그런 간단한 말로 단정을 지어서는 안 되겠지.

"콕 집어서 설명하자면 네 스승이 네 시험을 어렵게 해달라고 부탁했어. 그런 편지를 받았거든."

스승.

쿠논의 스승이라면.

"제니에 선생님?"

"아, 그쪽이 아니라 제온리 말이야."

최근에 마기사로서 이름을 날리고 있는 제온리의 이름이 나오자 세 수험생들이 반응했다.

아직 견습 마술사 신분이기에 마술사로서 성공을 거둔 사람은 그

누구든 간에 동경하기 마련이었다.

지금 가장 인기를 끄는 마술사의 이름이 나왔으니 더더욱 그랬다.

"제온리가 말이야, 자기 제자는 그 어떤 시험을 내도 통과할 테니 각별히 가혹하게 다루래. 자기 제자의 실력을 보여줄 테니 어리석은 자들아 어디 한 번 놀라봐라, 라고 했지."

"쳇."

조수가 혀를 차며 악의를 드러내자 사정을 조금은 알 것 같았다.

그녀는 쿠논이 아니라 제온리와 인연이 있겠지. 그러고 보니 사프와 세이피도 제온리와 같은 또래인 것 같은데.

"그렇습니까? 스승님께서 그리 말씀하셨다면 어쩔 수 없겠네요."

제온리의 제자 자랑에 어울려줄 생각은 없었다.

그러나 스승이 하라고 했으니 할 수밖에 없었다.

스승이 내린 명령은 절대적. 그것이 바로 제자의 본분이었다.

"괜찮아? 아, 그렇군. 역시 **그 제온**의 제자답구나. 자신감이 달라. 세이피 씨, 그렇지?"

"이 아이를 탈락시켜서 그 남자한테 돌려보내죠."

스승을 향한 악의가 제자에까지 전파됐다.

쿠논에게는 날벼락 같은 일이었다.

"생각은 해도 되지만 입 밖으로 꺼내면 안 되지."

사프가 어이없어하며 어깨를 들먹이고는 규정에 정해진 질문을 했다.

문장 속성, 랭크, 사용 가능한 마술 숫자, 희망 클래스.

쿠논이 당당히 대답했다.

"2성 수속성. 다룰 수 있는 마술은 두 가지. 특급 클래스로 부탁합니다."

"어?"

"—어?"

"—어?"

성녀를 제외한 이 자리에 있는 모두가 어이없어했다.

"……사용할 수 있는 마술이 두 가지?"

사프가 머뭇머뭇 묻자 쿠논이 당당히 대답했다.

"예. 두 가지입니다. 초급 『물 구슬』과 『물 거품』입니다."

물을 생성하는 「물 구슬」.

물거품으로 오염을 씻어내는 「물 거품」.

그것이 쿠논이 구사할 수 있는 마술의 전부였다.

"……그 두 가지로 실기를 치르겠다?"

쿠논이 당당히 대답했다.

"예!"

…….

분위기가 미지근해졌다.

민망해서 얼른 내빼고 싶은 심정.

제온리의 제자라고 해서 기대했지만, 그에 반하는 대답이 돌아와서 실망스러운 심정.

이 상황에서 어째선지 자신만만하게 서있는 쿠논에게 무슨 말을 해야 할지 잘 모르겠다는 심정.

이런 제자를 자신만만하게 추천한 제온리를 냅다 때려주고 싶다는 심정.

여러 생각들이 소리 없이 교차하여 분위기가 왠지 미지근해졌다.

사프는 다른 의미에서도 소년을 가엾게 여겼다.

"으—음. 이거 어떻게 해야 하나……."

분위기가 무겁고 거북했다. 그리고 무엇보다…….

"열심히 하겠습니다!"

이 비장감.

현실이 보이는 건지 안 보이는 건지……. 뭐, 말 그대로 보이지는 않겠지만.

쿠논의 활기차고 당찬 면모가 이곳 분위기를 한층 더 무겁게 했다.

단단히 벼르고 있는 쿠논과 저 녀석은 이 상황의 의미를 전혀 모른다고 생각하는 주변 사람과의 온도차.

이 대비가 무서웠다.

"—무슨 말을 하는 건가요?"

세이피가 나직이 속삭였다.

"—저 아이는 **그 남자**가 자신만만하게 추천한 아이인데요? 남을 좀처럼 칭찬하거나 인정하지 않고, 자신보다 뛰어난 인간 따윈 이 세상에 없다고 단언하는 **그 남자**의 제자인데요?"

"……아, 그랬지."

사프는 개인적으로 그 남자를 그리 싫어하지는 않았지만.

학창시절에 세이피는 같은 토속성 마술사라서 걸핏하면 비교당하고, 충돌하고, 박살났다.

결코 본의는 아니지만, 세이피는 제온리 핀롤의 실력과 성격을 사프보다 더 잘 알았다.

그 남자가 제자를 들였다는 사실도 믿기지 않았다. 그리고 그 제자를 자랑하듯 마술계에 보낸 것도 믿기지가 않았다.

고려해볼 수 있는 가능성은 그리 많지 않았다. 가장 먼저 떠오른 생각은—.

"—저 아이는 **그 남자의 작품**이겠죠."

그렇게 생각한다면 이해가 됐다.

제온리는 스스로를 자랑하는 것을 무척 좋아했다. 특히 마도구를 자랑할 때는 장황했다.

그렇다면 길러낸 제자를 자랑하는 이유는······.

"뭐, 해보면 알 수 있겠지?"

"방심하지 말아요."

"알고 있어. **그 제온**의 제자이니 말이야. 게다가 나도 수험생 앞에서 망신당할 생각은 없어."

사프가 앞으로 나섰다.

"그럼, 쿠논 그리온의 실기시험을 시작하겠다."

"예! 잘 부탁합니다! 열심히 할게요! —저기, 잘 봐줘. 나 열심히 할 테니까. 끝나면 같이 어딘가에 가자?"

"—자자. 작업은 그만두고."

고개를 돌린 채 무시하는 성녀에게 말을 걸고서 쿠논도 앞으로 나왔다.

여유가 있는지 없는지.

아니, 있겠지.

실은 여유만만하겠지.

모두가 이곳을 짓누르는 분위기에 난처해하고 있건만. 혼자서만 아주 태연하겠지.

"과제는— 마술을 구사해서 날 맞추는 것."

사프를 중심으로 바람이 일어났다.

"내 『풍방선벽(風防旋壁)』를 깨보렴."

풍방선벽.

물은 강풍을 통과할 수 없다.

초급 수마술을 두 가지밖에 쓸 수 없다……. 하물며 공격용 마술을 갖고 있지 않은 사람이 돌파하는 건 불가능했다.

방심은 하지 않았다.

마술사로서 꽤 어려운 과제라고 자부한다.

그런데—.

"어? 그걸 과제로 내도 괜찮습니까? 정말로?"

쿠논이 어이없어했다.

한눈에 사프가 낸 과제의 약점을 알아채고 말았기에.

—더 어려운 과제를 내리라 각오하고, 또 기대도 했건만.

"오호?"

쿠논이 명백히 실망한 태도를 보이자 사프는 조금 발끈했다.

"과제에 불만이 있는 모양인데, 해보고 나서 불평을 해야지. 입만 산 마술사는 여자한테 미움을 살 텐데?"

"아, 그건 곤란해."

어떻게든 성녀에게 작업을 걸고 싶어 하는 쿠논은— 더는 말하지 않고 마력을 방출했다.

얇고 얇게.

「풍방선벽」을 전개한 사프를 뒤덮듯 넓게 넓게 펼쳤다.

"그럼 갈게요."

오른손에 든 지팡이를 살짝 들어 올렸다가 땅을 툭 내리찍었다.

그러자— 사프 주변에 백 개가 넘는 자그마한 「물 구슬」이 일제히 발생했다.

물을 생성하는 수속성의 기초인 「물 구슬」이다.

그 숫자가 심상치 않긴 했지만…… 뭐, 그래도 감당할 수 있는 범위였다.

"이봐. 그래서는 내 풍방선벽을 돌파할 수 없다고."

극단적으로 말하자면 비조차 통과할 수 없었다.

빗물보다 굵은 「물 구슬」은 더더욱 통과할 수 없었다.

"—나누기."

쿠논이 다시금 지팡이로 내리찍자— 모든 「물 구슬」이 각각 두 개로 쪼개졌다.

"—나누기."

다시 한번.

"—나누기."

다시 한번.

"……."

사프뿐만 아니라 조수와 수험생들도 아연실색했다.

나누기를 통해 천문학적으로 늘어난 「물 구슬」은 이미 「물 구슬」이 아니라 입자가 작은 안개처럼 변했다.

"—색."

안개에 붉은 색을 부여하여 남들이 알아보기 쉽게 물들였다.

그리고 알아차렸다.

주변 사람들이 「물 구슬」이 늘어나서 기막혀하는 동안에 어느새 사프의 발치에 붉은 물이 엄습해왔다.

사프가 펼친 「풍방선벽」에 미치기 직전에 멈추더니…… 마치 혈액을 조종하는 혈통마술에 침식된 것 같은 무시무시한 풍경이 만들어졌다.

닥쳐오는 피의 연못.

흩날리는 선혈의 안개.

그것이 사프를 엄습했다.

도망칠 곳은 없으나—.

"……왜 그래? 이게 끝이야?"

거기까지였다.

기이한 광경이었지만, 쿠논이 부리는 물은 사프에게 닿지 않았다.

아직은.

"끝이잖아요?"

쿠논이 말했다.

"전 이 상태를 이틀은 유지할 수 있습니다. 선생님은 어떤가요? 마력이 그렇게 많이 소비되는 마술이니 한나절도 못 버티겠죠? 제한시간이 있다는 규칙은 없었어요. 그러니 이 과제는 종료했습니다."

─확실히 그 말이 맞았다.

아무리 특성이 이상할지라도, 아무리 형태가 바뀌었더라도 쿠논의 마술은 초급 중의 초급인「물 구슬」이다.

이제는 다른 마술처럼 보일 지경이지만, 그래도「물 구슬」이었다.

마력 소비량은 마술을 처음 쓰는 초보도 감당할 수 있는 수준이다. 유지하는 것도 편하겠지.

활용법이 심상치 않을 뿐, 밑바탕은 그저 초급마술에 불과하니까.

다시 말해 결국 이 시험은 지구력 승부로 바뀌고 말았다는 뜻이었다.

사프가 긴장을 잠시라도 풀었다가는 안개와 발치까지 밀려든 물이 엄습해올 것이다. 전 방위에서 닥쳐오므로 마력 소비량을 줄이기 위해 앞면만을 틀어막도록 범위를 좁힐 수도 없었다.

산만한 연속공격이라면 공격할 때만 발생시키거나, 해제하여 마력을 운용할 수 있겠으나 공격을 늘 가하고 있는 상황인지라 해제할 수가 없었다.

애당초─ 아슬아슬한 상황에서 마술을 유지한 것으로 보아 쿠논은 사프를 더 몰아붙일 수단이 있을 것 같았다.

그 수단을 보고 싶긴 했지만…… 그 이상을 요구한다면 과제에서 일탈하고 말 것이다.

난이도가 어렵긴 했지만, 이것은 엄연히 입학시험 과제였다.

이미 내놓은 과제에 새로운 과제를 부과하는 것은 용납할 수 없었다.

"……알겠어. 내가 졌다."

이른바 궁지에 몰린 상황이었다.

결과가 아직 나오지 않았을 뿐, 미래는 변하지 않겠지.

이 시점부터 쿠논의 이름은 널리 알려진다.

그 제온리 핀롤의 제자이자 사프가 부여한 특별히 어려운 시험을 가볍게 돌파해낸 실력자로.

"저기, 봤어? 봤지? 나도 네가 쐈던 광선처럼 엄청나게 빠른 물줄기를 쏴보고 싶어. ……알겠어, 너랑 합작했다면서 네 이름도 리포트에 넣어줄게. 저기? 안 될까? ……안 돼? 파르페를 두 개 사줄게. 안 돼? 알겠어, 세 개! 세 개는 어때?!"

뭐, 본인은 역시나 작업을 거는 데 바쁜 모양이지만.

"자자. 거기, 작업은 그만해."

성녀는 완전히 무시했지만, 그래도 꺾이지 않은 쿠논을 돌아보게 하고서 사프가 말했다.

"실기시험은 이상 끝이야. 다음은 필기시험을 치러야 하니 희망하는 코스에 갈 수 있도록 열심히 해. 그리고 쿠논, 넌 정말로 그만 집적거려라. 레이에스가 싫어하니까―."

"선생님!"

사프가 싫어하니까, 하고 말했을 즈음에 쿠논이 말을 끊어버렸다.

"성녀가 제 권유를 들은 척도 하질 않습니다! 파르페를 세 개나 확약했는데! 주의 좀 주세요!"

"……여러 이야기를 들어왔지만, 추파에 응해주지 않는다며 어떻게든 해달라는 푸념은 처음 들어보는군. 세이피 씨, 그치?"

"아까 그 시험. 전력을 다했어야지. 쳇."

조수에게 화제를 돌리자 그녀가 작은 목소리로 투정했다. 혀를 차면서.

"아…… 미안해."

어느 세상, 어느 업종에 견습생이 치르는 입학시험에 전력을 다하는 시험관이 있을까?

그러나 우는 아이와 화내는 여성을 남성이 이길 수 없는 노릇이므로 긁어 부스럼을 만들지 않고 이야기를 진행하기로 했다.

"어쨌든 시험이 끝날 때까지 작업 거는 건 금지야. 지금도 일단은 시험 중이니까 이렇게 중요한 때에 다른 사람의 평온을 흐트러뜨리면 못쓰지. 시험이 끝난 뒤 마음껏 해."

"아, 그렇구나……. 알겠습니다. 미안해."

이야기가 통한 듯했다. 쿠논이 성녀에게 사과했다.

"매력적인 신사가 권유하면 여성은 두근거리기 마련이니 마음까지 어질러질해지잖아. 미안해, 거듭 사과할게."

엄청나게 긍정적인 사고방식이었다.

스스로를 「매력적인 신사」라고 단언하다니 굉장했다. 대단한 아이였다.

"─시험, 떨어뜨리는 편이 낫지 않나요? 저 아이는 무조건 문제를 일으킬 타입이에요. 이미 문제아로밖에 보이질 않아요."

"으음……."

세이피가 속삭이자 사프는 아무런 대답도 할 수가 없었다.

사프와 세이피의 안내를 받아서 학교 건물로 향한 수험생들은 다음 필기시험을 받았다.

"—올해 수험생들은 모두 우수하네."

수험생들에게서 거둔 답안지를 바라보면서 사프가 중얼거리자 옆에서 세이피가 빼앗았다.

네 수험생들 모두 별 지장 없이 제한시간을 여유롭게 남기고서 시험을 마쳤다.

유일한 걱정거리는 쿠논이었지만.

주변 사람들은 안대를 차고 있는— 눈이 보이지 않는 쿠논이 어떻게 필기시험을 치를지 걱정했지만, 당사자는 마치 눈이 보이는 것처럼 술술 풀어나갔다.

어떤 원리일까?

실기시험 때 보여줬던 마술과, 제온리의 제자라는 사실과 첫날부터 성녀에게 작업을 거는 담력하며.

성격까지 포함하여 수수께끼가 많은 남자였다.

그리고 이제는 면접만이 남았다.

"이제부터 순서대로 면접을 실시하겠습니다. 우선 행크 비트부터."

"예."

필기시험을 치른 곳에서 그대로 대기하면 되는 모양이었다.

세이피가 호명하자 행크가 그녀와 함께 교실을 나갔다.

"선생님."

쿠논이 남아 있는 시험관인 사프에게 말을 걸었다.

"면접 때 누구한테 무슨 얘기를 하면 됩니까?"

"만나보면 알아. 무슨 얘기를 해야 할지는 사람마다 다르지."

"어어…… 좋아하는 이상형이나, 여태껏 호감을 품었던 여성의 숫자를 물어보면 어쩌지……."

누가 그런 걸 물어볼까.

그리고 어째서 그 질문에 대답하는 데 난색을 표하는 걸까.

말하기 껄끄러운 과거라도 있나?

열두 살이 된 지 얼마 안 된 어린애가 말이다.

여성관계 때문에.

깊이 생각해보니 꽤 무서운 말이었다.

"─리야 호스. 이쪽으로."

대화의 첫 화제는 좀 그랬지만…….

쿠논이 마술에 관해 질문하자 사프가 대답을 해줬다. 그리고 어느새 세이피가 다음에 면접을 받을 리야를 호명하러 왔다.

"아, 예……."

사프와 마찬가지로 풍속성 마술사답게 흥미진진해하며 두 사람의 대화에 귀를 기울였던 그는 아쉬워하며 교실을 나갔다.

"어라? 혹시 면접이 끝나면 바로 해산합니까?"

세이피가 돌아왔는데 행크는 돌아오지 않았다.

"글쎄? 면접관 마음일걸?"

사프가 말을 얼버무렸다.

지금 답을 알려준다면 쿠논이 또다시 성녀에게 추파를 던질 것 같으니까.

—쿠논이 짐작한 대로 면접을 마치면 바로 해산한다.

이곳에서 성녀와 헤어진다면 쿠논이 그녀에게 작업을 걸 기회는 당분간 없겠지.

"저, 수마술이랑 토마술 말고는 거의 본 적이 없거든요. 뭐, 보이지는 않지만. 다른 속성도 대단히 흥미롭네요."

"눈이 보이지 않는 거 맞지? 근데 필기시험은 치렀잖아? 대체 무슨 원리야?"

"알고 싶어?"

물어본 사람은 사프인데, 쿠논이 성녀를 쳐다보며 물었다.

"......."

성녀가 무시했다.

—마술사로서 궁금하지 않다면 거짓말이겠지만, 물어봤다가는 이야기가 길어질 것 같고, 또한 괜히 흥미를 보였다가는 추파를 또 던질 게 분명하기에 무시했다.

언젠가 기회가 생긴다면 대화를 나눠 봐도 되겠지.

사프에게 질문했던 내용을 들어보니 오직 여자를 꼬시려는 일념으로 말을 건 것은 아닌 것 같으니까.

그래도 작업을 거는 것 역시 목적 중 하나라고 경계하고 있긴 했지만.

"—레이에스 센트란스. 이쪽으로."

"예."

성녀의 차례가 돌아오자 그녀가 가버렸다.

교실에 남은 사람은 쿠논과 사프뿐이었다.

"단둘만 남았네요."

"그러게."

"누군가와 단둘이 남아야 한다면, 상대가 여자였으면 좋았을 겁니다."

"공교롭게도 나도 동감이야."

—아니.

어떤 의미에서 사프는 이 상황을 기다렸다.

"이봐, 쿠논. 아까 그 실기시험 말인데."

"예."

"또 어떤 돌파법을 생각했지?"

"……."

"물을 붉게 물들인 이유는 네 마술이 내 몸에 닿았다는 걸 확실히 보여주기 위해서지? 그것 말고 다른 이유는 없으니까."

그렇다. 쿠논은 물을 붉게 물들였다.

이유가 뭘까?

사프의 몸에 닿았을 때, 증거로서 남기기 위해서였다.

"넌 실기시험을 지구전으로 끌어들인 다음의 전개를 생각했어. 그래서 내 몸에 닿았다는 흔적이 확실히 남도록 조치한 거지?"

"예."

쿠논이 태연히 대답했다.

"정면 돌파를 후보에 넣어뒀어요. 침식과 융합과 탈취로 어떻게든 할 수 있을 것 같아서."

"……오호."

사프도 마술학교의 교사다.

쿠논이 주저리주저리 말하지 않아도 키워드만으로도 짐작이 갔다.

"내 방풍에『안개』를 침입시켜 바람과 융합시킨 뒤 내 마력에 간섭. 그 후에 방풍을 빼앗으려고 했다?"

"그런 느낌입니다."

"그게 가능할 것 같아?"

"직감은 그래요. 상대의 마술을 빼앗을 때는 **뒤덮는 것보다는 안에서 침투**하는 편이 더 쉽죠. 마력은 대개 술자와 연결되어 있으니까. 그래서『물』을 집어넣는다……. 아니, 상대방의 마술에 간섭할 수만 있으면 충분하다.『물』은 대부분의 물질에 침투할 수 있으니까요."

"……과연."

"선생님."

쿠논이 일어서서 걸어 나갔다.

"─전 수속성이 최고라고 생각합니다. 실은 최고이자 최강이라고 주장하고 싶지만, 스승님을 이긴 적은 없거든요. 그러니 아직은 최고라고만 주장하겠습니다. 이곳에서 착실히 공부하고, 많은 것을 배우고 익혀서 반드시 스승님을 뛰어넘어 보겠습니다."

쿠논이 문으로 다가가서 열자, 때마침 문을 열려고 했던 세이피와 맞닥뜨렸다.

"아, 깜짝이야. 무슨 일이야?"

세이피는 문 뒤에서 엿들었던 게 아니라 정말로 문을 열려고 했다. 그래서 놀랐다.

"슬슬 올 것 같아서."

인기척을 느꼈기 때문이었다.

현재는 마력시(魔力視)나 「경안」처럼 시각을 대신할 기술이 있긴 하지만, 눈이 보이지 않는 쿠논은 감각이 예리했다.

"다음은 제 차례죠? 가도록 하죠."

"어, 그래……."

"에스코트를 부탁해도 될까요? 전 매력적인 여성한테서 에스코트를 받는 걸 좋아합니다."

"넌 제온의 제자라서 무리야. 게다가 수험생한테 특별대우를 해 줄 수는 없거든. 무엇보다 제온의 제자이니까."

"알겠습니다. 즉, 세이피 선생님은 에스코트를 받는 것을 더 좋아한다는 말이군요."

사프는 쿠논이 그렇게 말하면서 밖으로 나가는 광경을 지켜봤다.

그건 아니겠지, 라고 생각하면서.

수험생 모두가 밖으로 나가서 교실에는 사프 혼자만이 남아 있었다.

그는 지금 쿠논이 나간 뒤 닫힌 문을 바라보고 있었다.

아까 그 말을 곱씹으면서 고개를 저었다.

"……저 애가 **그 제온**의 제자인가? 여러 의미에서 장래가 무서운 아이가 왔구나."

구사할 줄 아는 마술이 두 가지뿐이라는 말을 듣고서 걱정뿐이었지만.

막상 뚜껑을 열어보니 아무 문제도 없었다.

—과제의 특징을 즉석에서 파악하는 능력도 있고, 직감도 뛰어났다.

공부만 해서는 그런 능력을 얻을 수 없다. 마술에 관해서 수없이 실험과 고찰을 거듭해온 사람만이 가능한 방식이었다.

무턱대고 시도하지 않고, 먼저 사물의 특징부터 살폈다.

처음부터 효율화를 생각했다는 증거였다.

─제온리가 편지를 보냈을 때는 많이 놀랐다.

사프와 세이피는 학생시절부터 제온리와 알고 지내온 사이였다. 친구라고 할 수 있을지는 미묘하지만…… 뭐, 옛 친구라고 해두자.

졸업한 이후로 편지를 주고받지 않았지만, 최근에 그가 활약한 성과를 익히 들어왔다.

그 제온리가 갑자기 편지를 보냈다.

내용 또한 놀라웠다.

「제자를 거뒀다. 내가 자랑하는 제자다. 몇년만 지나면 너 정도는 간단히 추월할 수 있는 수재다. 뭐, 나를 이기지는 못하겠지만」라면서 스스로와 제자를 자랑하는 글을 늘어놓았다.

요컨대 「엄격하게 다뤄도 되지만, 부조리한 해코지는 삼가해라. 잘 부탁한다」고. 사프는 그런 내용으로 받아들였다. 세이피는…… 조금 다르게 해석했는지도 모르겠지만.

어쨌든 제온리가 제자를 배려해줬다는 사실만은 확실히 전해졌다.

그렇기에 사프는 시험해보고 싶었다.

그 남자의 제자가 얼마나 유능한지를.

편지에 「창의 마술사가 될 수재다」라고 적혀 있었는데, 얼마나 믿어야 할지 확인할 필요가 있었다.

편지에도 「시험해봐라」라고 적혀 있었으므로 사양하지 않고 과제를 내봤는데…….

─시험해보고서 납득했다.

열두 살인데 그 경지에 이르렀다니. 제온리가 왜 기대하는지 이해
가 됐다.

무엇보다 그 남자가 키웠다는 게 믿기지 않을 만큼 솔직하고, 학
구열이 뜨겁고, 겸손한 아이였다.

여성을 대하는 버릇이 조금 나쁘다는 것이 염려가 되지만─.

"가르칠 보람이 있겠는걸."

속성이 달라서 사프와 접점이 별로 없을지도 모르겠지만.

이 학교에 있는 수마술사들이 쿠논을 주목하기 시작하겠지.

쿠논이 학구열을 보여준다면 여러 가지를 가르쳐줄 것이다. 이곳
에는 교사인 사프조차 괴물이라고 생각하는 마술사들이 많으니까.

─과연 졸업할 즈음에 쿠논은 어떻게 될까.

어쨌든 올해 특급 클래스도 재밌을 것 같았다.

◆

"실례하겠습니다─. 안으로 들어가요."

학교 건물에 가서 어느 교실로 안내를 받았다.

앞장서서 인도하던 세이피가 문을 열고서 쿠논에게 안으로 들어
가라고 재촉했다.

"……."

쿠논은 움직이지 않았다.

아니, 움직일 수 없었다.

"세이피 선생님."

"예?"

"지금 전 어디에 가는 겁니까? 문 너머에 뭐가 있습니까?"

"……정말로 보이지 않는구나."

그렇다. 보이지 않았다.

이번에는 정말로 보이지 않았다.

아무것도 없다는 사실밖에 모르겠다.

「경안」으로 봤지만 문 너머는 암흑이었다.

무엇보다— 바람이 있었다.

"저 너머는 야외입니까?"

"그건 안에서 물어봤으면 좋겠는데…… 한 마디로 말하자면 저 앞은 **밤**이야."

"밤?"

아직 오전일 텐데.

"그래. 하늘에 별이 떠있는 심야. 실내라고도 할 수 있고, 야외라고도 할 수 있지만, 나도 자세히는 몰라."

"땅은 있습니까?"

"있네."

"……밤과 비슷한 공간을 만들어낸 건지, 아니면 어딘가의 밤을 잘라와서 가둬둔 건지. 흥미롭다는 말밖에 나오질 않네요."

눈앞이 캄캄한 것은 오랜만이었다.

마력으로 색깔조차 감지할 수 없었고, 「경안」을 구사해도 아무것도 보이지 않았다. 이상한 물체도, 이상한 색깔도 없는 검정색 일색이었다.

―그러나 쿠논은 망설이지 않고 지팡이로 땅을 짚으며 발을 내디뎠다.

어둠에 벌벌 떠는 어린애는 이미 진즉에 졸업했으니까.

발밑에 흙이 깔려있는 듯했다.

배후에서 문이 닫히는 소리가 들렸다.

공기가 흘렀다.

바람이 느껴졌다.

흙과 풀 냄새가 희미하게 풍겼다.

쿠논의 눈에는 보이지 않지만, 머리 위에 펼쳐진 하늘에는 별들로 가득하겠지.

달은 분명 없다.

달 같은 것은 보이지 않으니까.

"―네가 문제아냐?"

불현듯 눈앞에서 누군가의 인기척이 나타났다. 노파의 쉰 목소리였다.

아니, 눈앞뿐만이 아니었다.

배후에도, 좌우에도.

다섯 명…… 아니, 여섯 명의 인기척이 느껴졌다.

이는 눈이 보이지 않는 쿠논이 발달시킨 감이 작동됐을 뿐, 마술과는 관계가 없었다.

여전히 「경안」을 구사해도 아무것도 보이지 않지만— 여기에는 필시 마술학교에서 높은 자리에 있는 선생님들이 있겠지.

"쿠논 그리온입니다. 입학을 희망합니다."

눈앞에 있을 여성에게 말을 걸었다.

"듣고 있다. **그 제온리**의 제자이지?"

땅을 스치는 발소리가 희미하게 들렸다.

"그놈은 귀재였다. 내가 인정했을 만큼. 그렇다면 넌 어떨까?"

"아, 잠깐만. 너무 다가오지 말아주세요."

"뭐?"

"제게는 약혼자가 있거든요. 여성과 너무 가까운 건 좋지 않습니다."

원래부터 눈이 보이진 않았지만, 이곳에서는 마술적인 의미에서도 눈이 아무런 소용이 없었다.

시야가 완전히 막혀버렸기에 지금 쿠논은 타인과의 거리를 짐작할 수가 없었다. 그래서 상대에게 배려해달라고 요청해야만 했다.

그래서 사전에 확실히 말해뒀다.

불상사가 벌어지지 않도록.

"—풋."

"—크큭."

주변에 있는 몇몇이 웃음을 작게 터뜨렸다.

"하아……."

눈앞에 있는 여성도 기막혀하며 한숨을 뱉어냈다.

"……네가 한 수험생한테 끈질기게 추파를 던졌다고 들었다. 그런 깜찍한 꼬맹이가 새삼스레 여자와의 거리를 신경쓰는 게냐?"

"추파를 던진 기억은 없습니다. 마술에 관한 이야기를 듣고 싶었을 뿐이니까요. 단둘이서."

여자를 꼬신 적이 없다면서 왜 단둘이서 대화를 나누길 바라는 건가.

언급해본들 변명밖에 하지 않겠지. 눈앞에 있는 여성은 그냥 이야기를 진행시켰다.

"굳이 말하자면 난 네 기준에서 나이가 상당히 많은 할머니다. 그런 할머니가 다가가는 것도 문제가 있는 게야?"

"예."

쿠논이 단호히 대답했다.

"오히려 왜 문제가 없는지 이유를 모르겠습니다. 당신은 평범한 할머니가 아니라 산전수전을 다 겪은 나이 많은 누님입니다. 게다가 저보다 훨씬 뛰어난 마술사죠. 분명 제 스승님보다 대단한 사람이겠죠. 전 이미 당신한테 흥미가 매우 많습니다. 불상사가 벌어진다면 어쩌실 작정인가요? 나이와 상관없이 남녀 사이에는 무슨 일이 벌어질지 모르는 거예요."

"……하아, 그렇구나. 이거, 문제아가 확실해."

여성이 한숨을 내뱉으며 조금 물러섰다.

"그럼, 쿠논 그리온. 네게 묻겠다."

"예."

"오늘 넌 무언가를 배웠나?"

"네."

"그게 무엇이냐?"

"여러 가지가 있지만, 가장 재밌게 여겼던 것은 한 수험자가 보여줬던 『화주^{카류}』였습니다. 마력에 지향성을 부여하는 방법은 습득했습니다만, 그토록 먼 거리까지 영향을 미치는 건 처음 봤습니다. 재밌었어요."

"오호. 너라면 어떻게 사용할 거냐?"

"응용하자면 마력의 도선을 원형으로 이어서 마력이 다 할 때까지 같은 곳을 계속 맴도는 마술을 구축할 수 있지 않을까 싶습니다. 그리하면 혼자서 동시에 여러 마술을 사용하고 있는 것처럼 꾸밀 수도 있을 것 같아요."

시도해보고 싶어서 벌써부터 몸이 근질근질한 방안이었다.

시험을 마치고서 집으로 돌아가면 당장 마당에서 시도해볼 작정이었다.

우선은 마력의 도선을 이어서 빙글빙글 도는 「초연체 물 구슬」를 만들어보고 싶었다.

그리고 그 물침대에 푹 빠져서 온갖 사색에 빠진 채 졸음이 쏟아지면 꾸벅꾸벅 조는 사치스러운 시간을 보내고 싶었다.

물론 밀크티와 함께.

쓸데없이 시험공부에 열중한 바람에 피곤하므로 린코에게 혼이 나기 전까지 시간을 나태하게 보내고 싶었다.

"흐음…… 그럼 네가 꼬셔서라도 꼭 알고 싶어 했던 그 성녀의 마술은? 넌 뭘 알고 싶지?"

"꼬신 건 아니지만, 역시— 광선의 속도가 마음에 걸렸습니다. 그만한 속도로 방출할 수 있다면 물로도 무언가를 자르거나, 관통할 수 있지 않을까 싶습니다. 꼭 제 것으로 삼고 싶어요."

입을 한 번 열면 한도 끝도 없이 말할 수 있겠지만, 쿠논은 일부러 그쯤에서 말을 끊었다.

지금은 면접을 보는 중이다.

면접을 마친 뒤 혼자서 여러 가지를 시도해볼 수 있다. 무엇보다 머릿속에서 번뜩인 아이디어들을 까먹지 않도록 전부 메모해두고 싶었다.

이 공간도 몹시 흥미로웠지만, 솔직히 지금 당장 돌아가고 싶은 기분이었다.

"―좋아, 면접은 이상이다."

면접 때 주고받았던 대화를 통해 면접관에게 무엇이 전해졌는지는 모르겠다.

그러나 꾹 참고 있던 쿠논의 마음은 그 말을 듣고서 이곳을 떠났다.

"끝났습니까? 돌아가도 됩니까?"

실기시험을 치렀을 때부터 새로운 마술과 이론을 시험해보고 싶어서 몸이 근질근질했다.

면접을 마치겠다고 했으니 입학시험도 끝났겠지.

"그래, 돌아가라. 네가 원하는 대로 특급 클래스에 넣어주마. 그리고 실적을 쌓도록 해라. 그러면―."

"야호! 이만 실례하겠습니다!"

종료 선언과 함께 바랐던 대로 특급 클래스에 넣어주겠다고 확약을 해줬다.

이 두 가지를 들었으니 쿠논은 이제 이곳에 있어야 할 이유가 없었다.

몸을 홱 돌려 열 걸음을 걸어서 들어왔던 문을 활짝 열었다.

영문을 알 수 없는 공간과 문 하나를 사이에 두고 있는 익숙한 공간으로 되돌아왔다.

그리고 쿠논은 돌아보지 않고 귀갓길에 올랐다.

―면접 때 누구와 대화를 나눴는지는 머릿속에 전혀 남아있지 않았다.

"―약간 상처를 입었다."

말릴 새도 없이 쿠논이 방을 나갔다.

실적을 쌓도록 해라.

그리 하면― 이 마녀 그레이 루바가 가르침을 내려주겠노라.

정신이 아찔해질 만큼 오랜 세월 동안 여러 마술사들을 봐왔지만, 말을 마지막으로 끝마치지 못한 적은 처음이었다.

견습 마술사 모두에게 하는 말이지만, 거짓말이 아니며 결코 가벼운 말도 아니었다.

일찍이 오만하기는 했지만 아직 순박했던 소년인 제온리조차 세계에서 가장 유명한 마녀의 말을 듣고서 눈빛을 반짝였건만.

"뭐, 좋아. ―너희들, 익히 보고 들었을 테니 그리 알아라."

마녀는 별하늘 아래에서 어둠에 숨어있던 제자들에게 말했다.

"올해 신입생들도 확실히 귀여워해주거라."

제자들이 사라졌다.

면접이 끝났기에 각자 있어야 할 곳으로 돌아갔다.

"큭큭큭…… 미숙한 것들."

최고위 마녀의 조소만이 희미하게 들렸다.

—그 꼬맹이, 봤구나—.

아주 한순간 미약한 마력이 움직였다.

그레이 루바조차 놓쳤을 뻔했을 만큼 움직임이 작았다.

제자들은 눈치채지 못한 듯하지만— 확실했다.

안대 꼬맹이가 어떤 마술을 써서 무언가를 봤다. 혹은 보려고 했다.

천 년을 살아왔는데도 마술의 심연에 계속 도전하고 있는 마녀가 모르는 마술을 썼다.

무엇을 봤는가.

무엇이 보였는가.

그 끝에 무엇이 있는가.

마력을 감지해보니 아직은 미완성이었다. 완성됐다면 특징을 더 자세히 알 수 있었을 테니까.

그 꼬맹이가 마술사라면 반드시 추구해나갈 수수께끼였다.

같은 마술사로서 그것은 단언할 수 있었다.

마술과 관련한 수수께끼나 의문을 추구하지 않는 마술사 따윈 존재하지 않으니까.

"이래서 마술은 재밌어."

천 년을 살아왔는데도 본 적이 없는 마술을 쓰는 사람이 나왔다.

심연의 바닥은 아직도 먼 듯했다.

마녀의 웃음은 상자 속 정원에 드리운 밤에 녹아들었다.

제4화 특급 클래스의 방침

"—쿠논 님, 마술학교에서 편지가…… 부럽다, 그거!"

편지를 갖고 온 린코가 쾌적하게 지내고 있는 쿠논을 보고서 외쳤다.

한여름이었다. 햇볕이 따갑고 기온도 높았다.

가만히 있어도 땀이 줄줄 흐를 정도였다.

그런데 그늘이 드리워진 파라솔 아래에서 온도를 서늘하게 조정한 「초연체 물 구슬」에 파묻혀 있으면 굉장히 쾌적했다.

"좋겠지—? 일을 얼른 마치도록 해."

쿠논은 책을 읽기도 하고, 사색에 잠기기도 하고, 메모를 하기도 하고, 졸기도 하는 등 시간을 느긋하게 보냈다.

마술학교가 개학하면 당분간 이런 생활과는 작별을 해야 할 테니까.

쿠논은 쾌적하게 지내고 있었다.

더욱이 침대로 삼은 「초연체 물 구슬」이 천천히 회전하고 있었다.

시계방향으로 돌고 있었다.

회전 방향을 자유자재로 조정할 수 있으므로 시계 방향이든 반시계 방향이든 그때 기분에 따라 정한다.

굳이 회전시켜야 할 이유는 없었다.

지난번에 봤던 「화주」를 응용하여 성공한 기술이었다.

돌지 않는 것보다는 도는 편이 나아서 돌렸다.

그뿐이었다.

굳이 말하자면 이 또한 기분에 달렸다.

이곳은 빌린 집의 마당이었다.

후작가의 차남이 사는 곳치고는 작은 건물이었다. 그러나 둘이서 살기에는 좋았다.

마당도 지나치게 넓지 않았다. 쿠논이 마술 실험을 벌이거나, 린코가 취미로 무언가를 가꿀 수 있는 규모였다.

입지도 좋아서 학교에서 나름 가까웠다.

쿠논이 손수 만든 「아공통신함」으로 휴그리아 왕국에 있는 가족에게도 거처를 알렸고, 마술학교에서 절차를 밟을 때도 이곳 주소를 댔다.

참고로 「아공통신함」은 상자와 마법진을 연동한 마도구다. 특수한 잉크로 쓴 편지를 상자에 넣으면 글자만을 마법진에 보내는 아이템이다. 제약이 있고, 마법약도 필요해서 평소에는 쓸 수 없는 긴급용이었다.

왠만한 이유가 없는 한 졸업할 때까지는 이곳에서 살겠지.

"마법학교에서 편지?"

"네."

「초연체 물 구슬」에 얼굴을 대고서 시원함을 즐기고 있는 린코에게 묻자 그녀가 고개를 들지 않고 편지를 내밀었다.

"입학안내서인가? 아니면 데이트 신청서?"

"데이트를 하자고 꼬시는 편지라면 질투할 거예요."

"괜찮아. 이 집에 단둘이 있는 한, 난 린코 일편단심이야."

"하지만 집 밖에서는 그 제한이 풀리잖아요. 쿠논 님은 최악. 여자의 적."

두 사람이 서로를 보며 웃었다.

그리고 쿠논은 웃으면서 마봉랍으로 봉인된 편지에 마력을 흘려 넣어서 녹인 뒤 개봉했다. 린코가 또 「초연체 물 구슬」에 얼굴을 묻었다.

합격은 이미 결정됐으니 이제 곧 학교생활도 시작될 것이다.

분명 그것을 안내하는 편지겠지.

만약에 학교생활을 하는 데 필요한 물건이 적혀 있다면 당장 준비해야만 했다.

아니면 정말로 데이트 신청?

"……응."

예측했던 대로 편지에는 입학을 안내하는 내용이 적혀있었다.

편지지와 입학허가증이 각각 두 장 동봉되어 있었다. 한 장은 집에서 보관하는 용도인 모양이다.

"이쪽은 늘 휴대하고 있으라고?"

한 장은 문서 형태로 자택에 보관하는 용도. 그리고 작은 금속판은 휴대용으로 마술학교 학생임을 증명하는 글과 이름이 새겨져 있었다.

이것이 쿠논의 학생증이었다.

또한 앞으로는 쿠논의 신분증도 되겠지.

"……응? 어? ……응?!"

문제는 편지지 쪽이었다.

쿠논은 편안하게 긴장을 풀고서 편지를 훑어보다가…… 이내 앞이 보이지 않는 눈을 부릅떴다.

"왜 그러세요?"

쿠논이 이상하게 반응하자 린코가 서늘한 「침대」에서 고개를 들었다.

"……후후. 아하하! 그래, 그렇구나!"

쿠논은 웃었다.

"이게 마술학교의 방식이구나! 좋네! 내가 미처 생각하지 못한 방식이야!"

이제는 편안하게 때가 아니었다.

마술학교 생활은 지금 이 순간부터 시작됐음을 쿠논은 깨달았다.

"린코, 현재 그리온가에서 급료를 얼마나 받아?"

"쿠논 님의 용돈 정도입니다."

"뭐? 16만 넷카? 거짓말이지? 그렇게나 적어?"

쿠논은 귀족의 자식이라서 용돈을 꽤 받았다.

그래서 후작가 영식 쿠논은 어렸을 적부터 마술과 관련하여 돈을 펑펑 써왔다. 그러나 시녀 이코가 서민의 금전감각을 철저히 주입시켰다. 돈은 소중하니 결코 낭비해서는 안 된다. 마지막에 의지할 수 있는 건 가족도 친구도 아닌 결국 돈이라고 계속 타일렀다.

그래서 그 감각은 상식과 크게 동떨어지지 않았다.

다만 욕망에 비교적 충실한지라 값비싼 물건을 충동 구매했던 경우도 있지만.

"거짓말입니다. 느닷없이 수입을 물어보셔서 무심코 거짓말이 나왔습니다만……. 그래도 쿠논 님, 사용인의 지갑 사정을 궁금해하는 고용주는 미움을 살 텐데요?"

왜 묻는지 이유를 알 수 없어서 속였다.

린코가 경계한 것은 당연하다면 당연했다.

제아무리 주종관계일지라도 돈 이야기는 민감하고도 사적인 문제이니까.

"평상시였다면 묻지 않아. 그만한 분별력은 있어."

이코가 교육한 덕분이었다.

그녀는 쿠논의 성격을 약간 잘못 육성했지만, 그 이외에는 거의 틀리지 않았다.

"무관계하지 않으니까 물어본 거야."

"예?"

"20만 정도? 이코는 그 정도를 기본급으로 받고, 여러 수당도 붙어 있는 것 같은데."

"아…… 무슨 사정인지는 잘 모르겠지만, 제 급료는 한 달에 45만 정도입니다. 출장수당이 붙어서 사용인치고는 꽤 많이 받는 편이죠."

"그렇구나. 45만이라."

쿠논은 생각에 잠겼다.

사용인이 한 달 동안 열심히 일하여 받는 급료가 45만 넷카.

많이 받는 축에 속한다.

다시 말해―.

"평범하게 일해서는 어려울 것 같네……."

쿠논은 그렇게 중얼거리면서도 즐겁게 웃었다.

"쿠논 님, 설명을 해주세요. 그러지 않으면 전 이 집에 보관 중인 제 돈을 갖고서 달아날 수밖에 없을 것 같아요. 너무 불온해요. 제 돈에 손을 대셨다가는 정말로 가만히 있지 않을 거예요."

"응? 아아, 그러네. 실은—."

쿠논은 편지를 내밀며 말했다.

"아무래도 말이야. 내가 들어간 특급 클래스는 생활비를 스스로 벌어야만 하는 게 규칙인 것 같아."

"어? 그 말은……."

"집에서 보내주는 돈을 끊으래."

린코도 편지를 훑어보고서…… 분명히 그런 내용이 적혀 있음을 확인했다.

"집세만은 학교에서 내주는 모양이지만, 그것만으로는 살 수 없 잖아? 식비나 생활용품을 사는 데 드는 돈을 내가 벌어야할 것 같 아. 마술을 연구하기 위해서도 돈이 필요하고. 물론 사용인의 급료 까지 내가 벌어서 지불해야 한대."

그래, 다시 말해—.

"나, 일거리를 찾아야만 하나봐. 그것도 한 달에 50만…… 아니, 60만에서 70만 정도? 그만한 돈을 벌 수 있는 일거리 말이야."

바로 그랬다.

특급 클래스에서 내세운 방침의 요점은 이랬다.

· 친가 및 친척 또는 친구, 누군가에게서 금품을 받는 것을 금한다.

· 현재 살고 있는 집의 임대료는 학교에서 부담하지만, 그 이외 에는 스스로 일하여 번 돈으로 생활할 것. 사용인을 데리고 있

는 경우에는 급료도 스스로 지불할 것.
· 출입금지구역을 제외하고서 기본적으로 학교시설에 드나드는
  것은 자유다.
· 복장은 마술학교 학생임을 한눈에 알 수 있도록 로브를 착용하
  는 것을 권장하지만 의무는 아니다.
· 외출할 때 학생증을 반드시 휴대해야 한다. 분실했을 경우에는
  엄벌을 각오할 것.
· 어려울 때는 교사에게 상담을 요청해도 되지만, 모든 것이 다
  해결되리라 기대하지는 말 것.

"집에서 보내주는 돈을 받는 것을 금한다……. 왠지 가혹하네요."

린코가 요점을 읽고서 미묘한 표정을 지었다.

"그러네. 하지만 난 이래도 된다고 생각해."

"그런가요? 마술학교에 들어갔는데 왜 학생한테 일을 시키려는 건
지 영문을 모르겠는데요. 학습할 시간이 그만큼 줄어들지 않나요?"

"그것도 고려하여 시간을 적절히 분배하라는 이야기야."

쿠논은 편지를 봉투에 다시 넣고서 학생증만 수중에 남겨뒀다.

"스승님이 곧잘 이렇게 말했어. 『그 마술을 무엇에 써먹을 수 있
을지 생각하라』고. 처음에는 착안한 대로 시도해봐도 되지만, 그 후
에는 어떻게 활용할 수 있을지 곰곰이 생각하라고 말이야."

마술은 사용하기만 해서는 의미가 없다.

그것으로 무엇을 할 수 있을지, 어떻게 해야 소용이 있을지 생각
하라는 의미였다.

"―이 경우에는 마술로 돈을 벌 방법을 궁리하라는 말이네요."

생활비가 크게 들지 않는다면 평범한 일을 해도 되겠지.

그러나 린코의 급료까지 벌어야만 한다면 평범하게 일해서는 도저히 충당할 수가 없었다.

아니, 애당초 쿠논은 눈이 보이지 않으므로 마술을 쓰지 않는 평범한 일을 수행하는 것이 오히려 더 어려웠다.

"……입학 날까지 며칠밖에 안 남았네. 고민을 해봐야겠어."

방종하게 보냈던 생활이 지금 예기치 않은 형태로 끝을 고했다.

돈을 벌지 않으면 이 생활을 지속할 수 없다. 린코를 계속 고용할 수가 없게 된다.

갑자기 위기가 닥쳤다.

그러나 쿠논은 나태하게 보냈던 방금 전보다 지금이 더 즐거운 듯했다.

◆

입학 허가증과 학생증을 받은 지 며칠 뒤.

"다녀오세요."

"다녀올게."

쿠논이 린코의 배웅을 받으며 집을 나섰다.

날씨는 화창했다.

멀리서 불어오는 바람이 늦더위를 서서히 저 멀리 실어 보냈다.

비가 내리지 않아서 다행이었다.

인생의 커다란 분기점이 될 등교 첫날이니 이렇게 특별한 것 없는 평범한 날씨가 최고겠지.

앞으로 매일 이곳을 다니게 되겠지.

보지 않고도 혼자서 갈 수 있도록 학교까지 이어지는 길을 확실히 외웠다.

학교도 그리 멀지 않아서 쿠논은 도보로 통학하기로 정했다.

주변의 소리도 문제없었다.

누군가가 생활하는 소리만이 들려올 뿐 특이한 소리는 없었다.

비 내리는 날은 발을 딛기가 어려워지고, 또한 주변 소리도 잘 들리지 않는다. 그러면 쿠논은 평범하게 걷는 것조차 힘들어진다.

정말로 맑아서 다행이었다.

"—좋은 아침, 쿠논 군."

"—좋은 아침입니다, 쿠논 씨."

"—헥헥헥헥헥헥."

"—왕! 왕!"

"헥헥헥헥."

디라싯크에서 살기 시작한 지 한 달쯤 지났다.

이웃과도 관계를 나름대로 쌓아뒀다.

집 근처에 있는 빵집과 잡화점은 이미 단골이 됐고, 디오 씨네 집에서 기르는 대형견은 몹시 귀여웠다. 그리고 주인을 알 수 없는 개도 귀여웠다. 목걸이를 차고 있으니 누군가가 키우는 반려견인 것 같은데.

이웃들은 쿠논의 눈이 보이지 않는 것을 잘 알기에 눈에 띄면 말을 걸어줬다. 그리고 개도 자주 다가왔다.

사람들과 개 모두 상냥했다.

"―좋은 아침입니다. 오늘도 목소리가 아름답네요. 당신의 아름다운 마음의 미성까지 들리는 것 같아요. 어이쿠― 우와, 아름다운 침이구나. 마치 아름다운 개 같아."

그렇게 이웃들과 개들에게 인사를 하고서 앞으로 나아갔다.

바로 그때― 쿠논은 불현듯 발걸음을 멈추고서 「경안」으로 그것을 봤다.

"……안녕."

오늘도 사이에 끼어있었다.

그리고 반응이 없었다.

길을 가다보면 어느 건물과 건물 사이에 한 사람이 드나들 만한 좁은 골목길이 있었다.

「경안」으로 그곳을 보니 올려다봐야 할 만큼 거대한 사내가 끼어 있었다.

피부는 붉고, 마구 풀어헤친 머리카락은 하얬다. 온몸이 근육질인데 옷을 거의 입지 않아서 알몸이나 마찬가지였다. 툭 불거진 혈관이 실로 흉흉했다.

조사해보니 오우거라는 마물인 것 같다.

허리에 달랑 천 한 장만 두른 알몸이었고, 반투명했다.

―처음에 그를 발견했을 때는 사람인 줄 알았다. 그러나 아마도 쿠논의 뒤에 있는 게와 비슷한 존재이겠지.

아니, 정확히 따지자면 다를지도 모르겠다.

어쨌든 그를 짊어지고 있는 마술사는 주변에 없었다. 그리고 그 오우거도 좁은 골목길에 끼인 채로 옴짝달싹도 하지 못하고 그곳에 계속 머물러 있었다.

쿠논이 발견한 2주 전부터 줄곧 그곳에 있으니까.

비좁은 곳에 몸을 딱 집어넣는 걸 좋아하는 괴짜일지라도 버틸 수가 없을 만큼 장기간이었다.

뭐, 무엇보다 실체가 없어서 만질 수도 없긴 했지만.

그를 뚫고서 개가 나왔을 때는 놀랐다. 그리고 이 부근에서 반려견을 키우는 비율이 높다는 사실에도 약간 놀랐다.

이것도 법칙에서 벗어난 패턴일까? 아니면 단순한 예외일까…….

"……이것도 조사해보면 알 수 있을까."

여전히 이상한 것들이 많이 보였다. 멀리까지 보는 것은 부담이 커서 근처만 보고 있었다.

쿠논은 아직 「경안」으로 움직이는 사물을 보는 것을 어려워했다.

한 번 봤던 정보가 눈을 깜빡거리는 동안에 크게 변화했다.

그 정보량이 많아서 뇌가 수용하질 못했다.

한순간만 보고서 해제했다.

그리고 봤던 광경은 추후에 해석했다.

아직은 그런 방식을 반복해야만 사물을 볼 수가 있었다.

이래 봬도 상당히 익숙해진 편이긴 한데…… 평범한 사람처럼 온종일 시각을 확보하는 것은 아직도 어려운 듯했다.

그것이 이루어진다면 분명 이 수수께끼 같은 오우거의 존재도 많이 발견되겠지. 굳이 발견하고 싶지 않긴 하지만. 반라의 거한 따윈 봐도 하나도 즐겁지 않았다.

역시나 이런 수수께끼의 존재에도 익숙해졌다. 마술사가 많은 도시답게 의식하여 찾으면 비교적 쉽게 보이니까.

그러나 줄곧 의문을 품어왔던 문제이므로 언젠가 답을 찾아내고 싶었다.

인사를 하거나, 개와 잠시 놀아주면서, 쿠논은 무사히 마술학교에 도착했다.

"쿠논 씨. 좋은 아침입니다."

"그 목소리는, 루베라 씨?"

교문 근처에 누군가가 있다는 건 감지했지만, 누구인지까지는 몰랐다.

그녀는 입학 수속을 밟을 때 만났던 접수처 여성이었다.

"지금부터 교내를 안내할 테니 절 따라와 주세요."

"예. ⋯⋯어라? 저 혼자인가요?"

"세 사람은 먼저 갔어요. 입학시험 때 필기시험을 치렀던 곳 알죠? 그곳까지 안내할게요."

"혹시 저만 특별 안내? 감사합니다. 루베라 씨는 참 상냥한 사람이야."

"부탁을 받았을 뿐인데요."

"좋아해도 될까요? 뭐, 이미 좋아하긴 하지만."

"예예. 어차피 모든 여성한테 다 그렇게 말하잖아요."

"전 그렇게 헤픈 남자가 아니에요. 9할 8푼 정도?"

"그렇게까지 입이 싸다면 차라리 10할이라고 말하는 편이 더 남자다울 텐데요."

좋아한다고 말하지 않았던 2푼의 여성이 누군지 궁금해 하면서, 접수처 여성은 쿠논을 안내했다.

"그럼, 전 이만."

"안내해줘서 고마워요. 답례로 점심을 사드리고 싶어요."

쿠논이 그렇게 말했지만, 접수처 여성은 깨끗하게 흘려버리고서 가버렸다.

자칭 가드가 단단한 여성다운 처세였다.

접수처 여성을 보내고서 쿠논이 문을 열자—

"—납득할 수 없습니다."

안내받은 교실 안에서 어떤 다툼이 벌어졌다.

"아니, 내게 따진들……."

교실 안에는 세 사람이 있었다.

「납득할 수 없다」고 말한 사람은 입학시험 때 끝내 약속을 잡지 못했던 성녀 레이에스 센트랜스였다.

성녀가 따져서 난처해하는 사람은 행크 비트. 성인 수험생이었다.

그리고 리야 호스는 다툼을 벌이는 두 사람 사이에서 당혹스러워했다.

함께 입학시험을 치렀기에 쿠논의 입장에서는 동기라고 부를 만한 사람들이었다.

"좋은 아침. 너희들과 다시 만나서 기뻐. 어? 얼마나 기쁘냐고?

아침밥으로 나온 베이컨이 평소보다 두꺼웠을 때 정도야."

"……."

성녀는 여전히 무시했지만.

"……어어, 좋은 아침."

"좋은 아침, 입니다."

행크와 리야는 대꾸를 해줬다.

어리둥절해하면서.

아침부터 무슨 헛소리를 하는 거야, 라는 얼굴로.

"왜 다퉜어? 괜찮다면 내가 이야기를 들어줄 수 있는데."

"다퉜다고 해야 하나……."

행크가 말을 머뭇거리면서 성녀에게 시선을 돌리자─ 그녀가 그에 반응하여 말했다.

"특급 클래스의 방침에 관해 논의하고 있었습니다. 지원금을 끊으라느니, 스스로 생활비를 벌어야만 한다느니, 그런 얘긴 입학하기 전에 듣지 못한지라."

"아아, 그랬구나."

그래서 납득할 수 없다며 성녀가 볼멘소리를 내뱉었나?

행크는 이 마술학교에서 근무하는 교사 밑에서 오랫동안 조수로서 경험을 쌓아왔다고 했던가?

그렇다면 학교의 속사정도 나름 잘 알고 있으리라 판단하고서 성녀가 상담을 청했겠지.

"넌 괜찮잖아?"

"예? 무슨 근거로 그런 소릴 하시죠? 미리 말해두겠지만, 전 단순히 계산해도 한 달에 150만 넷카는 벌어야만 합니다."

한 달에 150만.

쿠논보다 약 두 배의 수입이 필요하다니. 대체 어떻게 생활하는 걸까?

"상당한 액수네. 역시 멋진 여자는 스스로를 갈고닦기 위해서 돈이 필요하지?"

쿠논이 그렇게 말했지만, 성녀는 무시하고서 말을 이었다.

"일자리를 찾아봤지만 한 달에 그만한 돈을 벌 수 있는 일 따윈 없었습니다. 귀족의 애인이 되는 길밖에 없다는 소리까지 들었습니다. 불경하게."

감정이 희박하다고 했는데, 성녀에게서 분노가 약간 엿보였다.

아마도 상당히 화가 났겠지.

남들의 눈에는 「조금 발끈」한 수준으로 비치겠지만, 평범한 사람에게 환산한다면 상당히 격노했을지도 모르겠다.

"150만이라. 큰돈이네. 그래도 넌 괜찮잖아? ─우린 참 고달프게 됐네."

쿠논이 행크에게 말했다.

그도 특급 클래스를 희망했기에.

또한 성녀를 꼬시는 건 일단 자제하기로 했다. 밀어서 안된다면 당겨보라는 이코의 가르침이 떠올랐기 때문이었다.

그리고 입학시험 때 겪었던 일을 전해들은 린코 역시 성녀를 가볍게 대하라고 조언했기 때문이었다.

─성가시게 꼬시면 안 된다. 그리고 단둘이 있는 것도 안 된다.

특히 절대로 단둘이 있는 건 안 된다. 불필요한 오해를 불러일으킬 만한 권유는 정말로 절대로 안 된다. 멋진 남자는 구질구질하지 않다. 신사는 여성의 뜻을 소중히 여기는 법이라고.

신사다움을 내세우며 권한다면 들어주지 않을 리가 없다.

물론 지금도 흥미는 열렬히 끓고 있었다. 광마술을 알고 싶어서 견딜 수 없었다.

"응? 음…… 아니. 난 편해. 난 서민이라서 내 입에 풀칠을 할 정도만 벌면 되니까. 하지만 넌 귀족이라서 여러모로 돈 들어갈 데가 많지?"

"그러게. 나도 생활비 정도는 어떻게든 벌 수 있을 것 같은데, 사용인의 급료까지는 좀. 압박이 커."

차라리 사용인을 집으로 돌려보내는 것도 괜찮을지도 모르겠다.

그러나 쿠논은 그 결단을 참으로 내리기가 어려웠다.

어느 정도는 이제 혼자서도 괜찮을 테지만, 그래도 혼자서 살기에는 아직 허들이 높겠지.

여러 의미에서 쿠논은 명랑해졌지만, 역시 혼자는 외로웠다.

그리고 집안일을 전혀 할 줄 모르고, 정리정돈을 질색했다.

집안일을 해주면서 필요할 때마다 도움을 주는 시녀의 존재는 생활하는 데 필수불가결이라고 생각했다.

"—안녕, 다들 모여 있었군."

그런 대화를 나누고 있으니, 교사가 다가왔다.

입학시험 때 만났던 사프 크리켓과 조수이자 준교사인 세이피였다.

"납득할 수 없습니다."

사프와 조수가 다가오자 성녀가 불쑥 따졌다.

"전 마술을 배우려고 왔습니다. 생활비를 어떻게 벌어야할지 고민할 시간은 없습니다."

"응, 우선 입학을 축하해. 제반사항들은 이제부터 설명을 해줄게."

그러나 그 반응을 예상했는지 사프와 세이피는 침착했다.

"뭐, 기왕 말이 나왔으니 먼저 설명하겠는데, 입학시험 때 말했지? 특급 클래스는 일류 마술사를 육성하는 클래스라고. 그 일류 마술사가 갖춰야할 요건에『돈을 번다』는 항목이 들어가 있을 뿐이야. 알게 쉽게 말할까? 돈을 벌지 못하는 마술사는 일류가 될 수 없다는 소리야. 이 마술학교의 기준에서는 말이지. 세이피 씨, 그치?"

"난 일류가 아니지만, 그래도 돈은 필요해요. 고도의 마술을 접하면 접할수록 돈이 많이 필요해져요."

쿠논은 납득할 수 있는 면이 많았다.

마술을 공부하고 연구하는 데 돈이 많이 든다는 사실을 용돈을 아끼고 아끼면서 깨달았기 잘 알았다.

마술 자료.

마술을 쓰는 데 사용하는 마법약과 약초, 마술의 매체가 되는 아이템.

마도구는 작은 부품 하나까지도 마력에 반응하고 작용하는 특별주문품뿐이다.

그것들을 모으려면 필연적으로 돈이 필요했다.

"호사다마라고 해야 할지 잘 모르겠는데, 돈을 벌지 못하는 마술사는 나쁜 방향으로 흘러가는 경우가 많아. 연구비를 벌기 위해 남의 것을 빼앗거나, 죽이거나. 마술은 어설프지만 위력은 있어서 아주 고약해. 나쁜 놈한테 속거나, 협박을 받거나, 보수에 홀려서 악행에 휩쓸렸던 사례가 옛날에 종종 있었지. 마술만 연구해서 세상 물정을 모르는 애송이 따윈 그 방면의 프로한테는 손쉬운 먹잇감이니 말이야. 마력을 갖고 있든, 권력을 갖고 있든 힘 있는 자를 이용하여 이득을 꾀하려는 녀석은 어디에나 있지? 군침 도는 제안을 들고 오는 수상쩍은 놈들을 물리칠 수 있도록 스스로 돈을 벌라는 이야기야. 그리고 고도의 마술을 배우고 습득한다. 레이에스, 넌 그 목적을 이뤘을 때 어떻게 될지 생각해본 적이 있나?"

"아뇨, 제 장래는 정해져 있으니까."

성교국의 성녀인 그녀는 장래에 나라의 고위성직자가 될 것이다.

요컨대 지금의 신분을 이어나갈 뿐이었다.

"그렇다면 더더욱 속세로 나와서 일하도록. 자신의 마술로 무엇을 할 수 있는지 철저히 깨닫도록 해. 네 장래는 정해져 있을지도 모르겠지만, 아직 정해지지 않은 것도 아주 많을 테지. 특히 본인이 하고 싶은 걸 찾아. 흥미가 생기는 것이나, 좋아하는 것도 괜찮아. 그게 네 마술을 성장시키는 길로도 이어질 테니까—. 뭐, 지금은 믿기지 않겠지만, 속는 셈치고 여러 가지를 해보는 게 좋아. 세이퍼 씨, 그렇지?"

"젊었을 적에만 할 수 있는 일도 있으니 말이에요."

쿠논은 그 말이 맞는다는 걸 알고 있었다.

스승인 제온리에게서 들었다.

그가 돈을 벌기 위해서 마도구 제작을 시작했다는 것을.

처음에는 가벼운 마음으로 손을 댔는데, 정신을 차리고 보니 푹 빠졌다고 했다.

지금 깨달았다.

스승은 이곳에서 돈을 벌기 위해서 마도구 제작을 했고, 그대로 생업으로 삼았겠지.

마술사로서 하고 싶은 일을 발견했다.

그것이 요즘 세상을 들끓게 하는 마기사 제온리 핀롤이었다.

평생의 생업을 찾아낸다.

그것은 분명 행운이자 행복이기도 하겠지.

—성격이 그 모양이라서 마술사가 평범하게 가질 법한 직업을 택했다면 주변에 잘 녹아들지 못할 가능성이 높으니까.

"전 한 달에 150만 넷카를 벌지 않으면 생활할 수가 없습니다만, 그만한 일자리가 있습니까?"

성녀가 말하자 이번에야말로 사프가 놀랐다.

"어, 150만?! 그건…… 어? 왜 그렇게 많아? 식비?"

"호위 겸 사용인이 두 명 있으니까요. 사용인의 급료도 지불하라면서요? 게다가 생활비까지."

"아, 그래……. 그거 조금 난감하겠네. 세이피 씨, 그렇지?"

"스스로 벌려고 생각하니 위가 쓰릴 것만 같은 금액이네요……."

호위를 겸하고 있으니 그리 쉽사리 뺄 수가 없었다.

그러나 사용인의 급료를 성녀가 벌어서 지불할 의무가 있었다. 특급 클래스의 규칙이 그랬다.

과연. 왜 납득하지 못하겠다고 호소했는지 납득이 됐다.

"바로 해결하고 싶다면 방법은 있어."

"있나요? 돈을 벌 수 있는 방법이?"

"아니, 2급 클래스로 옮기면 돼. 그쪽은 보내주는 돈을 받을 수 있거든. ……뭐, 한 번 아래 클래스로 내려가면 두 번 다시 올라올 수 없는 게 규칙이긴 하지만."

"……학습하는 내용은 얼마나 차이가?"

"본인의 의욕에 달렸지. 애초에 특급 클래스는 무엇을 배울지 정하는 것도 본인의 자유야. 배우고 싶다면 마음껏 배워도 좋고, 게으름을 피우고 싶다면 마음껏 게으름을 피워도 좋아. 2급 클래스는 자유롭게 배울 수 있는 범위가 좁아지지. 차이는 그뿐이야."

"……."

"천천히 생각해. 유예기간은 다소 있으니 교사들과 상담을 해보는 것도 괜찮을지도 모르고. 세이피 씨, 그렇지?"

"그렇군요. 미력이나마 나도 힘이 되어줄 테니 쉽게 포기하려 하지 말아요."

"……감사합니다. 잠시 생각해보겠습니다."

마술학교의 생활이 이제 막 시작됐건만, 성녀는 커다란 금전적 문제를 떠안게 된 듯했다.

순서가 밀리긴 했지만, 사프와 조수가 다시 입학 안내를 했다.

"입학 안내를 하긴 해야 하는데, 특급 클래스는 거의 제한이 없는지라 딱히 할 말이 없긴 하네."

"—저기!"

그때 이번에는 리야가 목소리를 높였다.

"저, 전 2급 클래스를 희망했는데! 왜 특급 클래스 학생이 안내받는 자리에 있는지 모르겠는데요!"

아닌 밤중에 홍두깨 같은 사례도 있는 듯했다.

"네 실력이라면 특급 클래스에서도 잘 해나갈 거라고 판단하여 내린 결과야. 불만 있니?"

"불만이라고 해야 하나…… 전 한가한 시간에 일을 해서 친가에 보낼 돈을 벌고 싶었는데……."

"그래? 그래도 뭐, 클래스 변경 신청은 바로 받아줄 수 있으니 한동안은 특급 클래스에서 지내면서 상황을 지켜보는 게 어떨까? 현재 네 사정을 들어보니 특급에 있어도 별 지장은 없을 것 같고."

확실히.

친가에 돈을 보내기 위해 일을 하고 싶다면 오히려 뭐든지 자유로워서 시간을 내기 쉬운 특급 클래스가 더 낫지 않을까?

"……알겠습니다. 한동안 이대로 해볼게요……."

쿠논도 그게 좋겠다고 생각했다.

모처럼 동기가 생겼으니 그에게서도 여러 이야기를 듣고 싶었다.

"첨언하자면, 특급 클래스 학생은 이제 한 명의 마술사로서 인정받는다. 견습 딱지는 뗀 셈이야. 그러니 교사들이 실험이나 연구를 부탁하기도 하고, 이런 일로도 어느 정도 돈을 벌 수 있어. 곤궁한 상황에 처하면 교사한테 상담하라고 했던 이유도 그런 배경이 있기 때문이야. 교사들이 너희들을 필요한 인재라고 판단한다면 싫어도 돈을 벌 방법을 제시해줄 거다. 뭐, 금액은 흥정하기 나름이겠지만 말이야. 간단히 말하자면 프리 조수로서 대우하는 셈이지."

사프가 계속해서 말을 이어나갔다.

"너희 특급 클래스는 기본적으로 자유야. 2급 클래스나 3급 클래스처럼 매일 정해진 시간에 수업을 받아야할 필요도 없고, 개인적으로 약속한 게 아니라면 학교는 너희들한테 무언가를 강제하거나 강요하지 않아. 그리고 특급 클래스는 학교설비를 자유롭게 쓸 권리가 있어. 그 권리를 활용하여 원하는 마법에, 일에 마음껏 몰두해 줬으면 좋겠어."

말 그대로 자유롭게 활동할 수 있는 클래스였다.

"다만 한 해에 단위를 10점은 따야만 해. 연구나 실험을 하든, 혹은 교사의 부탁을 들어줘서 실적을 쌓을 필요가 있어. 1점이라도 부족하다면 다음 해부터는 2급 클래스에 들어가게 돼. 아까 마음대로 농땡이를 부려도 좋다고 했지만, 단위를 따지 못하면 특급 클래스 권한을 내려놓아야 한다는 이야기야."

요컨대 자유롭게 활동해도 좋지만, 스케줄 관리도 스스로 해라, 실적을 어떻게 쌓을지도 스스로 정하라는 뜻이었다.

다른 클래스는 모르겠지만, 특급 클래스는 원해서 들어온 사람이 많았다.

그만큼 실력과 의욕도 갖추고 있었다.

그래서 가만히 방치하더라도 본인의 필요에 의해 알아서 하리라고 인정을 받았다.

"설명해야 할 내용은 대강 이 정도? 너희들이 기억해야 하는 건 1

년에 단위 10점을 따야만 한다는 것 정도야. 단위를 따는 방법은 여러 가지가 있으니 여러 교사들한테 물어보도록."

이로써 간단한 입학 안내가 끝났다.

특별한 제약이 없는 특급 클래스이니 이제부터는 이곳에서 생활하면서 알아서 적응하라는 말이겠지.

"설명은 이상이다. 질문 있나?"

몇몇 질문들이 나왔지만, 특별히 유념해야 할 내용은 아니었다.

"―자, 쿠논."

다른 세 사람이 질문을 마치자 경우에 따라서는 문답이 길어질 수 있을 것 같아서 마지막까지 기다렸던 쿠논이 손을 들었다.

"선생님을 상대로 돈벌이를 하는 것도 허용됩니까?"

"뭐든지 해봐라. 조수로서 자신의 실력을 파는 것도, 자신이 획득한 것이나 만든 것을 파는 것도 자유다. 다만 교사를 화나게 한다면 퇴학처분도 받을 수 있으니 법과 상식의 범위 안에서 분별 있게 행동해."

다행이다.

쿠논은 가슴을 쓸어내렸다.

편지를 받고서 돈을 벌 방법을 여러모로 궁리해보긴 했지만.

이것이 가장 효과적이면서도 안전하고, 또한 실력으로도 이어지며 쿠논이 자신감을 갖고서 할 수 있는 일이었다.

여러 교사들과 안면을 트는 계기도 될 것이다. 동경하던 수마술사인 사토리와 만날 수 있다면 감격스럽겠지.

"무슨 돈벌이를 하려고? 실례가 안된다면 들려줬으면 좋겠군."

"수면을 제공할 겁니다. 그리고 여성이라면 제 말로 마음까지 치유하고 싶어요."

"수면?"

"스승님이 유일하게 인정해줬던 마술입니다. 다른 건 평범한 수마술사와 별반 차이가 없지만, 이것만은 인정해주겠다고 했습니다. 그리고 여성이라면 제 마음으로도 달래주고 싶어요."

스승.

언뜻 나왔던 그 말이 **그 제온리**가 했던 말이라면 백 마디 설명보다는 한 번 볼 만한 가치가 있겠지.

타인을 거의 칭찬하지 않는 그 남자가 인정했다면 기대해도 되겠지. 분명 돈이 될 것이다.

다만 듣기만 해서는 어떤 것인지 잘 모르겠다. 모르기에 더더욱 흥미가 솟았다.

"수면을 제공하겠다니, 어떻게 말이지?"

"마술사가 본격적으로 실험과 연구를 시작하면 생활이 불규칙해지잖아요? 몰두하면 두어 날 철야하는 건 당연하고, 또한 마감일이 다가오지 않으면 일을 시작할 수 없는…… 그런 딱한 사람도 있다고 들었는데."

휴식과 식사도 잊고서 몰두하는 사람.

발등에 불이 떨어지지 않으면 의욕을 낼 수 없는 사람.

있다.

그런 사람이 분명히 있었다.

특히 마감일이 턱밑까지 닥쳐와야지만 의욕을 낼 수 있는 사람은 이 마술학교에 발에 차일 만큼 존재했다.

매일 조금씩 해나가면 벼랑 끝에 내몰릴 일도 없을 텐데.

매번 그렇게 한탄하면서 업무를 수행하는 사람이 정말로 적지 않았다.

있다.

그런 성가신 사람이.

예를 들자면 방학 때 해야만 하는 과제를 마지막 날까지 손도 대지 않고 남겨뒀다가 울면서 한꺼번에 꾸역꾸역 처리하는 학생 같은, 그런 사람이.

"그렇게 궁지에 몰린 사람이 한순간이나마 취하는 가벼운 수면. 그리고 보다 깊이 숙면을 취할 수 있는 환경을 마련해주는 것⋯⋯이 돈벌이가 되지 않을까 싶어서요. 질 좋은 수면은 정말로 중요하니까요. 다만 얼마나 벌이가 될지 잘 몰라서 사업으로서 성립할지는 의문이긴 하네요."

성녀만큼은 아니지만, 쿠논 역시 돈을 나름대로 벌지 않으면 생활하기가 힘겨웠다.

만약에 이 사업을 통해 예상보다 돈을 많이 벌지 못한다면 다음 사업을 생각할 필요가 있었다.

"그 부분을 상담하고 싶습니다. 되도록, 여성과."

"그건 당장 시도해보자. 필시 잘 될 거야."

사프가 단언했다.

그의 머릿속에 이미 여러모로 궁지에 몰린 수많은 교사들의 얼굴이 떠올랐다.

모두들 당장에라도 죽을 것처럼 얼굴이 흙색이었다. 바로 침대에 눕혀주고 싶을 정도다.

사업의 기본은 필요한 사람에게 필요한 것을 제공하는 것.

물품이든 서비스든 대개는 그렇게 성립한다.

"그리고 여성이라면 제 달콤한 말로 마음까지 치료해주고 싶은데요."

"굳이 듣지 못한 척 흘려버렸는데, 그건 필요 없다고 생각해."

"알겠습니다. 그렇게까지 말씀하신다면 희망하는 남성한테만 무리를 해볼게요."

"난 그런 말까지는 하지 않았는데. 세이피 씨, 그렇지?"

아이가 대체 무슨 소리를 하는 거야.

"장래가 유망한 어린 마술사……. 내가 다섯 살만 어렸더라면……."

조수도 말을 보태달라면서 시선을 돌렸더니 그녀가 진지한 얼굴로 무척이나 아쉬워하며 중얼거렸다.

문제아다운 면모도 살짝 보이긴 하지만.

유능한 면모도 살짝 엿봐서 그렇겠지.

"─좋아, 그럼 입학 안내는 이것으로 마치도록 하지. 모두들 많은 결실을 거두는 학교생활을 보내길."

사프는 못 들은 척하기로 했다.

제5화 성녀의 금전 문제

마술학교에 입학한 지 열흘째.

"문제요? 없다고 생각하는데요."

"정말로? 쓸데없는 말은 하지 않을 거지?"

"말하고 싶지만, 무슨 말을 하기도 전에 곯아떨어질 테니까."

"아아, 그래…… 다들 피곤하니까……."

—핵심을 말하자면 쿠논의 사업은 적중했다.

초회 무료 특전을 내세우며 시작했고, 열흘째에는 하루에 이용희
망자가 너덧 명은 나오게 됐다.

짧게 잤을 뿐인데 마치 한나절은 잔 것 같은 상쾌함!

두어 날 철야하여 쌓였던 피로가 하룻밤만 철야한 수준으로!

한 번 경험하면 더는 벗어날 수 없는, 사람을 타락시키는 편안함!

진짜처럼 생긴 인형 옵션까지! 가장 인기를 끄는 것은 털 없는 거
대 쥐!

경이로운 재이용률을 보여주는 「수면환경 제공」 사업은 순식간에
퍼져나갔다.

그 제온리의 제자가 시작한 사업이라는 이야기까지 어우러져 정
보가 퍼져나가는 속도가 무척이나 빨랐다.

조롱하거나 구경만 하는 사람도 적지 않았지만, 그것까지 포함하
여 마술학교에서 유행할 조짐을 보였다.

아직 이번 학기가 시작된 지 열흘밖에 되지 않았는데.

"슬슬 안정된 것 같습니다. 사프 선생님, 여러모로 감사했습니다."

사업의 기본을 강의해주고, 장소를 확보해주고, 손님을 모아주고, 홍보까지.

줄곧 사프가 상담역으로 함께 해주면서 쿠논에게 큰 도움을 줬다.

요금설정도 했다.

이 정도라면 한 달은커녕 보름 만에 필요한 생활비를 다 벌 수 있을 것 같았다.

현재 쿠논이 우려하는 것은 누군가가 「초연체 물 구슬」을 재현하여 유사한 사업을 시작하는 것이었다.

이곳은 마술학교.

쿠논보다 우수한 사람은 드물지 않았다.

흉내내려고 마음을 먹는다면 가능한 사람도 많겠지.

"이렇게 일찍 돈을 벌어들이는 시스템을 구축할 줄은 몰랐는데 말이죠……. 휴식이라……. 의식주 말고도 사람한테 꼭 필요한 요소인걸요. 이용자가 많을 수밖에."

그것은 의식주 중에서 주에 해당하는 것 같지만, 세세한 것은 따지지 않는 게 좋겠지.

쿠논의 사업은 벌써부터 궤도에 오르려고 한다.

사프를 비롯하여 실제로 체험했던 교사와 학생들의 서명을 모아서 학교에 제출했더니 학교 내의 빈 교실 세 군데를 빌릴 수 있었다.

이 교실은 특급 클래스 학생이 임시 연구소로서 개인이 빌릴 수 있는 장소였다.

그곳에서 무엇을 할지 설명하고서 신청한다면 누구든 빌릴 수 있었다.

현역 교사와 학생들의 서명을 받아서 신청했기에 쿠논은 무사히 교실을 세 군데나 빌릴 수 있었다.

그것도 이용하기 쉬운 2층 말이다.

이용 빈도가 낮을 시설일수록 위층에 위치한다고 했다. 접근하기가 편한 1층과 2층은 이용하기가 쉬운 곳이라고 할 수 있었다.

"정말로 순식간이었네."

오늘, 사프는 쿠논이 빌린 교실을 살펴보려고 왔다.

사업은 순조로웠다. 지금도 이용자가 자고 있다고 했다.

이곳은 아무것도 없는 빈 교실이었는데, 벌써 쿠논의 연구소가 되어가고 있다.

도서관에서 빌려온 책들을 쌓아두고서 열심히 훑어보다가 흥미로운 내용은 옮겨 적는다─. 그 문서들이 다발로 쌓여 있었다.

쿠논은 아직 열두 살짜리 아이다.

그러나 책상 위에 펼쳐진 광경을 보니 어엿한 마술사다웠다.

만약에 주인이 부재중이라면 아무도 아이가 쓰는 방이라고 생각하지 않겠지.

사프도 이제와 의심할 생각은 없지만, **그 제온리**의 제자라는 사실을 새삼 의식했다.

내용물은 상당히 별나고 경박하지만, 마술에 관한 발상과 자세만은 진짜였다.

빌린 교실 중 한 곳은 쿠논의 거처…… 연구소이고, 나머지 두 곳은 사업용이었다.

두 교실을 각각 남녀용으로 나눴고, 내부 공간을 더 세세히 나눠서 이용자가 편히 잘 수 있도록 조성했다. 지금도 몇 명이 자고 있었다.

—이 사업이 정말로 필요한 사람은 눈을 잠시 붙였다가 곧바로 작업하러 돌아가야만 하는 사람. 그래서 이곳이 아니라 작업장…… 전용 연구소에서 서비스를 이용한다.

이곳에 올 수 있는 사람은 그나마 여유가 있는 편이겠지.

……작업장에서 눈을 붙여야만 하는 교사나 학생은 눈이 보이지 않는 쿠논이 봐도 꽤 위험한 상황으로 비쳤다.

사프가 왜 바로 움직여줬는지 알아차릴 수 있을 만큼.

쿠논도 몰두하면 자는 것과 먹는 것을 잊는데, 이 학교 사람들도 예외가 아니었다……. 그뿐만 아니라 스스로를 아슬아슬한 지경까지 내모는 것 같았다.

뭐, 쿠논의 경우에는 스스로를 위험한 지경에 내몰기 전에 이코나 린코가 만류하겠지만.

만약에 누군가가 제지하지 않았다면 똑같은 상태가 됐을 테지.

"그나저나 재밌는 마술이야. 『물』을 신축성과 유연성이 높은 『막』으로 뒤덮으면 저렇게 되는구나."

「초연체 물 구슬」, 별명은 물침대.

사프도 시험 삼아서 자봤는데 확실히 좋았다.

좋은 침대보다도 부드러웠다. 몸무게마저도 느껴지지 않았다.

마술로 만들어낸 침대라서 하루 이틀이면 없어져버린다. 그것이 진심으로 아쉬울 만큼 몹시 편안했다.

가능하다면 자택에 있는 침대를 바꾸고 싶을 정도였다.

그런 감상을 느낀 사람이 많았기에 재이용률이 높았다.

"침대 말고도 여러모로 장치가 있긴 하지만요. 하지만 비밀인데요?"

―수속성은 아니지만, 사프도 우수한 마술사였다.

저 「물 구슬」에 여러 장치가 있다는 것쯤은 알았다.

"뭐야. 내게도 알려주지 않는 거야?"

그 장치가 상당히 복잡하다는 것도 안다.

그 제온리가 왜 이 마술을 인정했는지도 잘 알겠다.

"으―음. 사프 선생님한테는 알려줘도 되려나?"

"응."

"비밀은 털 없는 거대 쥐입니다. 가장 인기를 끄는 옵션이죠."

쿠논은 두 손을 올려서 물로 만든 털 없는 거대 쥐를 꺼내보였다.

"……이봐, 정말로 이 녀석이 가장 인기가 있어?"

"예. 그 어떤 사람도, 물침대를 썩 내켜하지 않는 사람일지라도 이걸 품에 껴안으면 금세 잠들어요. ……크기가 적당해서 그럴까요? 아니면 무게? 감촉? 잘 모르겠지만, 왠지 이 정도가 딱 좋은 것 같아요."

"난 됐다."

쿠논이 내밀자 사프는 털 없는 거대 쥐를 거부했다.

"왠지…… 한 번 만졌다가는 수렁 속에 빠져서 달갑지 않은 사태가 벌어질 것 같으니 난 사양할게."

"그렇습니까?"

사프가 무엇을 경계하는지 잘 모르겠지만, 쿠논은 털 없는 거대 쥐를 없앴다.

"어쨌든 순조롭다는 건 알겠어. 이제 난 필요 없겠지. 종종 상황을 보러 오겠지만, 이제는 하고 싶은 대로 하도록 해."

"예. 감사했습니다."

일단은 한동안은 이 사업 덕분에 생활비는 충당할 수 있겠지.

"그나저나 하고 싶은 것은 찾았니?"

입학한 지 열흘.

쿠논은 줄곧 「수면환경 제공사업」을 준비하고, 억누를 수 없는 지적 호기심 때문에 책을 탐독하는 나날을 보내왔는데.

언제까지나 이대로 살 수는 없었다.

단위를 따야만 했다.

10점 중 1점이라도 부족하다면 이 쾌적하고도 자유로운 학습 환경을 빼앗기고 만다.

단위를 최대한 빨리 따두는 편이 무난하겠지.

······그런데.

"권유를 받긴 했지만, 굳이 당장 할 필요가 있나 싶습니다."

사프와 세이피가 설명했던 대로 교사와 학생들이 연구를 도와달라고······ 조수를 맡아달라고 요청한 의뢰가 몇 건 있었다.

그러나 거절했다.

이 사업의 장점은 시간을 느긋하게 쓸 수 있다는 점이다.

손님은 자고 있고, 그동안에 쿠논은 책을 읽는다.

이 학교 도서관은 마술 관련 서적을 많이 소장하고 있다.

학교생활 전부를 도서관에 있는 책을 독파하는 데 쏟아도 괜찮을 것 같다는 생각마저 들었다.

그만큼 신나는 환경이었다.

"지금은 어쨌든 책을 읽고 싶습니다. 사토리 선생님이 책을 여러 권이나 냈는지 몰랐어요. 리포트도 있었고요."

아직 만나지 못한 동경하는 사토리 선생. 그녀가 집필한 책을 발견했다. 군침이 흘렀다.

책 형태로 정식으로 출간하지 않고 자필로 쓴 리포트도 있었다. 군침이 질질 흘렀다.

지금은 사토리 선생의 기록물을 중심으로 온갖 책을 섭렵하고 있었다.

"그래? 뭐, 이제 막 시작했으니 서두를 것도 없나? 하지만 단위를 따는 걸 깜빡하지 않도록 주의하도록."

"예."

그러나 쿠논에게는 단위를 따는 것 말고도 신경 써야할 것이 있었다.

"근데 사프 선생님, 레이에스 양은 어쩌고 있습니까?"

"음? 궁금하나?"

"예. 전 아직 그녀의 얘길 듣지 못했으니까요."

언젠가 그 성녀와 대화를 나눌 기회가 있으리라 생각했는데, 서로 할 일들이 있었기에 쿠논은 만나러 간 적이 없었다.

쿠논은 사업을 준비하고 독서하느라.

성녀 레이에스는 입학하자마자 직면한 돈 문제를 해결하고 있을 것이다.

지금은 피차 눈앞에 닥친 일 때문에 정신이 없었다.

"세이피 씨와 함께 여러 가지를 궁리하고 있는 모양인데, 잘 풀리지 않는 모양이더라."

"……그렇다면 가장 간단한 방법은 어려울 것 같습니까?"

"응. 병자나 부상자를 치료하는 건 성직자의 본분이라서 조금도 받을 수 없대."

"그렇다면 어렵겠네요."

쿠논이 「어떻게든 되리라」 생각했던 이유가 바로 그것이었다.

어느 병원이나 요양원에 가서 「백 넷카를 주면 병실에 있는 모두를 치료할게요」라면서 흥정을 벌이면 좋지 않을까 싶었는데.

아마도 그 방법은 쓸 수 없는 듯했다.

광속성은 치유마술에 특화되어 있다. 그것으로 돈을 벌 수 없다면 방법을 찾는 게 꽤 어려울 듯했다.

"쿠논, 네가 그녀를 도와주면 어때?"

"굳이 말할 필요 없이 도울 생각이에요. 전 여성의 편입니다."

쿠논이 당당히 즉답했다.

말할 필요 없다고 말할 정도로.

뭐, 예상했던 바이지만—.

"……라고 말하고 싶지만."

쿠논이 서글퍼하며 고개를 갸웃거렸다.

"특급 클래스는 학생을 어엿한 마술사로서 대우한다고 했죠? 그러니 동기를 섣불리 도왔다가는 상대가 상처받을 수 있거든요. 아직 친구이니까요. 친구 이상 연인 미만인 관계도 아니라서 제가 먼저 움직이기가 좀 어려워요. 본인이 제게 부탁한 것도 아니고…….'

"……좀 의외의 대답이군."

그리고 쿠논은 아직 성녀와 친구도 뭣도 아니라고 생각했다. 평범한 동기라고 생각했다.

뭐, 말해본들 이야기가 진행되지 않아서 굳이 꺼내진 않았지만.

"그런가요? 이래 봬도 전 신사라서 누구한테든 무례하게 군 적이 없는데 말이죠."

아니, 있잖아. 종종 무례하게 굴잖아.

"만약에 정 안된다면 선생님이 레이에스 양한테 저와 논의해보는 게 어떻겠냐고 설득해주세요. 제가 그녀를 도울 수 있을지 모르겠지만, 생각할 수 있는 머리가 많은 건 나쁘지 않을 테니까요."

"뭔가 좋은 방안이라도 있어?"

"아뇨. 광마술이 무엇인지 잘 몰라서 지금은 아이디어를 낼 수 있는 단계가 아닙니다. 어쨌든 광마술의 대명사라고 할 수 있는 치료술을 제외하고서 돈을 벌 수 있는 방법이 또 뭐가 있을지……."

사프가 수긍했다.

한 달에 150만이라는 거금을 벌기 위해서는 평범한 일거리로는 불가능했다.

그녀가 어떤 광마술을 다룰 수 있는지 모른다면 고민조차 해볼 수가 없겠지.

"광마술을 가르쳐달라고 그토록 졸랐는데도 전혀 알려주질 않고⋯⋯."

그건 어쩔 수 없지. 사프가 고개를 가로저었다.

그렇게 작업을 걸듯 부탁하는데 누가 순순히 따라줄까.

그 이후에는 털 없는 거대 쥐에 관해 이런저런 대화를 나눈 뒤, 동기인 행크와 리야의 근황을 확인하고서 사프는 일찍이 빈 교실이었던 쿠논의 실험실에서 물러났다.

◆

성녀 레이에스가 쿠논의 교실을 찾아온 것은 닷새 뒤였다.

"—지금 느끼고 있는 게 무엇이냐면, 바로 굴욕이라는 감정이겠죠."

감정이 희박하다고는 들었다.

이렇게 말할 수 있는 이유도 감정이 희박해서겠지.

평범한 감정을 지닌 사람이라면 느닷없이 이런 말을 하지 않을 테니까.

보자마자 이렇게 말한 것을 보면 레이에스의 심정은 무표정한 얼굴과는 달리 어수선할 게 틀림없었다.

"자, 지, 진정해⋯⋯."

그 발언을 듣고서 리야가 레이에스를 다독이려고 했지만, 그녀의 표정은 꿈쩍도 하지 않았다.

"—아가씨는 처음이죠? 긴장하고 있어요? 괜찮아요. 누워서 눈을 감으면 금세 끝날 테니까⋯⋯. 절 믿어요. 지불한 돈보다 더 큰 가치를 몸소 느끼게 될 테니까요."

눈앞에 스무 살쯤 된 연상의 여성…… 마술학교의 교사에게 「수면」 사업에 관해 설명하고 있는 쿠논 그리온.

끝내 이런 경박하기 짝이 없는 사람과 논의를 해야만 할 만큼 궁지에 내몰렸다. 레이에스는 자신의 무력함을 절감하지 않을 수 없었다.

그리고 그 이상으로 굴욕을 느꼈다.

정말로 가능하다면 쿠논에게는 부탁하고 싶지 않았으니까.

―입학한 지 2주가 지난 이 날.

성녀 레이에스가 쿠논이 빌린 교실 문을 열었다.

"아, 미안. 들어와도 되긴 하는데, 잠시 기다려주겠어?"

전날 찾아왔던 준교사 세이피가 오늘 성녀를 데리고 오겠다고 쿠논에게도 말했다.

그러나 때가 조금 좋지 못했다.

처음 방문한 손님에게 「수면환경 제공사업」에 관해 설명하려는 직전이었기에 성녀와 세이피에게 잠시 기다려달라고 했다.

그리고 두 사람은 쿠논이 접객하는 광경을 보면서 기다리기로 했다.

"설명은 이상입니다. 희망하시는 코스는― 사용시간은 오전 내내. 옵션은 털 없는 거대 쥐의 털 있는 버전. 알겠습니다. 그럼 이쪽에 서명을…… 아니요, 괜찮습니다. 그럼 가볼까요. 나와 당신과, 그리고 몇몇 사람만이 아는 비밀의 화원으로."

쿠논이 신규 손님을 옆 교실로 데리고 갔다가…… 바로 돌아왔다.

"오래 기다렸지? 이렇게 우르르 올 줄은 몰라서 좀 놀랐어."

그렇다. 성녀는 혼자서 오지 않았다.

우선 그녀를 돕기 위해 따라온 준교사 세이퍼.

사프도 쿠논의 곁에서 도와줬기에 왜 왔는지 알겠다.

문제는 동기들도 왔다는 점이었다.

동기인 행크, 리야도 함께 왔다.

"동기 중 내가 마지막 상담역이라는 뜻이지? 가슴이 아프네. 일찍 부탁해줬으면 좋았을 텐데."

즉, 그렇게 됐다.

"개인적으로 절대로 부탁하고 싶지 않았습니다. 그 대가로 무엇을 요구할지 모르니까."

"아하하. 신사가 여성의 약점을 이용할 리가 없잖아. —내게 빚은 지게 됐지만."

"……."

그렇게 「빚」을 질 만한 상대로서 무섭다는 이야기를 한 것인데.

쿠논에게는 전해지지 않았나?

"……제 상황을 대강은 알고 있을 테죠. 어떻게 안 될까요?"

성녀의 불신감이 강했다.

처음부터 좋은 인상을 품지 못한데다가 교실을 찾자마자 그런 경박한 모습을 보이고 말았으니 신뢰할 수 있을 리가 없었다.

—그러나 이렇게 상담을 청하러 온 것 자체는 의외로 후회되지 않았다. 오히려 기대감도 컸다.

입학한 지 2주 동안.

쿠논의 사업은 순조로웠다. 게다가, 이 교실.

원래는 아무것도 없었던 교실이었다고 들었는데, 이미 개인 연구소로 변했다.

책들이 널려있다.

서류가 한가득 쌓여있다.

무엇에 쓰는지 알 수 없는 촉매와 매체, 금속제품, 유리제품 등이 비치되어 있었다.

어수선한 이곳은 어딜 봐도, 아무리 봐도 열정이 넘치는 마술사의 연구소였다. 불과 얼마 전까지 견습 마술사였던 애송이의 거처가 아니었다.

경박하고, 여러모로 문제가 많은 것처럼 보이지만— 이 방은 쿠논이 어엿한 마술사임을 증명해줬다.

이곳에 있는 교사와 별반 다를 게 없을 정도로 자신의 길을 가고 있는 것처럼 보였다.

그래서 자꾸만 기대가 됐다.

그리고 그것은 성녀뿐만이 아니라 다른 두 동기도 마찬가지였다.

—역시 쿠논 그리온은 여간내기가 아니다.

이것이 세 사람이 느낀 공통적인 감상이었다.

경박하다는 감상도 공통되긴 했지만.

"상황이라……. 돈을 벌만한 뾰족한 수가 없어서 온 거 맞지?"

"예. 일거리 자체는 많았지만, 한 달에 150만 넷카를 벌어들일 만한 일은 없었습니다."

계산을 해봤지만, 동시에 여러 일을 한계까지 수행해봤자 어렵다는 결과가 나왔기에 이 방법은 포기했다.

"치료마술은 쓸 수 없지?"

"맞습니다. 제 치료술은 먼 선조와 신께서 내려주신 성스러운 힘입니다. 돈을 버는 저속한 용도로는 쓸 수 없습니다."

성교국에 기부한다는 명목으로는 돈을 받을 수 있지만, 보수라는 명목으로는 안 된다.

"그건 종교적인 이유야?"

"그래요. 그렇게 인식해도 무방합니다."

성녀의 신념이 아니라 나라의 뜻이었다.

"성녀도 결혼할 수 있어? 아니면 성직자로서 평생 독신?"

"제 문제와 관련이 없는 내용은 노코멘트입니다."

결혼은 허용하고 있다.

다만 허들이 너무 높고 많았다. 데릴사위로 들어와야 하고, 여신 키라레이라를 신앙하는 것이 절대조건이었다.

"세이피 선생님은 결혼했습니까?"

"엥? 아, 뭐? 결혼?"

쿠논이 갑자기 화제를 돌리자 근처에 있던 서류를 넌지시 보고 있던 세이피가 화들짝 놀랐다.

"결혼은 하고 싶지만, 우선 연인부터 만들어야…… 하지만 그 전에 정식으로 교원 자격부터 따야만…… 아니, 지금 내 사정이 중요한 게 아니잖니."

"신사는 매력적인 여성의 진로가 궁금하거든요. 행크, 그죠?"

"오? 아, 응. 그렇지."

마찬가지로 문서에 관심을 기울이던 행크가 건성으로 대답했다.

리야도 안절부절못했다. 지금 성녀가 아닌 다른 사람과는 대화가 되지 않을 듯했다.

"—이 근처에 있는 것들은 마음대로 읽어도 상관없어요."

중요한 문서는 꼼꼼하게 정리해놨다.

이 근처에 있는 것은 책이나 참고문헌에서 옮겨 적은 것들뿐이었다. 더 자세히 말하자면 이미 쿠논의 머릿속에 있는 정보뿐이었다.

그들이 대화를 나눌 만한 상태가 아니라고 판단한 쿠논은 이제 주변을 아랑곳하지 않고 성녀하고만 대화하기로 했다.

"참고로 마술사는 이런 서류로도 돈을 벌 수 있어."

"……마술에 관한 검증과 실험 내용을 기록한 리포트 말이죠?"

"응. 얼마나 중요한지, 마술계에 얼마나 영향을 끼칠지 고려하여 사람들이 구입하는데……. 뭐, 우리한테는 아직 어렵겠네."

쿠논을 비롯한 신입생들은 이제 막 견습 딱지를 뗀 마술사였다.

지식과 경험 모두 선배에게 한참 못 미쳤다. 능력으로도, 발상으로도 따라잡거나 추월할 수가 없었다.

대부분의 발상은 이미 누군가가 생각하고서 지나갔던 길이었다.

그런 흔한 생각을 정리하거나, 실험해본들 아무도 돈을 지불하면서까지 구입하지 않겠지.

수요에 잘 맞춘다면 상당한 돈벌이를 기대할 수 있겠지만…… 뭐, 지금 당장에는 어쩔 도리가 없었다.

"한 달에 150만이지? 평범하게 일해서는 벌 수 있는 금액이 아니네. 그럼 역시 누군가의 밑에서 일하지 않고, 어떤 사업을 벌이는 수밖에 없으려나?"

"그 방안도 생각했습니다. 하지만 뭘 팔라는 거죠? 마술사는 마술을 파는 존재라고 생각하긴 하지만, 제 마술은 돈을 버는 도구가 될 수 없습니다. 사업을 하려고 해도 밑천도 없을 뿐더러 노하우도 없습니다. 지금부터 배우려면 시간이 너무 걸리지 않을까 싶습니다."

"그렇겠네. 어설픈 아이디어에 매달려 장사를 시작했다가는 실패하여 빚을 질 게 뻔하지."

"당신은 그 난관을 잘 극복했다고 생각해요."

"수면환경 제공사업? 할 수 있는 일을 했을 뿐인데 말이야."

단순히 말해서 종교적인 이유 때문에 성녀는 그 「할 수 있는 행위」가 제한된 상태였다.

설마 세계의 지보(至寶)라고 해도 과언이 아닌 성녀가 돈 때문에 이리도 골머리를 썩는 날이 올 줄이야.

성녀는 일찍이 마왕과 마족에 대항할 수 있는 유일무이한 존재였다.

능력만 잘 활용한다면 일확천금도 결코 꿈이 아니다.

그런데도 이 꼴이었다.

성녀는 살기 어려운 시대였다. 뜻대로 되지 않았다.

"조사해보니 광마술은 치료와 정화에 특화됐다고 하던데, 맞지?"

"그렇죠. 제가 구사할 줄 아는 마술은 크게 나눠서 그 두 가지 부류에 속합니다."

"그런데 치료는 쓸 수 없고."

"예."

"치료가 안 되면 정화는 돈벌이에 써도 괜찮아?"

"그쪽은 문제가 없습니다."

"참고로 묻겠는데, 레이에스 양은 여기서 뭘 배우고 싶은지 정했어? 아직은 마술을 정진하고 싶다거나, 그런 막연한 목표뿐?"

"배울 수 있는 건 뭐든지 배우고 싶습니다. 마술학교는 그런 곳이잖아요?"

—그렇구나. 쿠논은 고개를 끄덕였다.

"그럼 나랑 함께 마도구를 만들어보지 않을래? 구상은 했지만, 아직 시도하지 않은 아이디어가 몇 개 있거든. 완성할 수 있을지는 모르겠지만, 그래도 마도구는 잘만 하면 큰돈을 벌 수 있어."

"—잠깐만!"

세이피가 쿠논의 발언을 만류했다.

"그거, 새로운 마도구에 관한 권리 이야기죠? 아무리 그래도 역시 공동으로 작업하는 건……."

—만약에 마도구가 대박을 친다면 이권이 막대해진다는 이야기였다.

대박은 아니더라도 나름대로 평가를 받는다면 그래도 돈을 그럭저럭 벌 수 있다.

쿠논은 아직 열두 살이었다.

돈의 가치를 잘 모르는 아이가 내놓을 만한 방안이 아니었다.

그래서 세이피가 끼어들었다.

"괜찮습니다."

그러나 걱정은 필요 없었다. 쿠논은 알고 있었다.

돈의 가치도 대강 알고 있고, 마도구에 커다란 이권이 얽혀 있다는 사실도 이해하고 있다.

"옛날부터 여러 실험을 벌여서 여러 물건들을 만들어볼 생각이었어요. 광마술이 있다면 당장 실용화할 수 있을 만큼 무르익은 아이디어입니다. 모든 권리를 양도하려는 것도 아니고요. 게다가 레이에스 양이 주로 개발하고, 전 아이디어만 내는 방안이고요."

아이디어만 낸다.

그럼에도 중대한 이야기였다. 그러나 쿠논은 평소처럼 태도가 가벼웠다.

"무엇보다 전 여성의 편이라서, 손해를 다소 감수하는 것은 신사의 덕목입니다."

정말로 자신이 무슨 소리를 하는지 알고 있는 건지 불안해질 만큼 태도가 가벼웠다.

그러나 본인이 괜찮다고 말했으니 세이피도 더는 아무 말도 할 수 없었다.

"어떻게 할래? 지금 당장 내가 제시할 수 있는 돈벌이는 이 정도밖에 없는데."

"이야기를 듣고서 대답해도 될까요?"

"그건 안 되겠지? 아이디어를 한 번 들려주면 구상과 완성도(完成圖)도 말해줘야만 해. 정보만 달랑 챙기고서 돌아가 버리면 나도 곤란하니까."

"그런가요…… 성공률은 어떤가요?"

"네가 하기에 달렸어. 아까도 말했지만, 네가 마도구 제작을 주로 맡아야 하니까. 네게 맡긴다면 난 지켜보는 것밖에 할 수가 없어. 물론 마지막까지 열정을 다하여 함께 해줄 생각이지만."

"……그러면 한 달에 150만 넷카를 벌 수 있습니까?"

"난 여유롭게 벌 수 있을 거라고 봐. 장기적으로 보면 더 막대한 돈이 될 거야. 그것도 너 하기에 달렸지만 말이야. 아니, 첫 공동 작업이니 우리 둘이 함께 노력하여⋯⋯."

"알겠습니다. 당신의 말을 따르겠습니다."

"⋯⋯아, 응."

─성녀는 2주 동안 생각했다.

동기나 세이피와 상담하면서 많이 생각했다.

그러나 결국 150만이나 되는 거금을 벌 방법을 찾아낼 수 없었다.

그런 배경에서 쿠논이 이런 제안을 했다.

무엇을 할 생각인지 아직 듣지 못했지만, 이제야 돈을 벌 수 있을지도 모르는 방법과 맞닥뜨렸다.

그렇다면 도전하는 수밖에 없었다.

여차하면 2급 클래스로 내려가는 것도 각오하고서─ 성녀는 결단했다. 이러쿵저러쿵 말하려는 쿠논의 입을 다물게 하려고.

"진짜? 정말로 할래? 야호! 광마술을 실험할 수 있겠어! 전부 메모해야지! 아, 이번에는 내 부탁을 들어줄 거지?! 광마술이 뭔지 내게 알려줄 거지?!"

⋯⋯.

불안하지 않다고 한다면 거짓말이겠지만.

그러나 이제는, 할 수밖에 없었다.

◆

성녀가 결단했기에 곧바로 본론으로 들어갔다.

"······예상했던 것보다, 정말로······."

"응? 왜?"

"아뇨, 아무것도 아닙니다."

우선 세이피와 동기들을 교실 밖으로 내보낸 뒤 쿠논과 성녀는 단둘이 남았다.

성녀의 입장에서 쿠논과 한 공간에서 단둘이 되는 것은 절대로 피하고 싶었던 상황이었다.

그러나 지금은 어쩔 수 없었다.

몸과 마음 모두 잔뜩 경계한 상태로— 그런데 쿠논은 예상과 달리 곧바로 마도구 구상을 말하기 시작했다.

시간이 아깝다는 듯.

어서 실험하자고 재촉하듯.

"이런 느낌이야. 어때? 다시 반했어?"

"처음부터 반한 적 없습니다."

도중에 시답잖은 소리만 섞지 않는다면 얼마나 좋을까.

이것만 없었다면 우수한 동기로서 평범하게 이야기할 수 있었을 텐데.

—성녀는 몸과 마음을 잔뜩 경계했다.

그러나 쿠논이 들려주는 새 마도구에 관한 이야기에 금세 빨려들었다.

정말로 예상을 뛰어넘는 대단한 아이였다.

현재 이름을 날리고 있는 제온리 핀롤의 제자라는 사실이 결코 거짓이나 허울이 아님을 금세 깨달았다.

"—시 시루라를…… 그렇군요."

성녀가 빌린 펜으로 종이에 메모를 하고, 쿠논에게 질문하면서 깊이 이해해나갔다.

"이로써 개요는 다 설명했는데. 대강 알았을까?"

"예. 성지에서만 자라나는 영초(靈草) 시 시루라를 제 정화마술로 인공적으로 길러내자는 얘기군요."

"맞아. 예전에 말이야. 각지에 있는 성지와 성역이 어떤 곳인지 궁금해서 조사해본 적이 있었어. 성지는 강력한 성마력과 정화의 힘을 띠고 있다고 하니, 혹시 너라면 그곳에서만 자라는 식물을 재배할 수 있지 않을까 싶어서."

"이론은 알겠습니다만, 가능할지……."

"그래서 너 하기에 달렸다고 한 거야. 이 구상에는 내가 해줄 수 있는 게 거의 없거든. 만약에 성공한다면 이 연구와 성과는 커다란 가치를 띠게 될 거야. 물론 시 시루라 자체의 가치도 높고 말이야. 재배하고 양산하는 체제를 갖춘다면—."

"월 수익 150만 넷카도 꿈은 아니다?"

"응."

"그리고 시 시루라를 상처약으로 쓸 거죠? 그 상처약은 새로운 제품이자…… 마도구라서 가치가 더욱 올라가겠군요."

"맞아. 다시 반했어?"

"처음부터 반한 적 없다니까요."

쿠논의 안은 성지에서만 자라는 영초 시 시루라를 원료로써 써서 약을 만들자는 이야기였다.

영초를 원료로 사용한 시점에서 이 약은 이른바 영약, 다른 이름 으로 마법약이라 할 수 있었다.

마법약의 용도는 다양한데, 시 시루라를 원료로 썼으니 즉효성이 대단히 높은 상처약이 될 것이다.

이것을 새로운 상처약으로서 생산하자는 것이 쿠논의 방안이었다.

그 상처약은 마도구다.

그와 관련한 자세한 내용은 아직 비밀이란다.

「다시 반했어?」라는 말에 응해준다면 가르쳐줄지도 모르겠지만, 성녀의 자존심을 걸고서 절대로 말할 수 없었다.

"영초를 그대로 쓰는 것보다는 가공해야 양도 늘어나고, 가치도 높아질 거야. 하지만 설령 약이 되지 않더라도 시 시루라를 매달 다 섯 뿌리쯤 키울 수 있다면 그만한 금액을 벌 수 있지 않을까? 어디 까지나 내가 계산한 거지만."

예상 밖이었다.

고작 풀 다섯 뿌리를 키워내기만 해도 한 달에 150만 넷카의 가치 를 창출해낼 수 있다.

—이 시점에서 레이에스에게는 승산이 있었다.

애당초 업무 때문에 성지와 성역을 자주 순례해왔다. 매우 익숙한 곳이었다.

성지의 상태와 분위기, 성스러운 마력이 그 땅을 정화하고 있다는 사실을 잘 알았다.

그곳이라면.

그 땅, 그 공간이라면 자신의 힘으로 재현할 수 있다.

영속적으로 유지하는 것은 어렵지만, 재배장소를 잠시 확보하는 수준이라면 문제는 없을 터.

무엇보다 「상처약을 생산하는 것」은 인류를 위한 숭고한 목적이기도 했다.

이 아이디어는 교의에 반하지 않겠지.

"당장 해보겠습니다."

"아, 잠깐만."

성녀가 교실을 나가려고 하자 쿠논이 불러 세웠다.

"가능하다면 근처 교실을 빌려서 그곳에서 재배해주지 않겠어? 자라나는 경과를 보며 기록하고 싶거든. 물론 열심히 애쓰는 네 모습도 기록하고 싶네."

"마음이 내키지 않습니다."

"그렇게 말하지 말고. 이거, 학교에 제출하면 분명 단위로 인정해 줄 거야. 돈벌이는 별개로 치더라도 시 시루라를 재배하는 건 어엿한 실험이고, 또한 마술사의 공훈이야. 우리 둘의 공동 작업이라고 하자. 넌 키우기만 하면 돼. 기록은 내가 할 테니까. 그리고 한가할 때 점심을 함께 먹고 싶은데."

맞아.

성녀의 머릿속에 비로소 단위가 번뜩였다. 점심은 제쳐두고서.

최근 2주 동안 단위 따윌 생각할 겨를이 없었다.

돈을 마련할 방법을 찾아서 이리저리 돌아다니는 데 시간을 모조리 쏟아부었다.

단위가 정확히 뭔지 아직 잘 모르겠지만, 1년에 10점을 획득하지 않으면 특급 클래스에서 2급 클래스로 강제로 이동해야 한단다.

어쩔 수 없이 이동하는 것과 강제로 이동하는 것은 결과는 똑같지만 의미가 달랐다.

1년에 단위 10점.

거의 한 달에 1점씩 따야한다는 계산이었다.

그렇게 생각하니 여유를 부릴 시간이 별로 없을지도 모르겠다.

"다른 사람과의 공동연구도 인정을 해줍니까?"

"응. 확인해뒀어."

"……어쩔 수 없군요."

"야호! 점심을 같이 먹을 수 있겠어!"

"점심을 같이 먹겠다고 대답한 게 아닙니다."

단위 이야기가 나왔기에 성녀의 개인적인 이유로 거절하기가 어려웠다.

이 방안을 먼저 제시한 사람은 쿠논이었다.

그리고 영초 시 시루라를 재배하는 데 성공한 뒤 어떻게 마도구로 가공할 수 있는지 이야기를 다시 들어봐야만 했다.

요컨대 쿠논의 존재가 아직은 필요하다는 뜻이었다. 잘라버리기에는 일렀다.

……뭐, 불필요한 헛소리만 자제한다면 잘라버릴 필요도 없을 것 같긴 하지만.

성격은 제쳐두더라도 쿠논의 실력과 지식, 발상 모두 비범했다. 그와 교류한다면 분명 얻을 것이 많겠지.

경박하긴 하지만.

"그럼 당장 시작하죠."

"응. 난 그럼 시 시루라의 씨앗을 마련해올 테니 레이에스 양은 빈 교실을 빌릴 수 있도록 신청을 해줘. 신청은—."

쿠논이 일어서서 출입문을 열었다.

그곳에는 세이피와 행크와 리야가 있었다.

내쫓기기는 했지만 차마 발길이 떨어지지 않아서 대화가 끝날 때까지 기다렸다.

일단 쿠논이 어떤 사람인지는 아직 잘 모르기에 성녀와 단둘이 있게 해서는 안 될 것 같다고 생각하기도 했지만.

그런 기우는 아무렇든 좋았다.

"세이피 선생님, 레이에스 양이 빈 교실 사용을 신청할 테니 도와주세요. 행크와 리야도 한가하면 좀 도와줘."

원래는 성녀의 자금 문제 때문에 나온 이야기였다.

그러나 가장 의욕을 보인 사람은 성녀가 아닌 쿠논이었다.

◆

"대, 대단해……!"

"이게 성녀 고유마술……!"

성녀 고유마술인 「결계」.

행크와 리야가 마련해온 화분 다섯 개를 성녀가 펼친「결계」가 뒤덮었다.

투명하긴 했지만, 빛을 반짝반짝 반사하는 돔 형태의 막처럼 보였다.

구체적으로 뭐라고 표현할 수는 없지만, 신성한 힘이 느껴졌다.

더욱이 대단히 강력했다.

범위가 좁고 작지만, 그럼에도 쉽사리 부술 수 없을 만큼 압도적이었다.

사악한 존재를 차단하는 힘을 지닌, 성녀만이 구사할 수 있는 최강의 방어마술이라고 일컬어진다.

성녀는 이것을 쓸 수 있기에 성녀였다.

"……."

성녀의「결계」를 볼 수 있는 기회는 좀처럼 없었다.

소란을 피우는 동기들, 내심 놀라면서도 냉정하게 관찰하는 세이피를 아랑곳하지 않고, 쿠논은 오로지 기록만 했다.

물론 마음만은 동감이었다.

쿠논도 놀랐고, 흥분했다.

그러나 그 이상으로 지금은 본 것과 느낀 것을 까먹지 않도록 적어두는 것이 우선일 뿐이었다. 눈이 보이지는 않지만.

작업을 마치는 대로 실컷 흥분할 예정이었다.

"어떻습니까? 인공적으로 성지를 만들어봤습니다만."

성녀가 혼자서 조용히 글을 끄적이고 있는 쿠논에게 말을 걸었다.

쿠논은 글을 끄적이면서 흥분하여 대답했다.

"근사하네! 이걸 봤더니 시도해보고 싶은 게 많이 떠올랐어! 또

다른 걸 부탁해도 돼?! 괜찮지?! 파르페 사줄 테니까! 세 개 사줄 테니까! 제발, 부탁해!"

"⋯⋯."

이 흥분한 모습을 기억하고 있었다.

입학시험 때 쿠논이 보여줬던 모습이었다.

―아아, 그렇구나. 성녀는 비로소 믿을 수 있었다.

시간을 함께 하자고 권유하긴 했지만, 추파를 던진 것은 아니었다.

그때 쿠논이 했던 말은 사실이었다.

그는 마술에 흥미를 품으면서도 저렇게 반응한다.

"파르페 세 개로 부탁을 들어주는 건 너무 저렴하지 않나요?"

"어―? 나도 용돈이 팍팍한데."

"지금 많이 벌잖아요."

"모르는 거야? 마술사는 돈이 상당히 많이 들어."

―쿠논 그리온은 이런 사람이었다.

정체를 알았으니 이제 경계할 필요도 없었다.

이튿날.

영초 시 시루라의 씨앗이 무사히 발아하여 「결계」 안에서 무럭무럭 자라났다.

제6화 동기들

"하루에 열 번 넘게 기록할 필요가 있습니까?"

"으—음. 글쎄. 그걸 몰라서 기록하고 있는 게 아닐까?"

그게 말이 되는 대답인지 아닌지 모르겠다.

드디어 돈을 벌 길이 생겨서 성녀의 마술학교 생활이 조금이나마 안정됐다.

빈 교실도 빌려서 안정할 수 있는 곳도 생겼다.

이로써 비로소 학습할 수 있는 기반을 확보한 셈일까?

그런데 쿠논이 종종 영초 시 시루라를 살펴보러 온다는 것이 조금 불편했다.

어제도 여러 번이나 왔고, 오늘도 아침 일찍 찾아왔다.

더욱이 벌써 오늘 두 번째 방문이었다.

쿠논이 이렇게 자주 올 줄은 몰랐다.

기록 담당을 맡기긴 했지만, 그래도 기록하는 횟수가 너무 많았다.

추파를 던지는 것 같으면서도 그렇지 않았다—. 그 증거로 쿠논은 교실에 들어오자마자 곧바로 영초 시 시루라가 자라나는 화분으로 향했다.

성녀를 신경 쓰지 않고서.

쿠논의 진심을 알아채지 못했다면 성녀는 마음을 편히 놓을 수 없었겠지.

"변화가 별로 없지?"

행크가 말했다.

실은 지금 성녀의 교실에 행크와 리야, 그리고 세이피도 있는데.

쿠논은 그럼에도 전혀 아랑곳하지 않았다.

"아침에 처음으로 보러 왔을 때랑 달라진 게 전혀 없어. 하지만 다 자라날 때까지 빠짐없이 보고 싶고, 기록도 해두고 싶어. 하루 만에 싹이 난 것으로 보아 영초는 다른 식물보다 생장이 빠른 것 같으니까. 애당초 난 영초의 건조분말을 본 적은 있지만, 실물은 본 적이 없거든. 단순히 진귀해서 호기심이 이렇게 솟나 봐. 꼼꼼하게 봐두고 싶어."

분명 진귀하기는 했다.

성녀가 아니라면 이렇게 순조롭게 재배하는 것도 불가능했다.

영초 시 시루라를 재배하고 양산하는 것을 아직 아무도 성공하지 못했으니까.

"그림으로는 본 적이 있지만, 실물은 이렇게 왠지…… 존재감이 있구나. 성스러운 존재감이. 영초라고 불릴 만도 하네."

그 존재감은 분명 「결계」 때문일 테지만.

그리고 그 이전에 쿠논은 영초가 눈에 보이지 않을 텐데.

"어이쿠. 너, 아무것도 안 보이잖아? 하고 말하기 없기야?"

본인이 먼저 그렇게 말하니 놀랍긴 했다.

그런 민감한 부분은 아무도 건드릴 수가 없었다.

"쿠논의 그 눈은 어떤 원리로 보이는 건가요?"

아니, 건드렸다.

성녀가 가차 없이 건드렸다.

늘 감정을 드러내지 않는 무표정한 얼굴로 언급하기 껄끄러운 쿠논의 시야에 얽힌 수수께끼에 파고들었다.

이것이 「감정이 희박하다」는 증거일까?

그러나 이곳에 있는 모두가 신기해했던 것은 확실했다.

쿠논은 늘 안대를 두르고 있고, 지팡이를 짚고 다닌다.

아무리 봐도, 적어도 눈으로 주변을 볼 수 있는 상태가 아니었다.

그런데도 필기시험을 치렀다.

꽤 빠른 속도로 책도 읽을 수 있다.

지금도 **관찰** 기록을 하는 중이었다.

눈이 보이지 않으면 절대로 할 수 없는 여러 행위를 척척 해내는 쿠논은 수수께끼 그 자체였다.

"후훗. 내가 그렇게나 신경쓰여?"

"궁금하긴 하네요. 예전에는 전혀 흥미가 없었습니다만."

"너한테만은 알려줘도 되는데? 내 비밀을."

"아뇨, 이 자리에서 다함께 듣고 싶습니다."

"제멋대로 구는 아기 고양이구나. 하지만 신사로서 난 대답해야겠지."

왠지 잘 모르겠지만, 성녀는 쿠논을 다루는 법을 터득한 듯했다.

그리고 이제는 쿠논이 화분이 아니라 성녀와 동기들 쪽으로 고개를 돌리면 좋을 텐데.

여자를 꼬실 때만은 얼굴을 보면서 말하면 좋을 텐데.

"마력으로 색깔을 알 수 있어?"

가장 먼저 흥미를 보인 사람은 리야였다.

"거리가 멀면 전혀 분간할 수 없지만, 가까우면 가능해. 손이 닿을 만한 거리라면 정확히 알 수 있어. 색을 식별할 수 있으니 문자의 형태와 그림도 보여."

마술계 전체는 잘 모르겠지만, 리야가 보고 듣고 익힌 바에 따르면 「마력으로 색을 안다」는 이론은 금시초문이었다.

그러나 그것이 사실이라면 쿠논에 얽힌 수수께끼는 해결됐다.

색을 식별하여 책에 적힌 문자를 해석할 수 있다.

그렇다면 그림도 볼 수 있겠지. 필기시험도 치를 수 있을 터다.

"스승님한테도 말했지만, 이건 내가 갈망했기에 자연스레 습득한 것 같대. 요컨대 마력의 변질화야."

마력의 변질화라면 알고 있다.

"마력을 쓰면 쓸수록 술자의 의사와 이미지에 따라 마력의 질이 바뀐다지?"

마력이 성숙되면 술자가 잘 쓰는 마술과 속성에 최적화된 형태로 서서히 변해간다는 법칙이었다.

처음에는 쓰기 버거웠던 마술도 계속 쓰다보면 점점 익숙해지는 이유도 이 법칙에 입각하여 설명할 수 있다.

"그래, 마술을 쓰면 쓸수록 익숙해져가는 그 감각 말이야. 눈이 보이는 너희들한테는 불필요하잖아? 그래서 나처럼 마력이 변질됐던 사람이 지금껏 없었던 게 아닐까?"

그리고 현재 쿠논에게는 한순간이나마 볼 수 있는 「경안」이 있지만, 이쪽은 아직 시행단계라서 말하지 않았다.

언젠가 형식을 갖춰서 세상에 발표할 날이 올 테지만, 지금이 아닌 것은 확실했다.

―그것은 실제로 존재하지 않는 것까지 보이는 문제도 있기에 신중히 다뤄야 하겠지.

"쿠논의 눈은 『영웅의 상흔』입니까?"

"응? 아, 말 안 했나?"

말하지 않았다.

민감한 문제라서 물어볼 수가 없었다.

성녀가 발을 들여놓지 않았다면 쿠논의 눈에 얽힌 수수께끼는 한동안 풀리지 않았겠지.

"맞아. 레이에스 양의 감정이랑 똑같지."

"똑같지는 않죠. 당신은 저보다도 더 힘들 겁니다. 저 자신은 스스로의 감정에 아무런 의문도 느끼지 않으니까."

―신경을 쓰는 쪽은 오히려 주변 사람이었다. 성녀 자신은 딱히 아무렇지도 않았다.

"휴그리아 왕국 출신이라고 했죠? 거기서도 『영웅의 상흔』이라고 하나요?"

"그래. ……아, 그런가. 나라마다 부르는 명칭이랑 취급이 다르다고 했지."

쿠논은 한순간 질문의 의도를 헤아리지 못했지만, 이내 눈치챘다.

어느 나라에서는 「영웅의 상흔」을 「마왕의 저주」라 부르며 꺼려하기도 한다.

성녀가 속한 성교국도 휴그리아와 동일하지만, 신왕국 주변에서는 처우가 상당히 각박하다고 한다.

—별로 의식한 적은 없었지만, 좋은 가문과 나라에서 태어났음을 새삼 깨달았다. 쿠논은 가슴이 조금 뜨거워졌다.

고향에 있는 가족과 약혼자, 지인들이 떠오르려고 했지만 애써 털어냈다.

적어도 혼자 있을 때 향수에 젖어서 울고 싶었다.

이야기를 바꾸는 편이 좋을 것 같았다.

"그나저나 리야랑 행크는 왜 여기에 있어? 나랑 레이에스 양이랑 세이피 선생님의 삼각관계를 방해하러 왔어?"

"아, 나도 들어가는구나……."

세이피가 나직이 중얼거린 것은 그냥 무시하고.

"뭐부터 시작해야 좋을지 몰라서 말이야. 레이에스랑 세이피 선생님한테 상담하러 왔어."

"이하동문. 나도 행크 씨처럼 뭘 해야 좋을지 모르겠어."

"두 사람은 제가 돈 문제로 고민했을 때 상담을 받아줬으니까요. 이번에는 제가 두 사람을 도울 차례입니다."

쿠논을 제외하고서 동기들끼리 일찍부터 교류하기 시작한 듯했다.

"그렇구나. 너희들이 여성이었다면 나도 전력으로 도왔을지도 모르겠네. 아쉬워."

두 동기는 쿠논에게 딱히 기대하지 않았기에 상관없었지만.

"그래도 동기이니 조금만 협력해줄까."

어느 쪽이야.

아니, 단순히 고맙게 받아들이면 되나?

이러니저러니 해도 쿠논은 우수하고, 애당초 그의 언동에 진지하게 반응해봤자 피곤할 것 같으니까.

"마술사의 실험은 크게 세 가지로 나뉜다고 해. 첫째, 마술을 동력으로 삼아 무언가를 한다. 둘째, 마술 자체를 세공한다. 셋째, 마술을 사용하여 무언가를 해명한다. 뭐, 복합적인 경우도 많은 모양이지만……. 이 세 가지 분류를 적용해봤을 때, 지금 레이에스 양이 벌이는 작업은 셋째에 해당해."

세 가지 분류를 적용해본다면「영초 시 시루라의 재배법을 해명하는 실험」이라고 할 수 있었다.

"행크는 불이고, 리야는 바람이지? 시도해보고 싶은 건 없어?"

"이렇다 할 좋은 생각이 떠오르질 않아. 난 오랫동안 이곳에서 교사 조수로서 활동해서 떠오른 생각은 거의 다 시도해봤고."

"난 애초에 특급 클래스를 지망하지 않았던지라 갑자기 단위를 따야 한다, 실험을 해야 한다고 말해도 당혹스럽기만 해서……."

"—그럼 내 아이디어를 실험하는 걸 도와줘. 그러다가 무언가가 번뜩이면 그때 자신의 실험을 하면 돼. 보수는 줄게. 아무것도 안 하고 시간을 낭비하는 것보다는 낫다고 보는데?"

자신의 아이디어를 실험하는 것을 도와라.

약간 무서운 제안이었다. 그러나 아무것도 하지 않는 것보다 낫다는 말에는 동감이었다. 보수도 준다니 기뻤다.

"뭘 시키려고?"

"행크는 내가 먹을 베이컨을 만들어줘."

"베이컨?!"

귀중한 마술사를 붙잡아다가 설마 고기를 가공하는 일을 거들라니.

"리야는 날아줬으면 좋겠네."

"나, 날라고?"

"응. 맞아. 하늘을 뜨는 마술은 있지만, 하늘을 날아다니는 마술은 공표되지 않았잖아? 나도 예전에 실패했던 이후로 시도해보질 못해서 아쉬움을 해소하고 싶거든."

하늘을 나는 마술사는 있다.

그러나 그 원리는 공표되지 않았다.

만약에 쿠논의 제안을 현실화할 수 있다면 단위 취득으로 이어질 만한 공훈을 세울 수 있겠지.

더욱이 보수도 받을 수 있으니 리야에게는 나쁜 제안이 아니었다.

"레이에스 양은 오늘이야말로 나랑 점심을 함께 먹자."

"함께 한다면 상관없어요."

"오, 야호. 약속한 거야? 세이피 선생님도 점심을 함께 하죠."

"예예."

세이피는 대답을 하면서 생각했다.

―이제 자신이 따라다녀야 할 이유는 없지 않나? 하고.

올해의 특급 클래스 학생들도 우수했다. 이제 교사가 도와줄 필요가 없을 듯했다.

특히 가장 걱정했던 학생, 쿠논 그리온.

눈과 성격 모두 무척 걱정됐지만― 그 **남자**의 제자임이 틀림없다는 사실을 납득했기에 더 붙어 있어봤자 달갑지 않은 간섭에 불과

하겠지.

그 남자의 제자이긴 하지만.

자꾸만 **제온리**를 떠올리게 하지만.

개인적으로도 조금 괴팍한 점이 있다고 생각하지만, 그럼에도 우수하다는 사실은 변함없었다.

그는 분명 올해 특급 클래스를 끌고 갈 존재가 되겠지.

입학한 지 슬슬 한 달이 다 됐다. 그렇다면 「파벌」이 움직일 시기였다.

쿠논이 어느 쪽을 택할지 개인적으로 궁금했다.

◆

"아."

"아."

"아."

그 세 사람의 만남은 우연이었다.

그러나 납득할 수 있는 우연이었다.

"……."

"……."

"……."

모두가 특급 클래스이고 아는 사이였다.

그렇기에 세 사람이 얼굴을 마주한 순간, 이곳에서 왜 맞닥뜨렸는지 이유마저 알아챘다.

그렇다. 이곳에서 만났다는 것이 중요했다.

이렇게 만나버렸으니 견제의 말 한마디쯤은 해주고 싶겠지.

"—어머, 『실력』, 이런 데서 뭘?"

"—『조화』야말로 무슨 일이야? 한가한가 봐?"

"—『합리』도 참. 심심하면 집에서 잠이나 자지."

다른 장소였다면 그런 대화를 나눴을지도 모르겠다.

그러나 이곳이기에 아무 말도 할 수가 없었다.

주변에 자고 있는 학생들이 있기 때문에.

방금 전까지 자신들도 털 없는 거대 쥐를 껴안고서 자고 있었으니까.

조용한 이 교실에는 고요하고 평온한 숨소리만이 있어야 했다. 아슬아슬하게 허용되는 것은 잠꼬대 정도였다.

이 교실은 안식의 땅.

실험하고 연구하느라 초췌해진 마술사들이 치유 받을 수 있는 몇 안 되는 곳이니까.

쓸데없는 생각을 덮어두고서 오직 잠만 잘 뿐.

그저 그뿐인 장소이건만 이 얼마나 숭고한 곳이란 말인가.

한 번 경험해보면 몸과 마음 모두 깨닫게 된다.

이 사업이 잘 나가는 이유, 그리고 마술사들이 다시 이 안식의 땅을 찾는 이유를.

"""……"""

결국 예기치 않게 얼굴을 마주한 세 사람은 아무 말 없이 헤어졌다.

—납득할 수 있는 우연이었다.

모든 파벌이 쿠논 그리온을 눈독 들였다는 뜻이었다.

쿠논에 관한 정보를 수집하고 교류를 키워나간다—. 아직 권유는 할 수 없지만, 통성명을 하고 안면을 트는 것만으로도 유효하겠지.

설마 세 파벌의 자객이 털 없는 거대 쥐를 껴안은 채로 맞닥뜨릴 줄은 몰랐지만.

—쿠논 그리온을 포획하는 승부가 격렬해질 것 같았다.

◆

"레이에스, 나 이제 피곤해……."

"노동은 원래 힘든 법입니다."

"그 녀석의 요구는 이상해……."

"그건 처음부터 알고 있었잖아요? 그는 처음부터 평범한 사람이 아니었잖아요?"

"……얕봤어."

"그거, 리야도 말했어요."

참고문헌을 읽으면서 대답하는 성녀는 이제 거들떠도 보지 않았다. 익숙해졌기 때문이었다.

요 며칠 동안 보수와 달콤한 말에 이끌린 가련한 동기들이 피폐해진 몸을 이끌고서 성녀의 교실을 찾곤 했다.

솔직히 이들이 왜 이곳에 오는지 의문을 지울 수가 없었다.

뭐, 지금은 이곳이 가장 오기 쉬운 곳이긴 하겠지.

"—아, 있다, 있어."

그 아이의 목소리가 들리자 테이블에 엎어져 있던 행크가 몸을 떨었다.

쿠논이 다가왔다.

"행크, 휴식시간이 슬슬 다 됐어. 자, 가볼까. 슬슬 내가 만족할 만한 베이컨을 만들어줘야지."

현재 행크에게 쿠논은 중노동을 강요하는 악덕 고용주였다.

그리고 그 쿠논은 곧장 영초를 살피러 갔다. 마치 여성이 말을 건 것처럼 일절 망설임 없이.

영초 시 시루라는 이제 곧 수확할 수 있을 만큼 자랐다.

실로 순조롭게 생장하고 있음을 확인했다. 오늘 여섯 번째 확인이 었다. 물론 지난번과 달라진 것은 없었다.

또한 성녀는 동기들에게 「교실에 멋대로 들어오지 말라」고 했다.

성녀는 이제 누군가가 들어올 때마다 일일이 대응하는 것이 성가 셔졌다. 들어와서는 안 되는 때와 자리를 비울 때는 문을 잠가두니 문제가 없었다.

"조금만 더 쉬게 해줘……. 연일 불을 계속 썼다고. 어제 쌓였던 피로가 아직도 풀리질 않았어……."

"괜찮아. 몸은 피곤해도 마력이 있으면 마술은 쓸 수 있어."

"……레이에스, 도와줘."

"얘기를 마치는 대로 신속히 퇴실해주세요."

고용주인 쿠논의 요구도 물론이거니와 성녀의 무관심한 태도도 정도가 심했다.

"그 쿨한 태도도 귀엽네, 레이에스 양. 점심 때 또 와도 될까? 같이 먹자."

"좋아요. 내가 먹을 샌드위치를 가져와준다면."

이미 쿠논의 경박한 말에도 무관심해졌다.

성녀 레이에스는 일반인과 비교하여 감정의 기복이 거의 없다는 걸 깨달았다.

정이 아니라 논리와 합리성으로 움직이는 느낌이었다.

알면 알수록 그 경향이 현저했다.

"다행이네. 실패하더라도 레이에스 양이 먹어서 처리해주겠대. 자, 베이컨을 만들러 돌아가볼까? 아니면 성공보수 필요 없어? 필요 없다면야 딱히 상관없지만."

"큭…… 남의 약점을 이용하다니……!"

쿠논이 납득할 만한 베이컨을 완성하면 일당과 더불어서 성공보수도 받기로 약속했다.

"내가 보기에는 일을 어중간하게 하고서 보수를 챙기려고 하는 행크한테 문제가 있다고 봐."

"이봐, 정론은 그만둬. 하나도 안 귀여워."

"남성한테까지 귀엽다는 소리를 들으면 몸이 버텨내질 못해."

대단한 자신감이었다.

마치 여성에게는 귀여움을 받는다고 말하는 듯했다.

쿠논은 칭얼대는 행크를 데리고서 교실에서 나갔다.

다시 정숙을 되찾은 교실에서 종이가 훌훌 넘어가는 소리만이 들렸다.

성녀가 나직이 중얼거렸다.

"―오늘도 점심값이 굳었군요."

요즘에 행크가 베이컨을 만드는 데 실패해준 덕분에 실패한 베이컨으로 만든 점심을 얻어먹고 있었다.

먹어보니 일반 베이컨과 거의 다를 게 없는 것 같았다. 그러나 쿠논의 기대치에는 아직도 한참 모자란다나?

쿠논이 어느 수준을 요구하는지는 잘 모르겠지만, 성녀로서는 대단히 고마웠다.

돈을 벌 수 있는 방도가 서긴 했지만, 돈은 아직 벌지 못했다.

성녀의 지갑 사정은 지금도 고달팠다.

쿠논과 행크는 다시 학교 건물에서 나왔다.

햇살이 강했다.

이제 가을인데도 늦더위가 기승을 부렸다.

"그럼 잘 부탁해."

"예예……."

연기 때문에 건물에서 조금 떨어진 곳에 설치한 작은 훈제기 앞에 섰다.

안에는 아까와는 다른 고기가 이미 세팅되어 있었다.

베이컨을 구워달라고 요청하긴 했지만, 고기 종류는 돼지뿐만이 아니었다.

돼지, 멧돼지, 소, 말, 닭.

더 나아가 유별나게도 곰과 도마뱀, 뱀, 마물과 마수 고기도 시험했다.

"하아……."

행크는 한숨을 내뱉으면서 훈제기에 불을 피웠다.

불을 일으키는 것 자체는 불의 문장을 지닌 마술사에게는 기초 중의 기초였다. 다만 불을 오랫동안 유지해야 한다면 이야기가 달랐다.

불을 쓰는 마술은 다른 마술과 달리 불똥이 튀거나, 사고가 일어나기 쉬워서 대단히 위험했다.

행크는 불을 쓸 때는 절대로 그 마술에서 멀리 떨어지지 말라고 배웠다.

베이컨을 만들려면 일정한 화력을 유지할 필요가 있었다. 불이 세지거나 약해지면 안 되므로 대단히 번거로웠다.

―생각보다 더 곤란하고 지루한 작업이었다. 그것이 행크가 느낀 꾸밈없는 감상이었다.

시간을 잡아먹는다.

긴장을 풀 수가 없다.

피곤하다.

매여 있는 시간이 길다.

이만한 보수를 받는 게 타당하다는 생각조차 들었다.

"―행크는 말이야. 요령이 나쁜 편이야?"

"뭐?"

언제나 「잘 부탁해」라면서 어디론가 가버렸던 쿠논이 오늘은 행크의 바로 옆에 남았다.

안대에 가려져 눈동자가 보이지 않지만, 쿠논의 시선과 의식이 자신에게 향하고 있음을 행크는 알았다.

"요령이…… 좋은 편은 아니겠지."

행크는 이미 열여덟이었다.

열세 살 때 이곳 디라싯크에 와서 마술학교 입학시험에 반드시 합격하기 위해 5년이나 남의 밑에서 경험을 쌓아왔다.

5년이다.

그 경험이 쓸모가 없었다고는 생각하지 않지만…… 설마 무조건 합격하는 입학시험이었을 줄이야.

그 진실을 깨달았을 때는 무릎이 털썩 꺾일 만큼 경악했다.

제 자신이 너무 한심해서 눈물이 나올 뻔했다.

그 과거를 돌이켜보면 절대로 요령이 좋은 편은 아니었다.

"난 마술은 편리한 도구라고 생각해."

"나도 그렇게 생각해."

마력은 힘이다.

힘이란 편리하다.

힘이란 사람을 다치게 할 수도 있고, 사람을 지킬 수도 있다.

사람의 생활을 부술 수도 있고, 사람의 생활을 윤택하게 가꿔줄 수도 있다.

힘 그 자체에는 선악이 없다.

모든 것은 술자가 사용하기에 달렸다.

"그럼 슬슬 한 걸음 앞으로 나아가자. 난 줄곧 기다렸는데, 어째서 아무런 생각도 하지 않는 거야? 행크라면 반드시 해낼 수 있을 텐데."

"……어?"

"편리한 힘을 더 편리하게 쓰자는 얘기야. 행크는 마력을 조작하고, 제어하는 데 능숙해. 하지만 형식에 너무 연연하는 것 같아. 마술을 더 자유롭게 구사하면 좋을 거야."

마술은 자유롭다.

잘 와닿지 않는 듯하면서도, 잘 모르겠다고 단언할 수도 없는 신기한 말이었다.

"예를 들어 불에서 냄새가 나도 괜찮을 거야."

"뭐? 냄새……?"

"색깔이 다른 불이 있어도 좋을 거야. 제자리에서 일정한 화력을 계속 유지하는 불이 있어도 좋고, 특정한 무언가만 태우는 불이 있어도 좋지 않겠어? 나는 물질로서 만질 수 있는 불이 존재해도 좋을 것 같아. 화속성은 잘 몰라서 그게 가능할지는 잘 모르겠지만 말이야."

역시나 쿠논이 내뱉은 말뜻을 잘 모르겠다.

그래도 어째선지 알 것도 같았다.

베이컨 제작.

이 단순한 작업을 통해 쿠논은 정말로 무엇을 추구하는가?

"혹시 특이한 불로 베이컨을—."

행크가 그렇게 말했을 때…….

"얘, 쿠논 군."

학교 건물 2층 창문에서 파란 로브를 걸친 여자가 고개를 내밀고는 쿠논을 불렀다.

"—그럼 잘 부탁해!"

누가 불렀기에 쿠논의 관심은 이제 완전히 그쪽으로 돌아섰다.

"야, 이봐……!"

만류할 새가 없었다.

방금 전까지 조금 중요한 이야기를 한 것 같은데, 그래도 쿠논은 망설이지 않고 행동했다.

쿠논은 바로 직전까지 행크와 했던 이야기를 전부 던져버리고서 발걸음을 돌려 허공을 뛰어 올라갔다.

「물 구슬^{아 오리}」로 만든 계단이었다.

얇은 판처럼 생긴 「물 구슬^{아 오리}」을 공중에 생성하여 발판으로 삼았다.

처음 봤을 때는 놀랐지만, 자주 보다 보니 익숙해졌다.

"―지명해줘서 감사합니다, 잠자는 공주님. 여러분들의 쿠논이 곧 갑니다."

"―아하하. 여전히 쿠논 군은 재밌네."

초면은 아니겠지.

쿠논은 인사를 대신하여 재담을 떨면서 창문을 통해 얼른 건물에 들어갔다. 행크의 시야에서 완전히 사라졌다.

저곳은 쿠논이 빌린 교실 근처였다.

분명 저 여자는 손님이겠지. 잠자는 공주라고 부른 것으로 보아, 필시.

"……마술은 자유롭다……."

여러 요상한 말들을 제멋대로 내뱉고서 그대로 제멋대로 떠나버린 연하의 마술사.

뜻을 종잡을 수 없는 그 말들이 행크의 가슴속에서 소용돌이쳤다.

냄새가 나는 불.

색깔이 다른 불.

일정한 화력으로 타오르는 불.

특정한 무언가만 태우는 불.

듣고 보니 행크가 전혀 생각지 못했던 발상이었다.

행크는 머리를 긁적였다.

"⋯⋯조수를 너무 오래했나?"

줄곧 교사 밑에서 조수 노릇을 해왔다.

줄곧 누군가에게 지시를 받으며 일해왔다.

조수이기에 조사를 돕거나 메모한 내용을 깔끔하게 정리하는 등 잡일이 많았다.

덕분에 마술에 관한 지식이 늘었고, 기초에 근거한 마술도 성장했다.

그러나 형식에 매몰된 생각만을 해왔음을 자각했다.

그래서 금세 떠올릴 만한 발상도 해내지 못했다.

이 베이컨을 제작하려면 불을 계속 피울 필요가 있었다.

요점만을 꼽자면 장작을 태우는 열기와 향초의 연기에 고기를 쐬기만 하면 된다. 베이컨을 제작하는 기존 방식을 굳이 따를 필요는 없을 터.

쿠논이 바라는 베이컨만 만들 수 있다면 충분하니까.

그렇게 생각했을 때, 행크의 머릿속에서 시험해보고 싶은 아이디어가 퐁퐁 솟았다.

"아아⋯⋯ 그렇구나. 이게 실험인가?"

이제는 조수가 아니다.

가르침을 받는 처지이긴 하지만, 아무도 지시해주지 않는다.

이제부터는 행크가 스스로 생각하고 배우고 시도해야만 한다.

그 시작 지점에 비로소 선 것 같은 기분이었다.

특급 클래스의 여러 규칙에 당황하면서 해야 할 일을 찾지 못하고 방황했던 사고가 조금씩 제자리를 찾아갔다.

그렇다면 지금 해야 할 생각은 하나뿐이었다.

"—얼른 성공보수를 받아야지."

어렴풋하긴 하지만, 하고 싶은 일도 보이는 듯했다.

그 연하의 마술사가 녹슨 시곗바늘을 돌려서 올바른 방향을 제시해줬다.

그렇다면 이제 이 베이컨 제작에 시간을 쓸 필요가 없었다.

—더욱이 오늘로서 이번 학기가 시작된 지 한 달이 지났다.

슬슬 파벌이 움직일 것이다.

그전에 사고가 제자리를 찾은 것이 행운이었다.

◆

"상당히 안정됐네."

"그러게. 나도 그렇게 생각해."

점심 때가 조금 지났을 시각이었다.

훈제기에서 멀리 떨어진 학교 건물 근처에 아까 전 잠자는 공주를 응대한 뒤 되돌아온 쿠논과 리야의 모습이 보였다.

바람마술로 허공에 떠있는 리야와 그를 올려다보고 있는 쿠논.

높이는 그리 높지 않았다.

리야의 배가 쿠논의 머리 높이에 떠있었다.

—하늘을 나는 마술을 훈련할 때 가장 주의해야 할 것은 부적절한 높이와 속도 때문에 벌어질 수 있는 사고였다.

마력을 조작하는 데 실수하여 땅바닥, 혹은 나무나 바위에 격돌한다면 부상을 면할 수 없었다.

그러므로 훈련할 때는 이 정도 높이가 좋았다.

"오늘도 아침부터 훈련을 시작했지? 슬슬 일몰 때까지 유지할 수 있을 것 같아?"

"괜찮을 거야."

이제부터는 「비행」 훈련을 할 차례였다.

오전 중에는 부유 상태를 유지하기만 했다.

본격적인 비행 훈련은 오후부터 하기로 정했다.

우선 쿠논은 리야에게 허공에 머무는 마술인 「풍부유(風浮遊)」를 오랫동안 안정적으로 구사해달라고 주문했다.

행크보다 어린 리야는 마력을 조작하고 제어하는 데 아직 미숙했다.

마술사의 기초라고 할 수 있는 「마술을 사용해본 경험」이 부족했다.

그 경험 부족을 메우기 위해 「풍부유」를 오랫동안 유지하도록 지시했다.

리야는 오랫동안 마술을 사용하고 유지해본 적이 거의 없어서 특히 강하게 권했다.

쿠논이 리야에게 바라는 것은 「비행」이었다.

마력을 안정적으로 조작하고 제어하지 못한다면 상당히 위험한

행위였다.

예전에 쿠논도 사고를 일으킨 적이 있었다.

그것도 휴그리아 왕국의 왕성에서 말이다.

기지를 발휘하여 부상을 면하긴 했지만, 그 후에 기사 다리오에게 크게 혼났다. 지금도 잇히지 않는 씁쓸한 추억이었다.

그리고 쿠논은 마술을 오래 사용하고 유지하는 것이 마력을 조작하고 제어하는 훈련에 최적임을 경험상 알고 있었다.

보다시피 리야는 시작한 지 얼마 되지 않았는데도 이렇게 익숙해졌다.

처음에는 불안정했지만, 현재는 아침부터 점심까지는 여유롭게 유지할 수 있게 됐다. 큰 성장이었다.

"그럼 오늘도 시작해볼까. 거기 위에 있는 남자, 각오는 됐겠지?"

"아, 응……."

리야의 목소리가 약간 어두웠지만 신경 쓰지 않았다.

어차피 다치지는 않을 테니까.

……그래도 무서워서 하고 싶지 않다는 그 심정은 쿠논도 이해를 하지만.

마술은 문장에서 발현한다.

몸 어딘가에 생겨난 문장을 마력으로 그리면 마술이 된다.

신기하게도 마술사는 신체에 문장이 나타난 때부터 감각적으로 문장을 그릴 수가 있게 된다.

처음에는 특정한 키워드―「물 구슬」,「물 거품」 같은 마술 명칭을 말하면 문장이 자동으로 그려진다.

익숙해지면 스스로 그릴 줄 알게 되어 굳이 말을 할 필요도 없어진다.

이것이 기본 마술.

그리고 이야기는 지금부터다.

완성된 문장을 고의로 무너뜨리고, 흩뜨리고, 움직이고, 겹치고, 왜곡시키는 법칙을 써서 마술에 변화를 줄 수 있다.

이것이 바로 마술에 개성, 오리지널리티를 부여하는 방법이다. 그리고 그 특성을 늘리는 방식을 중주(重奏)라고 한다. 문장을 2중, 3중으로 포개서 하나의 마술로 창출하는 방식이다.

이것이 마술을 변화시키는 기본이다.

숙련된 마술사는 하나의 마술을 폭넓게 응용할 줄 안다. 개중에는 원형을 찾아볼 수 없을 만큼 크게 변화된 마술도 있었다.

그러나 마술사들은 대개 그러한 마술을 비장의 패로 삼기에 공표하거나 발표하는 경우가 별로 없었다.

리야에게 주문했던 「비행」도 그랬다.

전형적인 「존재 자체는 유명하지만, 사용법이 발표되지 않은 마술」이었다.

십중팔구 「풍부유」 마술에 오리지널리티를 부여한 것이 「비행」이리라 예상하고 있지만.

그러나 이론을 알고 있더라도 실제로 그것을 실행하는 것은 이야기가 크게 달랐다.

"그럼 해볼까."

쿠논이 말하자 「부드러운 물 구슬」이 리야를 감쌌다.

―리야 호스는 대부분의 사람이 시골이라 부르는 어느 작은 나라의 남작가 차남이었다.

귀족으로 태어났지만, 허울뿐인 가난한 집안이었다. 돈을 그럭저럭 버는 작은 상인보다도 궁핍하게 살았다.

후 불면 꺼질 것 같은 그 남작가에 촉망받는 마술사가 태어났다.

그 사람이 바로 리야였다.

가난한 남작 아버지는 꽤 무리하여 리야를 마술사로 육성하는 데 필요한 비용을 쥐어짜냈다.

기대감도 품었고, 미래를 위한 투자이기도 했겠지.

리야가 마술사로서 대성한다면 큰돈을 벌 수 있다. 그렇게 된다면 적어도 궁핍한 생활에서 탈출할 수 있다.

우수한 마술사가 된다면 격이 높은 가문과 결혼하는 것도 꿈은 아니었다.

공작은 어렵겠지만, 백작쯤 되는 가문과 연을 맺을 수 있을 가능성은 충분했다.

……그러한 계산이 크게 작용했겠지.

리야에게도 나쁜 이야기가 아니었다.

가문을 이을 형은 교육을 나름 받았지만, 자신을 비롯한 남동생과 여동생은 그럴 처지가 못 됐다.

아래 동생들까지 가난을 맛보게 하고 싶지 않았다.

바라건대 도시에 있는 학교에 보내고 싶었다.

물론 부모님에게도 효도하고 싶었다.

그리고 무엇보다 자신의 미래를 위해 훌륭한 마술사가 되고 싶었다.

리야는 마술사가 되기 위해 교육을 받으며 필사적으로 공부했다. 그 결과, 실력이 부쩍 늘었다.

진지한 성격과 원체 높았던 학습의욕이 어우러져서 리야는 두드러지게 성장했다.

어느새 나라에서 「장래에 필시 왕궁마술사가 될 수재」라는 소리까지 듣는 견습 마술사가 됐다.

부모뿐만 아니라 왕족과 상급귀족의 기대를 받으면서 만반의 준비를 마치고는 마술도시 디라싯크에 왔다. 그리고ㅡ.

"……응? 왜 그래? 안 할 거야?"

"아니, 아무것도 아냐. 아무것도……."

그리고 지금의 리야는 의지가 조금 꺾인 상태였다.

지금?

아니, 입학시험 때부터 줄곧.

조국에서 천재나 신동 소리를 들어서 나름대로 자신이 있었다.

그러나 쿠논의 마술을 본 이후로 그 자신감이 맥없이 부서졌다. 이미 산산조각이었다. 가루가 됐다.

지금 자신의 몸을 감싼 「물 구슬」만 봐도 리야가 구사하는 마술과는 격이 달랐다.

쿠논은 마술을 두 가지밖에 구사할 수 없다.

그래서 뭐 어떻다고?

응용 마술까지 포함한다면 스물은커녕 서른 가지가 훌쩍 넘을 것이다.

"그럼 해볼게."

"응. 네가 하늘을 나는 것도, 구르는 것도 빠짐없이 기록할게."

"구르는 건 기록하지 말아줘……."

"아, 그래? 실패도 훌륭한 샘플이 되는데…… 알겠어. 넘어진 부분은 『여자가 말을 걸었다』고 바꿔둘게."

"아, 그럼 구른 걸로 해줘."

실패한 숫자만큼 「여자가 말을 걸었다」고 기록하는 것은 견딜 수가 없었다. 오해만 일으킬 기록을 절대로 용납할 수 없다.

벌써 족히 백 번은 실패했으니까.

그리고 오늘도 앞으로 여러 번 실패할 예정이니까.

―리야를 감싼 「물 구슬」은 그가 「비행」에 실패하더라도 다치지 않도록 막아주는 쿠션이었다.

이것 덕분에 사고를 백 번은 면했다.

조금 두꺼운 막. 이것만 있다면 땅바닥에 아무리 빨리 추락해도, 세차게 구르더라도 눈만 핑핑 돌고서 끝났다.

안전을 확보한 상태에서 「비행」 훈련을 할 수 있다니 이 얼마나 행운일까.

그러나 마음속은 복잡했다.

쿠논이 바람의 문장을 갖고 있었다면 진즉에 「비행」을 습득했을 거라는 생각마저 들었다.

우물 안 개구리는 큰 바다를 모른다.

자신감은 있었지만, 이 세상에는 걷는 사람 위에 나는 사람이 있다는 현실도 알고 있었다.

겸허한 마음과 배우는 자세를 잊은 적은 없었다.

그래도.

동년배에게 질 수 없다, 지고 싶지 않다는 호승심을 나름 갖고 있었다.

지금은 그 마음이 산산조각났지만. 가루가 됐지만.

"어렵네."

사업 때문에 쿠논은 종종 자리를 비운다. 그러나 마찬가지로 종종 돌아와서는 리야가 훈련하는 모습을 지켜봤다. 쿠논 본인도 그 마술이 궁금해서 그렇겠지.

오늘도 실컷 실패했다.

지금까지 통산 백 번이 넘도록 시행했는데도 리야는 아직 「비행」을 성공하지 못했다.

「풍부유^{후라}」는 공중에 뜨는 마술이다.

천천히 이동할 수는 있지만, 「체류」라고 표현하는 편이 더 타당할 정도로 속도가 느렸다.

부유하는 마술.

이것에 속도라는 오리지널리티를 부여해야 하는데…….

속도는 다소 올릴 수 있지만 그래도 비행이라 할 만큼 빠르지 않았다. 그리고 마력을 잘못 제어하여 추락하기 일쑤였다.

"으─음. 비슷한 실수만 반복하는 것 같네. ……그렇다면 어쩌면 근본부터 잘못됐는지도 모르겠네."

"근본부터?"

"응. 시행할 때 조금씩 변화가 생겨야만 수정할 점을 찾아낼 수가 있어. 그런데 이렇게 많이 시행했는데도 별다른 변화가 없다면 애당초 밑바탕이 되는 마술이 다를지도. 다른 가능성을 고려해보는 편이 좋을지도 모르겠어."

밑바탕이 되는 마술이 다르다.

마력과 체력을 소모했고, 땅바닥에 여러 번 격돌할 뻔했다. 공포와 현기증 때문에 시야와 위장이 뒤집힐 지경이었다. 그래도 리야는 필사적으로 생각했다.

"이것만은 나도 도와줄 수가 없으니 네가 스스로 노력하는 수밖에 없겠지만."

"응. 알고 있어."

"근데 이번에는 이렇게 해보는 게 어떨까?"

쿠논은 속성이 달라서 책을 통해 접해본 것이 고작이었다.

그럼에도 리야와 대화가 성립되는 것으로 보아 마술에 조예가 깊고 지식량이 대단하겠지. 쿠논이 단순한 괴짜 꼬맹이가 아님을 새삼스레 깨달았다.

이런저런 의논을 하면서 가능성을 하나씩 지워나갔다.

이 역시 리야는 거의 경험해보지 못했다.

그러나 친구와 함께 시행착오를 해보니 생각보다 재밌었다.

이것이 변덕이 아니라면 더할 나위가 없겠지만.

"—애! 쿠논 군!"

"—미안, 잠깐 자리 좀 비울게! 난 신경쓰지 말고 계속 날아 봐도 돼!"

여자가 부르자 쿠논이 엄청난 기세로 가버렸다. 거들떠도 보지 않고 가버렸다.

"……좋아, 해보자."

그러나 지금은 쿠논보다 자신을 신경써야 할 때였다. 리야는 「풍부유」뿐만 아니라 구사할 줄 아는 다른 마술도 생각하면서 필사적으로 나는 방법을 모색했다.

이튿날, 리야는 「비행」을 간신히 성공했다.

그런데 그 순간에 쿠논이 없었다.

대신에 그 자리에 입회했던 사람은 「합리 파벌」의 사람이었다.

제7화 네 개의 파벌

점심시간.

오늘도 실패한 베이컨으로 만든 샌드위치를 들고서 성녀의 교실에 모인 네 동기들이 익숙지 않은 화제에 관해 대화를 나눴다.

—파벌 이야기였다.

오전에 권유를 받았는데, 너희들도 권유를 받았느냐고.

성녀가 먼저 그 화제를 꺼냈다.

"—파벌이라."

쿠논도 흘러가는 말을 들은 적이 있었다.

친해진 손님…… 이른바 선배가 학교에 몇몇 커다란 그룹이 있다는 이야기를 은연중에 흘렸다.

손님들끼리 파벌이 어떻다느니, 광염이 어떻다느니 대화를 나누는 광경도 여러번 본 적이 있었다.

그런데 확실한 정보로서 들은 적은 이번이 처음이었다.

"첫 한 달 동안은 개입하지 않는다고 합니다. 우린 특급 클래스라고는 해도 신입생이라서 먼저 이곳 생활에 익숙해지도록 접촉하거나 권유하는 건 일절 금지한다나? 하지만 어제부로 우린 입학한 지한 달이 지났습니다. 그래서 오늘부터 권유를 시작했다고 합니다."

그렇다고 한다.

애석하게도—

"세 사람도 권유를 받았어? 그럼 나만 권유를 못 받았네."

쿠논만 권유를 받지 못했다는 사실이 밝혀졌다.

오늘 오전에 성녀와 행크, 리야도 여러 파벌로부터 권유를 받았다.

성녀가 발언하자 행크와 리야도 권유를 받았다고 털어놨다. 그래서 네 동기들 모두 당연히 권유를 받은 줄 알았는데.

설마 쿠논만 권유를 받지 못했다니.

─아니.

"쟁탈전을 벌이고 있는 것 같아."

"나도 그렇게 생각해."

"저도 동의합니다."

쿠논만 권유하지 않은 것이 아니라.

모든 파벌이 쿠논의 소유권을 두고서 쟁탈전을 벌였지만, 결판을 내지 못한 게 아닐까.

리야를 비롯하여 행크와 성녀도 동일한 가능성을 생각했다.

"쟁탈전? ……즉, 여자들이 날 두고서 싸움을……?"

여자인지 아닌지는 정확하지 않지만, 행태만 놓고 보면 그랬다.

"나 때문에 싸우지 말아줬으면 좋겠는데."

"─그래서 레이에스랑 리야는 어디에 들어갈 거야? 난 전부터『조화 파벌』에 들어가기로 정했는데."

잠꼬대를 늘어놓기 시작한 쿠논을 방치하기로 했다.

마술학교의 내부사정에 훤한 행크는 처음부터 소속될 파벌을 정한 듯했다.

"난『합리 파벌』에 마음이 끌려……."

리야는 아직 결정하지 못했지만— 마음은 이미 크게 기울어졌다.

실은 오늘도 실시했던 오전「부유」훈련 중에「합리 파벌」선배가 스카우트를 하러 왔다.

그 선배는 권유하면서「비행」에 관해서 조언을 해줬다—. 가벼운 마음으로 그것을 시험해봤더니「비행」마술을 성공하고 말았다.

오전 중에는「풍부유」훈련을 하도록 지시했기에 그때 쿠논은 없었다.

가벼운 마음으로 시도했기에 리야는 성공을 조금도 기대하지 않았다.

성공한 후에 여러모로 일이 난감해졌다는 기분이 들었다.

리야는 오전인데도 한 번 살펴보러 와준 쿠논에게 사정을 말하고서 사과했는데—.

쿠논은 나무라지 않고「비행」성공을 기뻐해줬다.

미지의 마술을 개발한 것이 아니라 아는 사람은 다 아는 마술이니 괜찮다고 말해줬다.

정말로 안도했다.

오후부터는 보다 상세하고 정밀하게 기록할 예정이었다.

—뭐, 그건 넘어가고.

그런 배경 때문에 리야는「합리 파벌」쪽에 매우 마음이 끌렸다.

"전 고민하고 있습니다."

성녀는 아직 결정하지 못했다.

진심을 말하자면 파벌에 속할 이유가 별로 없었다.

전 세계의 견습 마술사가 모여드는 마술학교에서도 광속성 보유자는 대단히 적었다. 설령 그룹에 속하더라도 광속성 보유자끼리 서로 협력할 일은 없을 것 같았다.

　그렇다면 착실하게 연구와 실험을 반복하는 편이 더 이득일 것 같았다.

　"그런데 결국 파벌은 뭐야?"

　권유를 받지 못한 쿠논은 이 재밌을 것 같은 이야기를 알고 싶어서 견딜 수가 없었다.

　"사상에 따라 나뉜 모임이라고 이해하면 좋을 것 같아. 뭐, 지금은 별로 깊은 의미는 없지만."

　학교사정에 밝은 행크가 설명하기 시작했다.

　"특급 클래스 학생은 한 사람의 마술사로서 대우를 받아. 교사들도 필요 이상으로 접촉하지 않고, 분쟁에도 거의 개입하지 않지. 다시 말해 우린 최대한 스스로의 힘으로 헤쳐 나가야만 한다는 뜻이야."

　자유의 대가였다.

　학교 측에서 스케줄을 강요하지 않고, 또한 시설을 마음대로 이용하는 대신에 그 자유 때문에 발생한 문제도 스스로 해결해야만 했다.

　그런 이야기였다.

　"파벌은 이른바 그룹이야. 이러니저러니 해도 숫자는 힘. 힘은 여러 방면에 영향을 끼쳐. 예를 들어 시험해보고 싶은 마술이 있는데 사람이 없는 빈 공간이 없을 때나, 빌리고 싶은 책이 있는데 좀처럼 차례가 돌아오지 않을 때나. 머릿수가 많으면 여러 일을 우위에 서서 진행시킬 수도 있어. 최악의 경우에 대인관계 때문에 분쟁이 벌어질 수도 있고, 떼거지로 남의 연구 성과를 강탈하는 경우도 있을 수 있겠지. 그런 횡포를 방지하기 위해 그룹을 만든 것이 파벌의 기원이야. 세월이 흐르면서 학생들이 제각기 사상에 따라 무리를 형성하기 시작했대. 현재는 기본적으로 네 개의 큰 파벌이 있고, 특급 클래스 학생은 대부분 그 중 한 곳에 소속되어 있어."

권유를 받으면서 간략한 설명도 듣기는 했지만, 리야와 성녀도 다시금 깊이 이해했다.

"게다가 혼자서는 할 수 없는 연구도 있겠지? 그럴 때 서로 돕는 그룹이기도 해. 공동 연구나 공동 실험을 할 때 누군가가 배신하면 성과를 모조리 빼앗길 위험성도 있어. 어지간하지 않으면 교사도 도와주지 않으니까. 하지만 만약에 그런 일이 벌어지더라도 파벌이 지닌 숫자의 힘으로 되찾을 수 있을지도 몰라."

마술사는 제멋대로…… 아니, 본인의 연구에만 혈안이 된 사람이 많아서 그만큼 개인과 개인 사이에서 분쟁이 자주 벌어진다.

그 분쟁이 마술사 사이에서 벌어지기라도 한다면 그 참상을 차마 볼 수가 없었다.

어설프게 힘을 갖고 있으니 실력행사에 나서는 사람도 있었다. 그리고 최악의 결과가 벌어지는 경우도 적지 않았다.

"그렇구나. 그럼 행크가 들어갈 예정인 조화나 리야가 말했던 합리는?"

"4대 파벌의 명칭이야. 실력, 합리, 조화, 자유 네 가지. 뭐, 특급 클래스 학생은 그리 많지 않지만, 현재 각 파벌마다 서른 명쯤 소속되어 있을 거야."

파벌은 사상에 따라 나뉜다.

옛날에는 그 사상이 유일하고도 절대적인 규칙이었다고 한다. 그러나 지금은 어디까지나 대략적인 방침쯤으로 삼고 있다.

「실력 파벌」은 실력주의다.

역량으로 서열을 정하는 세력이라고 오해하기 십상인데, 실제로는 개개인이 지닌 마술의 힘…… 마술의 질을 향상시키는 것이 주목적인 파벌이다.

말하자면 개인의 기량을 갈고닦는 그룹이다.

「합리 파벌」은 합리성을 중시하는 파벌이다.

같은 뜻을 지닌 사람들끼리 정보를 교환하여 마술의 심연에 다가가는 것을 목적으로 삼는다.

두세 명으로 구성된 소그룹이 몇 개 존재한다. 그 좁은 교우관계 속에서 마술을 연마하는 것……이 주요한 스탠스였다.

또한 남녀 커플의 비율이 높은 그룹이기도 하다.

「조화 파벌」은 조화를 중요하게 생각한다.

어려움에 처한 사람이 있으면 철저히 서로를 돕는다. 또한 수많은 사람들이 참여하는 큰 연구를 자주 한다.

집단의 힘을 중시하므로 다들 사이가 상당히 좋다.

그리고 「자유 파벌」은 일단 파벌이긴 하지만, 딱히 아무것도 없다.

각자가 원하는 것을 하고, 누군가가 곤란해지면 원하는 사람이 돕는다.

통솔자가 있는지 어떤지도 잘 모르겠다. 그러나 어느 대에서든 이런 방침으로도 의외로 잘 운영되는 신기한 그룹이다.

그리고 몇 명밖에 없지만, 무소속도 있다.

애당초 어려움이 닥쳤을 때 서로 돕기 위해 만들어졌기에 다른 파벌끼리 그렇게까지 심하게 대립하거나 적대하지 않는다.

……옛날에는 꽤 극심하게 대립하고 적대했던 모양이지만.

"─이렇게 각 파벌마다 중요하게 여기는 의미가 있어. 하지만 옛날이라면 모를까, 지금은 큰 제한은 없어. 어딜 택하든 딱히 난처해질 일은 없을 거야."

행크는 「조화 파벌」.

리야는 아마도 「합리 파벌」을 택하겠지.

성녀는 고민 중이었다.

그리고 쿠논은─.

"난 자유가 좋겠네. 모처럼 자유롭게 실험과 연구를 벌일 수 있는 환경이 갖춰졌는데, 굳이 그룹 안에서 제한에 얽혀야 할 이유가 없어. 설령 그 제한이 심하지 않다고 해도."

쿠논다운 대답이었다.

─어차피 여성이 권유하면 그쪽으로 가겠지, 라는 예상이 빗나갈 것 같지 않지만.

◆

오후.

리야의 「비행」을 기록하던 쿠논 곁으로 한 여성이 다가왔다.

"쿠논 군. 『실력 파벌』에 흥미 없어? 괜찮다면 들어오지 않겠어?"

찾아온 사람은 「실력 파벌」에서 가장 아름답기로 소문난 에리아 헥슨이었다.

열너덧 살쯤 됐을까?

머리카락은 노을처럼 아름다운 오렌지색이었고, 눈동자는 최상급 페리도트를 연상케 했다. 눈길을 끄는 색조였다. 그리고 그에 이끌려서 그녀를 한 번 본다면 이번에는 그 귀여운 외모에 시선이 꽂힌다.

그녀는 마치 스스로 빛을 내듯 반짝반짝 거렸다.

시골 출신 리야는 이렇게 가련하고 아름다운 소녀를 처음 봤다.

그녀가 자신을 보거나 말을 걸지 않았는데도.

두근거렸다. 어중간하게 공중에 뜬 채로.

"파벌보다 당신한테 흥미가 있는데, 이게 이유라면 불순할까요?"

그에 비해 쿠논은 평상시 그대로였다.

이런 미소녀를 앞에 두고도 얄미울 만큼 평온했다.

에리아 헥슨은 쿠논에게서 호의적인 대답을 받아내기라도 한 것처럼 기뻐하며 물러났다.

"쿠논 그리온."

두 번째 여성이 왔다.

"난 『조화 파벌』 에르바 더글라이트야."

윤기가 흐르는 검은 긴 머리와 눈초리가 날카로운 보라색 눈동자.

잘 연마한 흑요석처럼 요염하게 빛나는 그 여성에게 자꾸만 눈길이 빨려들었다.

"헉, 헉, 헉."

쿠논이 사정을 봐주지 않고 주문했던 「비행」 실험 때문에 숨을 조금 헐떡이던 리야는 숨을 고르면서도 에르바에게서 눈을 뗄 수가 없었다.

아직 10대로 보이지만, 정신이 아찔해질 만큼 색기가 느껴졌다.

두근거렸다. 어중간하게 공중에 뜬 채로.

"쿠논. 너, 「조화 파벌」에 들어오지 않을래?"

좌라락―.

그녀가 보란 듯이 검은 머리를 쓸어 올리자 여성의 매력이 과도할 만큼 퍼져나갔다.

그녀가 자신을 본 것도 아니고, 말을 건 것도 아닌데도 리야의 심장이 난동을 부렸다.

"왜 그런 어리석은 물음을? 밤의 공주님, 모든 것은 당신이 뜻하는 대로."

"어?"

쿠논이 대답하자 리야가 무심코 소리를 흘렸는데.

에르바는 그런 리야에게 곁눈질조차 하지 않고 만족스럽게 떠났다.

"저기, 쿠논 군, 양다리……."

"실험을 계속하자. ……아, 뭐? 방금 뭐라고 했어?"

"……아니, 아무것도 아냐."

아까 전에 에리아에게 「실력 파벌」에 들어가겠다고 대답했던 것 같은데.

이번에는 에르바에게 「조화 파벌」에 들어갈 것처럼 대답했는데.

그러나 쿠논이 스스로 정했으니 제3자가 참견할 수 없었다.

양다리 아냐? 라고 말하고 싶었지만.

꾹 참았다.

"쿠논 군! 안녕!"

곧 오리라 생각했던 세 번째 사람이 찾아왔다.

예상대로 첫 번째와 두 번째 사람에 뒤처지지 않을 만큼 빼어난 미소녀였다.

그녀가 움직일 때마다 눈부실 만큼 반짝이는 금발이 사사락 흔들렸다. 한없이 맑은 파란 눈동자에서 풍부한 감정이 잘 엿보였다.

"허억허억허억허억— 헉."

그녀가 뭐야 이 징그러운 녀석은, 하고 질색하는 눈으로 힐끗 쳐다보자 리야의 호흡과 심장이 순간 멎었다.

아마도 그녀는 숨을 헐떡이는 리야가 눈과 귀에 거슬렸던 모양이다.

어쩔 수 없잖아?

훈련을 하느라 이리저리 날아다닌 바람에 마력이 슬슬 바닥을 드러내서 피곤하니까.

……이런 변명도 하지 못하고 리야는 허공에 뜬 채로 미소녀에게서 조금 떨어졌다.

"안녕. 무슨 볼일이야?"

쿠논이 기록을 하면서 물었다.

그 모습을 보고 리야는 내심 「어라?」 하고 고개를 갸웃거렸다.

쿠논이 기록하는 틈틈이 여성을 상대한 적이 거의 없었으니까.

"난 『합리 파벌』에서 나온 카시스라고 해! 얘, 『합리 파벌』에 들어와!"

리야에게 보냈던 경멸의 눈빛이 거짓말이었던 것처럼 카시스가 반짝반짝 웃으면서 쿠논에게 권유했다.

분명 아까 그 얼굴이 본성이고, 이쪽은 영업용이겠지.

속고 있다고 자각은 했다.

—그럼에도 리야가 매료될 만큼 파괴력이 어마어마한 귀여운 웃음이었다.

저런 얼굴로 부탁을 한다면 자신은 절대로 거절하지 못하겠지.

아니, 젊은 남성이라면 모두 거절하지 못하겠지.

그 증거로 쿠논도—.

"응? 싫은데?"

"응?"

"응?"

카시스도 놀랐지만, 리야도 놀랐다.

거절했다.

그 쿠논이 거절했다. 여성의 권유를.

"실험하는 데 방해가 되니 돌아가줄래? 아, 뭐, 됐나. 리야, 슬슬 끝낼까?"

"엇. 앗. 엇. ……응."

너무나도 쌀쌀맞은 쿠논의 대답에 리야는 그저 놀라기만 했다.

—나중에 쿠논이 「쟨 남자야. 남자한테 권유를 받아봤자 하나도 안 기뻐」라고 말하자 또 한 번 놀랐다.

솔직히 리야는 카시스가 가장 좋았으니까.

저렇게 귀여운데, 남자라니.

남자.

도시는 무서운 곳이라며 몸을 떨었다.

◆

마술학교 부지는 대단히 광대하다.

공간을 왜곡시켜서 확장했다는 소문이 나돌 정도로.

어쨌든 몇 번을 측량해도 결과가 달라지는 이상한 현상이 벌어졌다. 그래서 부지의 정확한 면적을 아는 사람은 아무도 없었다.

원인은 밝혀지지 않았다.

디라싯크 마술학교에 있는 수많은 불가사의 중 하나였다.

"건배!"

""건배!""

그렇게 넓은 부지에 위치한 한 건물에서 젊은이들이 흥겹게 외쳤다.

이곳은 「실력 파벌」이 거점으로 삼은 커다란 저택이었다.

아니, 성이라고 하는 편이 정확할지도 모르겠다.

외관은 조금 예스럽긴 하지만, 귀족 저택이 우스울 만큼 거대했다.

과거에 「실력 파벌」 학생들이 실험, 연구의 일환으로 세운 건물이었다.

나라는 이미 멸망했지만, 고문서에 남아있던 도면을 참고하여 재현한 어엿한 왕성이었다.

부지를 크게 차지하기만 해서 당초에는 완성한 뒤 금세 허물 예정이었다.

그런데 기왕에 멋들어진 건물을 지었으니 미래의 파벌을 위해서 남겨두기로 했다나?

그런 역사가 있는 건축물의 한 방.

그곳에는 서른 명쯤 되는 젊은이가 모여 있었다. 테이블에 술과 요리를 차려두고서 자그마한 파티를 벌이고 있었다.

"에리아, 해냈네! 역시 파벌 최고의 인기녀! 미의 여신도 두 번은 쳐다볼 미소녀!"

"그, 그만하세요, 선배……."

건배를 마친 현 「실력 파벌」 대표, 베일 카쿤튼이 후배인 에리아 헥슨을 치하했다.

"—좋구나, 미소녀! 마음까지 아름다운 미소녀는 존재하지 않다만!"

"—나랑 사귀어라! 후회하게 만들어주마!"

"—아니, 나랑 사귀어줘! 첫 데이트 때 욕설을 퍼붓고서 버려도 되니까! 아니, 지금 욕해! 돼지라고 불러줘!"

"—너한테 결혼을 신청하고 싶어! 근데 내게 5억 넷카어치 빚이 있으니 같이 갚자!"

짓궂은 마음으로 분위기에 편승하려는 남자들도 있긴 했지만, 그건 그렇다고 치고.

그녀가 격하게 칭찬을 받은 이유는 이 연회와 관련이 있었다.

—그렇다. 오늘 에리아는 기대되는 대형 신인인 쿠논 그리온을 확보하는 큰일을 무사히 성사시켰다.

신입생에게 한 달 동안은 개입해서는 안 된다는 규칙이 있어서 줄곧 기다렸다.

그 제온리의 제자라는 사실만으로 주목할 수밖에 없었다.

그런데 실제로 그러한 배경이 잊힐 만큼 그 신입생은 빼어났다.

우선 특급 클래스에 들어왔을 때 처음 맞닥뜨리는 생활비 문제.

이 과제는 태생이 귀하면 귀할수록 난도가 올라간다. 세상물정을 잘 모르는 귀족 자제는 일거리를 찾는 것부터 어렵기 때문이었다.

평민과의 커뮤니케이션 능력을 갖추고 있는지 의심스럽다.

더욱이 금전 감각도 의심스럽다.

익숙지 않은 일을 시작해본들 거느리는 사용인의 급료를 지불할 만한 돈을 벌 수 없다.

모자람 없는 환경에서 학습해온 사람은 우선 이 단계에서 좌절한다.

마술사를 많이 배출하는 왕족, 귀족 출신은 이 벽을 넘지 못하고 2급 클래스로 내려가는 것을 감수하는 경우가 허다했다.

—그런데 쿠논 그리온은 이 문제를 며칠 만에 해결했다.

이 사실은 마술사로서 대단히 유연하고 재능이 많다는 것을 실력으로 증명한 것이나 마찬가지였다.

그 사실을 방증하듯 그가 시작한 사업은 오랜 마술학교의 역사에서 그 유래를 찾아볼 수 없을 만큼 참신했다.

마술을 구사하는 법과 활용하는 길을 냉정하게 구분할 수 있는 사람은 경험이 부족한 신입생 중 얼마 되지 않는다.

그것을 잘 알기에 쿠논 그리온의 사업…… 그 독특한 마술을 직접 체험했던 상급생은 그가 얼마나 유능한지 깊이 깨달았다.

마술 실력과 발상력을 갖춘 그 아이를 꼭 곁에 두고 싶다고.

아직 입학한 지 한 달밖에 안 된 신입생인데도 그렇게 갈망하는 사람이 이 「실력 파벌」에도 적지 않았다.

더욱이 어려움에 처한 동기를 기꺼이 돕는 여유와 협조성까지 갖췄다. 이 역시 점수를 높이 쳐줄 만했다.

원래 마술사는 오만한 사람이 많다.

우수하면 할수록 자아가 강하다. 그렇기에 협조성을 갖췄다는 사실만으로도 가치가 있다.

이런 귀한 원석은 좀처럼 찾아볼 수가 없다.

—그 말인즉, 다른 파벌에도 그를 갖고 싶어 하는 사람이 많다는 뜻이었다.

「자유」는 별개로 치더라도, 「합리」와 「조화」를 제치고서 소문이 자자한 신입생을 확보한 것은 큰 의미였다.

실제로 그 신입생을 둘러싸고서 세 파벌은 극심하게 다퉜다.

다투고 다퉜는데도 결론이 나질 않았다. 개입하지 않는 한 달이 지났는데도 그 어떤 파벌도 물러서지 않았다.

결국 카드 게임으로 승부하여 말을 거는 순서를 정하는 게 고작이었는데…….

그 순서가 중요했다.

여자를 상당히 좋아하는 것으로 소문난 쿠논 그리온은 에리아가 권하자 흔쾌히 「실력」에 들어오겠다고 뜻을 밝혔다고 한다.

「합리」와 「조화」에도 에리아에게 뒤처지지 않을 미녀와 미소녀가 있었기에 정말로 간발의 차였다.

더욱이.

베일은 에리아에게만 지시를 내렸지만, 파벌에 속한 몇몇 여학생들이 자발적으로 권유하러 가서 마찬가지로 좋은 대답을 받았다고 했다.

조금 **불온한 소문**을 듣긴 했지만.

이토록 긍정적인 대답을 거듭 들었으니 확정됐다고 생각해도 틀림없겠지.

틀림없을 터였다.

참고로 행크 비트, 리야 호스, 레이에스 센트란스 세 사람도 갖고 싶은 인재였다.

더욱이 레이에스는 유서 깊은 성녀였다.

권유를 하긴 했으니 이제는 당사자들의 의사에 맡길 수밖에 없었다.

불온한 소문을 떠올리고서 베일이 지울 수 없는 불안감을 느끼고 있을 때.

"—야, 『실력』!"

외부에서 침입자가 찾아왔다.

"이거 이거, 『합리』 아닙니까아? 우후. 무단으로 들어오다니 이러면 안 되지, 하핫. 무슨 용건으로 왔을까아, 후훗훗."

그렇다. 『합리 파벌』 대표인 루뤼메트를 비롯한 실력자 다섯 명이었다.

참고로 들어온 그들에게 은근슬쩍 말을 건 사람은 마치 고약한 성격이 배어 있는 것 같은 말투를 구사하는 남성 마술사 주네뷔즈였다.

그 특유의 끈적끈적한 말투 때문에 오해하기 십상인데, 꽤 괜찮은 녀석이었다.

다만 말투가 짜증스러울 뿐이다. 말을 할 때마다 독특한 웃음을 집어넣을 뿐이었다. 마치 노린 것처럼 불쾌해할 만한 대목에서 웃을 뿐이었다.

본인은 결코 도발하는 게 아니라고 주장했다.

"여전히 그 말투는 속을 박박 긁는구나! 날려버린다!"

이곳에 왔을 때 맨 먼저 소리를 지르고, 지금도 주네뷔즈에게 으르렁거린 사람은 『합리』 소속 여성마술사인 산드라였다. 오늘도 위세가 대단했다.

"오홋. 무서워라, 무서워. 오늘도 산드라 여사는 후핫, 기운이 넘치는구나아. 고기를 먹어서 그런가아?"

"아아?! 너, 지금 싸움을 거는 거냐!"

"우후후……후후…… 산드라 여사는 무서워라아, 아항."

주네뷔즈가 괜찮은 녀석임을 잘 알지만, 그 말투는 누가 들어도 부아가 치밀었다. 묘하게 뜸을 들이는 것도 부아가 치밀었다.

설령 같은 파벌 소속이고, 나름 친하다고는 해도 부아가 치밀었다.

"루루, 무슨 용건이야?"

이대로 놔두면 주네뷔즈와 산드라가 다투리라 판단하고서 베일이 루뤄메트 앞으로 다가갔다.

루뤄메트.

『합리 파벌』 대표이자 베일과 마찬가지로 열여덟 살이었다.

각 파벌의 대표까지 올라간 베일과 루뤄메트는 동기라고는 할 수 없지만 오랫동안 알고 지내온 사이였다.

오랫동안 부대끼며 지내온 만큼 나름 여러 일들이 있었다.

지금은 평화로운 시대다.

세 파벌은 수십 년 전 옛날처럼 대립하지도 적대하지도 않았다. 교류도 없지는 않았다.

뭐, 사이가 좋으냐고 묻는다면 베일은 「전략상 공존」이라고 대답하겠지만.

"용건은 무슨!"

그렇게 말한 사람은 가련한 소녀—가 아니라 가련한 미소년 카시스였다. 순백의 짧은 치마가 실로 눈부시고 가련했다.

"저 못난이가 쿠논 군을 권유하는 데 성공했다는 헛소문을 유포했다고 듣고서 항의하러 온 거야!"

저 못난이라는 말을 들으며 손가락질을 받은 사람은 큰 성공을 거뒀던, 이 연회의 주인공인 에리아였다.

"뭐…… 뭐어?! 누가 못난이래! 그리고 누가 헛소문을 퍼뜨렸다는 거야!"

아닌 밤중에 홍두깨 같은 말을 듣고서 에리아도 앞으로 나섰다.

"시끄러, 못난이! 나보다 못생긴 건 죄다 못난이야! 그 낯짝에 걸맞게 얌전히 굴라고, 이 못난이!"

이 무슨 폭론인가. 카시스가 가련한 것은 확실하지만.

"—카시스, 조용히 해. 내가 말할 수가 없잖아."

루뤄메트가 차분히 주의를 주자 카시스가 혀를 차고서 물러났다.

"미안하게 됐군요, 에리아 씨. 그는 속내를 솔직히 말하는 걸 좋아하는지라."

"……."

사과한 게 맞나 싶은 기분이 조금 들긴 했지만.

그러나 이대로 으르렁거려봤자 루뤄메트와 베일만 곤란할 뿐이므로 에리아도 물러났다. 카시스를 흘겨보면서. 여자로서 묵과할 수 없는 그 폭언은 도저히 용서하기가 어려웠다.

"여전히 고생이 많은 모양이군, 루루."

"그러네요. 개성이 강한 마술사만 득실거린다고요. 대표는 참 못 해먹을 자리군요."

"그래, 뭐, 그렇지."

카시스만 유독 개성이 유별난 것 같긴 하지만, 그것은 제쳐두고.

"베일. 난 답을 맞춰보려고 왔습니다."

"맞춰본다?"

"곧 『조화』도 올 테니 잠시 기다리죠."

루뤄메트가 말한 대로 「조화 파벌」 대표인 시로트와 몇 사람이 찾아왔다.

"결국 쿠논 그리온은 어느 파벌을 선택했지?"

원래부터 말수가 적은 시로트가 그 말밖에 하지 않았다.

『조화 파벌』 대표 시로트 록슨.

별칭인 「뇌광」이라고도 불리는, 2학년이면서도 한 파벌의 대표로 뽑힌 재녀였다.

"아, 그 얘기야?"

이 상황을 의아해했던 베일은 루뤄메트와 시로트가 왜 왔는지 비로소 알아챘다.

"보아하니 **그 소문**이 사실이었군."

아까 전에는 따지지 못했는데, 베일은 줄곧 카시스가 왜 이곳에 오자마자 그런 폭언을 내뱉었는지 궁금했다.

루뤄메트가 말했다.

"—우리 파벌에 속한 여학생 다섯 명 정도가 쿠논 그리온을 권유하는 데 성공했다고 했습니다. 그래서 시로트를 불러 이곳에 온 겁니다."

그래서 에리아가 세운 공훈이 날조라는 이야기가 나왔다.

"—우린 일곱 명."

시로트의 『조화 파벌』도 똑같은 일을 벌인 듯했다.

루뤄메트가 말했던 「답 맞추기」란 다른 파벌은 쿠논 그리온을 권유하여 어떤 결과를 거뒀는지 확인하고 싶다는 의미였다.

그리고 베일은 그 물음에 이렇게 대답했는데—

"우리 파벌은 에리아를 포함하여 여섯 명이야."

이 이야기들을 종합하면 대체 결론은 무엇인가?

쿠논 그리온은 권유하러 왔던 세 파벌에 모두 긍정적인 대답을 했다는 뜻이었다.

"—왜 나만……!"

카시스가 한탄한 이유는 권유했던 사람들 중 오직 **그만**이 거절당했다는 사실이 지금 밝혀졌기 때문이었다.

그가 여자였다면 권유에 성공했으리라는 것은 누가 봐도 뻔했다.

그는 외모만은 눈길을 끄는 미소녀이지만, 그 신입생은 한눈에 카시스의 성별을 간파한 듯했다. 뭐, 맹인이라고 하니 눈으로 보지는 않았겠지만.

"뭐라고 해야 하나…… 굉장한 녀석이 왔구만."

베일이 한숨을 내뱉었다. 사실만 말하자면 쿠논 그리온은 스무 명쯤 되는 여성의 권유를 모조리 받아들였다는 뜻이었다.

대단한 아이였다. 여러 의미로. 훗날 본인 때문에 분란이 벌어질 수도 있다는 생각은 안 해봤나?

이번 건을 정리한 뒤 꼭 「무슨 생각으로 대답했느냐」고 물어보고 싶었다.

상황이 이렇게 됐으니 이제는 그 방법밖에 없었다.

세 파벌 중 어느 쪽이 거짓말을 했을 가능성도 포함하여 이제 내릴 수 있는 결론은 하나였다.

"이제 본인한테 물어보는 수밖에 없겠네."

쿠논 그리온이 그렇게 대답한 것을 보니 특정 파벌을 꼭 좋아하거나 싫어하는 것 같지는 않았다.

그렇다면 세 파벌 중 하나에 소속되더라도 상관없겠지.

상황이 이렇게 귀찮게 꼬였는데도 각 대표들은 그 신입생을 맞이하고 싶다는 마음이 변치 않았다.

우수한 마술사 중에는 문제가 있는 사람이 많았다. 이 정도 분란쯤은 허용할 수 있는 범위였다.

이만한 일로 버리기에는 아까웠다.

세 파벌 중 어느 쪽도 양보하지 않았다.

지금 그 현실을 확인했으니 이제는 본인에게 직접 물어보는 수밖에 없겠지.

어디를— 아니.

누구를 진정 좋아하느냐고.

그 대답에 따라 쿠논 그리온이 소속될 파벌이 결정된다.

제8화 요정들의 에스코트

오늘도 교정의 어느 곳에서 연기가 피어오르고 있었다.

"이제 뭔가를 좀 알 것 같아. 뭐라고 해야 하나…… 이렇게 하면 어떨까, 저렇게 하면 어떨까, 하고 생각하는 습관이 생긴 것 같아."

"그렇구나. 하지만 개인적으로 실패는 줄여줬으면 좋겠어. 하다 못해 먹을 수 있는 범위에서 실패해줬으면 좋겠어."

"그건…… 미안하게 됐네."

지금 화력을 조정하는 작업이 매우 즐거웠다.

여러 가지를 시도한 덕분에 예전보다 실패가 부쩍 늘었다. 구체적으로 말하면 화력이 불안정한 때가 있었다.

"속까지 숯으로 변해버린 때도 있잖아. 레이에스 양조차 질색하면서 먹었을 정도야."

"봤어. 나도 그 자리에 있었으니까."

"버리는 건 아깝다고 했지. ……아직 돈에 쪼들리나봐."

무표정하게 울먹이며 타버린 고기를 씹는 성녀의 모습을 보니 가슴이 찡했다.

그녀가 키우고 있는 영초는 이제 곧 수확할 수 있을 만큼 컸다. 그러나 아직은 때가 되지 않았다.

다시 말해, 아직 수입이 없었다.

과연 성녀가 현재 어떻게 살고 있을지 궁금하긴 했지만— 내버려두기로 하고.

오늘도 행크는 아침부터 베이컨 제작에 힘썼다. 쿠논은 행크가 거둔 기록을 점검했다.

"슬슬 완성될 것 같네."

"그래?"

쿠논은 기록을 하는 틈틈이 벌써 거의 다 구워진 훈제육 몇 개를 확인하면서 그 완성도에 고개를 끄덕였다.

쿠논이 완성품에 합격점을 내려준다면야 행크로서는 고마운 이야기지만…….

고마운 이야기이긴 했지만…….

"……근데 이렇게 되니 오히려 내가 더 신경이 쓰이는구만."

쿠논에게서 합격을 받아내는 것보다 행크는 스스로 납득할 수 있는 베이컨을 만들고 싶었다.

그러한 쓸데없는 고집이 싹텄다.

"역시 행크는 내가 내다봤던 대로 수재였어."

드디어 행크의 마술사혼이 들끓기 시작한 듯했다.

외부에서 의뢰한 것이 아니라 마술사가 독자적으로 벌이는 실험이나 연구란 결국 본인이 알고 싶거나, 추구하고 싶은 욕망을 충족해나가는 과정이었다.

행크만큼 마력을 기교 있게 쓸 수 있다면 마술을 구사하는 데 빠져들 수밖에 없다고 생각했다.

언젠가 이렇게 될 줄 짐작했기에 쿠논의 계획대로 된 셈이었다.

마력을 세세하게 조작하는 것을 좋아하는 동지라고 생각했으니까.

"괜찮은데? 본인이 납득할 수 있을 때까지 베이컨의 극의를 추구해도 상관없어. 취미로 삼으면 돼. 잘 구워진 베이컨은 내가 살 테니까."

"으─음……. 진짜로 고민이 되네."

"이제 냄새가 나는 불을 피울 수 있지? 다음에는 소금 맛이 나는 불을 피워볼 수 없겠어?"

"소금 맛이 나는 불?! 의미가 있냐?! 누가 어떻게 맛을 확인해?!"

"베이컨을 굽거나, 훈제육을 만들 때 국물에 담가서 밑간을 하잖아. 부패를 방지하는 목적도 있다고 하던데 그건 제쳐놓고, 소금 맛이 나는 불로 밑간을 해보자는 얘기야."

"어, 그래……. 냄새가 나는 불이라는 발상도 놀라웠는데, 맛까지……가능할까?"

"괜찮아. 마술에는 한계도, 불가능도 없으니까."

"……쿠논이 말하니 무서운 의미로 들리는구만……."

그리고 그 말을 듣고서 즐겁게 웃는 쿠논도 조금 무섭다고 행크는 생각했다.

말 그대로 자신과 쿠논은 마술을 바라보는 시각이 다르다는 걸 느꼈다.

자신보다 더 깊고 더 넓게.

쿠논의 시야에는 한없이 깊고 머나먼 무언가가 보이는지도 모르겠다.

……뭐, 어쨌든.

쿠논이 인정할 베이컨을 만들 수 있는 날이 머지않은 듯했다.

오전 중에 베이컨 제작을 마쳤다.

완성된 훈제육은 매일 학교 식당으로 가져가서 샌드위치로 만들어달라고 부탁한다. 그것을 점심으로 먹는다.

딱히 약속하지는 않았지만, 요즘에 네 동기가 성녀의 교실에 모여서 점심을 먹는 게 습관처럼 굳어졌다.

—다만 그 일과도 곧 끝날 것 같았다.

"안녕, 쿠논 군."

"안녕."

"여어."

"데리러 왔어, 쿠논."

누군가 쿠논을 데리러 온 듯했다.

지난번에 쿠논이 적당히 대답하여 돌려보냈던 외상 청구서가 날아들었다.

총 열 명의 여성들이 파벌의 벽을 넘어서 성녀의 교실을 방문했다.

결코 온화하다고 할 수 없는 찌릿찌릿한 긴장감이 감돌았다. 그러나 그 여성들은 본심을 감추기 위해 최대한 활짝 웃으면서 쿠논 앞에 서있었다.

요전에 쿠논을 권유했던 세 파벌의 여성들이었다.

"안녕, 귀여운 요정들. 보다시피 지금 점심을 먹는 중이야. 신사로서 식사 중에 함부로 일어설 수가 없으니 다 끝내고서 용건을 들어도 될까?"

아니, 지금 가자고.

당장 일어서라고.

다 먹지 않은 샌드위치를 들고서 여성들에게 태연히 기다리라고 요청한 쿠논이 이상했다. 나머지 사람들의 심정은 「냉큼 일어나」, 「당장 따라와」로 통일되었다.

열 명의 여성이 처절하게 웃으면서 쳐다보는데 어떻게 태연하게 식사를 할 수 있는 걸까?

설령 눈이 보이지 않더라도 여성들이 내뿜는 심상치 않은 위압감 쯤은 눈치챘을 텐데.

"오늘 실패한 베이컨은 나쁘지 않군요. 구역질도 나지 않고, 몸이 이물질을 삼켰다며 거부반응도 보이지 않고, 간도 괜찮아요. 하지만 전 훈제 어육도 좋아해요. 생선을 훈제하는 횟수를 조금 더 늘려도 되지 않겠어요?"

아니, 성녀도 평온한 듯했다.

이 역시 감정이 희박하기에 보일 수 있는 반응일까?

"어육이라. 생선도 맛있긴 하지. 근데 가끔씩 나와. 정말로 가끔씩. 여긴 바다와 별로 가깝지 않아서 신선한 생선이 좀처럼 들어오질 않는대. 멀리 나갔던 마술사가 용돈벌이나 하려고 냉동한 해산물을 갖고 들어오는 경우가 있다나 봐. 그런 때가 아니면 구할 수가 없대."

"그렇습니까? 아쉽군요."

어떻게 태연할 수 있지?

이 상황에서.

"담수어는 이 지역에서 양식할 수 있지 않을까요?"

"글쎄? 근데 아마도 이 학교 마술사라면 시도해본 적은 있을 거야. 도서관에서 리포트라도 찾아보는 게 어때?"

"쿠논. 만약에 리포트를 찾아봐서 실현할 가능성이 있다면 그땐 도와주겠습니까?"

"물론. 레이에스 양의 부탁이라면 기꺼이."

어떻게 이 상황에서 이리도 평온하게 그런 대화를 나눌 수 있을까?

그런 이야기는 나중에 해도 되는데.

그보다도 얼른 가라고.

마술사로서 두 사람이 나누는 대화가 신경이 쓰이긴 했지만, 행크와 리야는 괜히 좌불안석이었다. 고개를 숙인 채로 샌드위치를 조심스럽게 씹어 먹을 뿐이었다.

"—요정들이 이리도 많이 에스코트하러 오다니. 난 행복한 사람이야."

지옥 같았던 점심이 끝났다.

쿠논이 당당히 기다리게 했던 열 명의 여성들이 그를 전후좌우로도 모자라 대각 방향까지 포위한 채 끌고 갔다. 정작 당사자인 쿠논은 무척 행복해했다.

떠나갈 때 언뜻 비친 여자들의 옆얼굴은 도저히 요정과는 거리가 멀었다. 고요한 분노가 들끓고 있는 것 같던데…….

"자, 난 베이컨이나 구우러 가볼까."

"나도 『비행』 연습을 해볼까."

행크와 리야는 신경 쓰지 않기로 했다.

앞으로 쿠논이 무슨 꼴을 당할지 상상만 해도 무서우니까.

이것은 쿠논의 자업자득일 뿐이었다.

그래서 감쌀 생각도 없고, 구원의 손길을 내밀 마음도 없었다.

무엇보다 본인이 도움을 바라지 않으니 어쩔 수 없었다.

"저도 리포트를 찾으러 가겠습니다. 왠지 가슴이 설레는군요."

성녀만은 진심으로 전혀 신경 쓰지 않는 듯했다. 무표정하게 신바람을 냈다.

남자들은 그것이 조금은 부러웠다.

◆

"하아…… 이거, 대단해."

쿠논이 한숨을 내뱉었다.

열 명이나 되는 여성이 안내한 곳은 위풍당당한 고성이었다.

그 성도 놀랍긴 했지만, 안내받은 방에 모여있는 마술사들을 보니 더욱 놀랍고 두근거렸다.

안내를 맡았던 여성들을 포함하여 그곳에는 쉰 명에 가까운 마술사가 있었다.

젊은이가 많은 것으로 보아 분명 모두 학생이겠지.

그것도 특급 클래스 학생들이었다.

—그리고 그들에게 **빙의**한 존재들.

쿠논의 게.

행크의 도마뱀, 리야의 종이 가루.

그리고 성녀의 후광, 제온리의 빛.

사업을 하면서 이 학교의 마술사들을 많이 관찰해왔다. 나름 법칙도 발견했는데—.

이곳에는 지금껏 수집해왔던 샘플로 도출해낸 법칙을 거스르는 사람도 있었다.

맨 먼저 눈길을 끈 것은 얼굴을 뒤덮을 만큼 검은 긴 머리를 늘어뜨린 채 허공에 떠있는 악령 같은 여성……이 두 손으로 입을 막고 있는 남성이었다.

법칙이 무너졌다.

사람으로밖에 보이지 않는 생물이 빙의된 사례는 처음 봤다.

쿠논의 의식이 자신에게 쏠린 것을 알아챘는지 그가 걸어왔다.

"우후후. 처음 뵙겠습니다, 쿠논 그리온 군. 난 주네뷔즈입니다. 아핫, 하하핫, 친근감을 담아서 주네브라고 불러주세요오."

"처음 뵙겠습니다. 주네브 선배. ……제 어디가 우스운가요?"

"아, 아니. 미안해요. 웃음, 우후, 그냥 새어나와요. 버릇이야."

"버릇……."

혹시 뒤에 있는 여자 때문일까?

그녀가 주네뷔즈의 입을 구속하고 있는 거라면 혹시 그는—.

"이제부터는 내가, 후훗, 안내를……."

주네뷔즈가 앞장을 섰다.

쿠논은 뒤를 따랐다.

쉰 명쯤 되는 마술사들이 길을 터주고서 그 사이를 지나가는 쿠논을 쳐다봤다.

그들의 중심에 세 마술사가 기다리고 있었다.

분명 그들 중 한 명이 이 성의 주인이겠지.

"……."

법칙이 또 무너졌다.

샘플이 많아서 이곳에 온 것만으로도 실로 유의미했다.

쿠논은 웃으면서 허리를 굽혀 인사했다.

"—처음 뵙겠습니다. 쿠논 그리온입니다. 이번에 초대해주셔서 큰 영광입니다."

마술학교에 입학한 지 한 달.

그리온가 별채에서 일상생활을 보냈을 때는 **보이는 존재**에 관한 샘플을 도저히 모을 수가 없었다.

마술사가 적었기 때문이었다.

그러나 이곳에 온 뒤로 확실해진 법칙이 몇 개 있었다.

그 중 하나가 보이는 것에 따라서 마술사인지 아닌지 분류할 수 있다는 점이었다.

쿠논이 보이는 것은 마술사와 마술사가 아닌 존재로 나뉜다.

무언가가 일부만 튀어나온 자는 마술사가 아닌 사람.

무언가가 전부 나온 사람은 마술사다.

우선 마술사가 아닌 사람부터.

뿔이나 날개, 영웅처럼 좌우 색깔이 다른 눈동자, 칠흑의 타천사가 지닐 법한 날개 등등.

몸 밖에 나와 있는 그 일부에 통일성은 없지만, 「일부만 나와 있다」는 법칙은 지켜지고 있는 듯했다.

온몸이 뿌옇게 보였던 쿠논의 아버지 아손 그리온만은 유일한 예외인 듯했다. 그러나 그 역시 「무언가의 일부가 몸의 표면에 나와서 젖빛 유리처럼 뿌옇게 만들었다」고 생각한다면 꼭 법칙에 반한다고 할 수 없었다.

뭐, 소거법이긴 하지만.

마술도시 디라싯크에 오는 동안에도 마찬가지로 온몸이 뿌옇게 보이는 사람이 몇 명 있었다.

아버지를 비롯하여 그 사람들은 마술사가 아니었기에 그쪽에 분류했다.

한편 쿠논 자신을 포함하여 마술사는 어설프게 「일부」만 튀어나오지 않았다.

대놓고 나와 있었다.

그것이 무엇인지 한눈에 알 수 있을 만큼 또렷했다. 훤히 보였다.

현재 마술사와 일반인을 나누는 법칙은 깨지지 않은 듯했다.

일부만 튀어나온 사람은 마술사가 아니고, 전부가 다 보이는 사람은 마술사다.

그리고 이 학교에 와서 수많은 마술사를 보고서 깨달은 새로운 또하나의 법칙은—.

"난 이 성을 거점으로 삼은 『실력 파벌』의 대표, 베일 카쿤튼이야. 우선 사과부터 할게. 파벌에 아직 소속되지 않은, 관계자도 아닌 널 이렇게 불러서 미안하게 됐어."

쿠논의 정면에 서있는 세 사람.

그 중 가운데에 있는 사람이 이름을 밝혔다.

—그는 동그란 금속 덩어리 같은 것을 짊어지고 있었다.

올려다봐야 할 만큼 거대한 먹색 쇳덩어리로밖에 보이지 않았다. 둥그스름한 저 물체는 대체 뭘까?

도감에도 실리지 않아서 쿠논은 알 수가 없었다.

그러나 법칙에 따르면 분명 어떤 생물인 듯했다.

만약에 생물이 아니라면 또다시 법칙이 무너지게 될지도 모르겠지만…….

—그렇다. 새로운 법칙이란 보이는 존재에 따라 그 마술사의 속성을 분류할 수 있다는 것이었다.

마술사에게 빙의한 존재의 형태와 경향을 통해서 그 마술사의 속성을 어느 정도는 파악할 수 있었다.

물은 수생생물.

불, 땅은 지상생물.

바람은 대기에 떠도는 마력의 구현체.

빛과 어둠은 샘플이 적어서 아직 단정 지을 수 없지만—.

빛은 하얀 물질.

어둠, 마 속성은 현재 만나본 적이 없어서 이것만은 모르겠다.

혹시 완전한 인간이 빙의한 주네뷔즈는 어둠이나 마속성일지도 모르겠지만, 틀릴 가능성도 높았다.

약간의 예외도 있는데……. 예를 들어 게는 땅에서도 살 수 있다.

그리고 지상생물이면서도 지중생물도 있다.

샘플을 더 모은다면 정보를 보다 상세히 해독할 수 있을지도 모르겠다.

지금 눈앞에 있는 세 사람 모두 분류에 반하는 존재라서 아직 분간할 수가 없었다.

다만 마술사들에게 빙의한 존재가 무엇인지는 여전히 수수께끼였다. 어떤 법칙을 띠고 있는 것 같으니 우연히 눈에 환각이 비쳤을 가능성은 낮다고 생각하지만······.

─뭐, 그것은 이따가 천천히 추론하기로 하고.

"왜 불렀는지는 알겠죠? 난『합리 파벌』대표인 루뤄메트입니다."

다음은 오른쪽 남성.

─그는 검은 나무를 짊어지고 있었다.

마치 자신의 그림자 같았다. 별빛도 없는 캄캄한 밤하늘에서 잘라 낸 종이 공예품 같은 어린 나무였다.

그렇다. 그가 예외 중 한 사람이었다.

식물도 생물이라고 판단해도 될까?

적어도 식물이 빙의한 사람은 처음 봤다.

어떤 분류에 속하는지 잘 모르겠다.

"『조화 파벌』대표 시로트야."

마지막으로 왼쪽에 있는 여성.

─그녀는 비구름을 두르고 있었다.

번진 잉크 같은 색조를 띠는 여러 구름들이 주변을 맴돌고 있었다. 이따금씩 번쩍이는 저것은 번개일까?

분류에 따르면 풍속성이다.

그리고 옷과 장갑에 가려져 있는 그녀의 오른팔은…… 아마도 존재하지 않겠지.

다른 사람의 눈에는 있는 것처럼 보이겠지만, 쿠논은 그 부위에서 강력한 마력을 느꼈다.

그 부위의 육체가 존재하지 않는다는 것을 직감적으로 깨달았다.

원래 있었는데 잃어버렸는지, 아니면 팔이 없는 채로 태어났는지는 모르겠지만—.

"처음 뵙겠습니다. 전 당신을 만나고 싶었어요. 저와 함께 할 수 있는 시간을 꼭 내줬으면 좋겠네요."

그녀는 쿠논과 동류였다.

쿠논과 마찬가지로 마술로 존재하지 않는 신체 일부를 보완했다.

만약에 쿠논과 마찬가지로 「영웅의 상흔」을 갖고서 태어났다면…….

아니, 그렇지 않더라도 말이다.

재현한 것은 비록 다르지만, 마술로 부족한 부분을 메운 동지로서 무척 흥미가 끌렸다.

—그러나 쿠논의 말은 수많은 사람에게 충격을 주었다.

"……."

쉰 명이나 모여 있는 이 자리가 정적에 휩싸였다.

놀랐기 때문이었다.

정말로 순수하게 놀랐기 때문이었다.

이 상황에서 여자에게 작업을 걸 줄은 아무도 예상치 못했으니까.

작업을 당한 시로트조차 놀랐을 정도이니까.

─오해하지 않도록 말해두자면 쿠논 그리온은 여성에게 무르고, 여성을 좋아하기로 유명하다.

그 입학시험을 목격하지 않았던 재학생들이 내렸던 평에 따르면 쿠논은 평범한 견습 마술사였다.

혈통이 왕족이라거나, 고유마술을 갖고 있다거나 이름을 떨칠 만한 배경도 없었다. 일개 2성짜리 견습 마술사로서 찾아왔다.

스승이 최근에 유명해진 **그 제온리**라는 사실 때문에 나름 주목을 끌긴 했지만.

그래도 어디까지나 첫인상이 조금 유별나다는 수준이었다.

입학한 지 한 달 만에 이토록 유명해진 이유는 전적으로 본인이 우수해서였다.

누구의 제자이니, 귀족이니, 왕족이니…… 특급 클래스에는 마술과 관련 없는 신분을 중시하는 학생은 없었다. 실력과 결과, 공훈을 가장 높이 평가했다.

그러한 전제 아래에서 쿠논은 자신의 이름을 떨쳤다.

입학한 지 고작 한 달 만에.

틀림없이, 실력만으로.

그리고 이름이 팔리면서 「여성에게 무르고, 여성을 좋아한다」는 성격도 함께 퍼져나갔다.

쿠논에 관한 소문을 이야기할 때면 꼭 두 번째로는 말하고 싶을 만큼 두드러지고 매우 강력한 개성이었기 때문이었다.

덕분에 이미 「쿠논은 여자에게 무르다」, 「쿠논에게 부탁하려면 여성에게 시켜라」라는 방정식이 상식처럼 굳어져버렸다.

─그런데 그러한 사전정보가 있었는데도 놀랐다.

반감 어린 시선과 감정이 소용돌이치는 이곳에서 「여성에게 무르고, 여성을 좋아한다는 개성」을 당당히 드러내는 담력.

이 상황에서 시로트에게 달콤한 말을 속삭이는 배짱.

모두가 숨을 쉬는 걸 잊은 게 아닌가 걱정스러울 만큼 고요했다.

이런 상황에서 그런 말을 할 수 있는 아이를 보면서 경악을 넘어 감탄마저 품는 사람까지 생겼다.

쿠논 그리온에 관한 소문은 이미 퍼져나갔지만─ 이야기로 듣는 것과 실물을 직접 보는 것은 크게 달랐다.

실제로 보니 여러 의미에서 여간내기가 아니었다.

"─쳇! 너, 뭐야!"

시간이 멈춰버린 것 같은 정적을 깨고서 우렁차게 외친 사람은 「합리」 파벌의 산드라였다. 오늘도 실로 위세가 대단했다. 분명 고기를 먹었겠지.

"야, 꼬마! 너, 지금 이 상황이 뭔지 알기나 해?! 너 때문에 우리가 죄다 여기에 모인 거거든!"

산드라가 쿠논에게 다가갔다.

"너 때문에 세 파벌이 다투기 직전이야! 어떻게 수습할 거야! 대표들이나 다른 녀석들은 용서해도 난 용서 못해!"

"물론."

쿠논이 고개를 끄덕였다.

"다들 절 위해서 모여줘서 감사합니다. 하지만 절 위해서 싸우지 말아요."

그런 대사를 내뱉을 수 있다는 것도 굉장했다.

무시무시한 담력과 배짱이었다.

"널 위해서가 아니라 네 탓이라고! 네가! 건성건성! 대답해서 이렇게 된 거잖아!"

"처음 뵙겠습니다. 전 쿠논, 당신의 이름은?"

"지금 내 이름이 뭐가 중요하냐?!"

"왜냐면 당신과는 마음이 잘 맞을 것 같아서요. 분명 근사한 마법을 구사하겠죠. 시간 있어요? 저랑 마술에 관해 이야기를 나눠보지 않겠습니까?"

─추후에 쿠논도 이름을 알게 되는 이 산드라를 「경안」으로 보니 몸 주변에 거대한 물고기가 헤엄치고 있었다.

아니, 그런 줄 알았더니만 가까이서 보니 작은 물고기 떼였다.

환영효과였다. 작은 물고기가 무리를 지어서 마치 커다란 물고기처럼 위장하는, 포식자로부터 몸을 지키기 위한 의태 방식이었다.

뭐, 정말로 마음이 잘 맞을지 어떨지는 제쳐두고, 그녀는 분명 쿠논과 동일한 수마술사겠지.

마음은 맞지 않을지도 모르겠지만, 이야기는 잘 통할 것 같았다.

"……으아. 이 녀석, 좀 무서워……."

쿠논의 강심장을 보고서 오히려 산드라가 질색했다.

"자, 산드라, 진정해. 그는 묵비권을 행사하지도, 반항하지도 않앞어. 조금 엉뚱한 발언을 했을 뿐…… 그렇지? 우리의 질문에 제대로 대답해줄 거지? ―라고 대신 말해주겠어?"

베일은 시로트에게 그 말을 대신해달라고 맡겼다. 노골적으로 남자와 여자를 다르게 응대한다면 여성이 말하는 편이 더 잘 통하리라 판단해서였다.

"자, 산드라, 진정해. 그는 묵비권을 행사하지도, 반항하지도 않았어. 조금 엉뚱한 발언을 했을 뿐……. 그렇지? 우리의 질문에 제대로 대답해줄 거지?"

시로트가 착실하게「자, 산드라, 진정해~」부터 시작하여 쿠논에게 전했다. 번거로운 일을 다 시킨다고 생각하면서.

"당연해요, 시로트 양. 당신이 질문한다면 물어보지 않은 것까지 다 말해버릴 것 같아요."

정말로 노골적이었다.

"이제 본론으로 들어가죠."

그렇게 말한 사람은「합리」대표인 루뤄메트였다.

아마도 이후에 일정이 있기에 시간이 아까워서 그렇겠지.

"쿠논, 당신은 결국 어느 파벌에 들어올 생각인가요? ―라고 전해주겠습니까?"

이번에는 루뤄메트가 전언을 부탁하자 시로트는 착실하게「이제 본론으로~」부터 시작하여 쿠논에게 전했다. 번거로운 일을 시킨다고 생각하면서.

"물론 당신의 파벌에…… 라고 말하고 싶지만, 전 수많은 여성의 권유를 받았습니다. 하지만 전 한 사람만 택할 수 없으니까요. 그래서 모든 파벌에 들어갈까 합니다."

…….

"용기를 짜내서 찾아와준 여성의 권유를 거절하여 수치심을 안기는 짓은 신사로서 용납할 수 없잖아요? 전 신사로서 살고 싶습니다.

…….

두 번째 정적이 찾아왔다.

농담을 하는 것처럼 보이지 않으니 틀림없는 본심이겠지.

쿠논을 보고 있는 모두가 그렇게 생각했다.

―저 녀석의 신사관은 아마도 굉장히 왜곡되어 있구나.

"그렇구나. 겹치기를 희망한다는 말이구나."

쿠논이 다시 만들어낸 침묵과 정적을 루뤄메트가 부쉈다.

신사가 뭐 어떻다는 말은 제쳐두고, 쿠논의 뜻은 알겠다.

하고 싶은 말이 있기는 했지만, 지금은 됐다.

어쨌든 쿠논이 여성들에게 했던 대답에는 모순도, 거짓도 없었다.

모든 파벌에 소속되고 싶다고 대답했다.

실제로 만나서 물어봤더니 지난번 대답처럼 「모든 파벌에 소속되고 싶다」고 답했다.

아무런 모순도 없고, 거짓말도 일절 내뱉지 않았다.

성실한지 아닌지는 차후에 따지더라도 일단 거짓은 아니었다. 그 부분은 평가해도 좋다고 생각했다.

"파벌 겹치기는 전례가 없지는 않습니다. 그 점에 관해서는 거부감이 그리 크지는 않다고 봅니다."

그 말을 듣고서 「실력」의 베일, 「조화」의 시로트, 그리고 주변 사람들도 고개를 끄덕였다.

그렇다. 여러 파벌에 소속되는 것은 특이한 사례가 아니었다.

예를 들어 귀중한 3성이나 4성 마술사.

빛, 어둠, 마속성처럼 마술사가 많이 모인 이 학교에서도 희소한 속성을 지닌 사람.

실험이나 연구, 검증을 할 때 희소한 속성 보유자가 꼭 필요한 경우가 있다.

그래서 **파벌 측**에서 먼저 겹치기를 부탁하는 경우도 있었다.

표현이 거슬리기는 하지만, 연구대상을 공유하기 위해서였다. 희소한 실력자를 한 파벌에서만 독점해서는 곤란했다. 그것은 파벌을 넘어서 마술학교 전체에 손해를 끼치는 행위였다.

올해 입학한 성녀 레이에스 센트란스도 언젠가 겹치기 이야기가 부상하겠지.

다만 지금 문제가 되는 점은.

"하지만 본인이 먼저 희망하는 사례는 대단히 드물어."

쿠논 그리온은 2성 수마술사다.

우수하다는 건 모두가 다 아는 사실이었다.

이렇게 파벌끼리 다툼을 벌이는 상황 역시 쿠논이 높은 평가를 받고 있다는 증거였다. 세 파벌의 대표가 쿠논을 포기하지 못했기에 다투고 있었다.

그래도.

과연 겹치기를 허용하면서까지 갖고 싶으냐고 묻는다면 망설여졌다.

모든 파벌과 관련이 있기에 각 파벌마다 비밀로 숨겨두고 싶은 정보를 알 기회도 있겠지. 실험이나 연구 데이터를 접할 수 있는 기회도 적지 않을 것이다.

그것들을 소지한 채로 다른 파벌에 얼굴을 내민다? 만류하고 싶어지겠지.

솔직히 말해서 각 파벌이 공인한 스파이를 들이는 셈이었다.

물론 가능성일 뿐이었다.

쿠논이 내부사정을 술술 나불거릴 만한 아이인지는 잘 모르겠다.

그러나 이 가능성은 그저 가능성일 뿐이라며 간과하기가 어려웠다.

모든 파벌이 원한다면 겹치기를 허용해줄 수도 있었다.

그러나 개인이 요청했다면 도저히 받아들일 수가 없었다.

—보통이라면.

"쿠논, 너한테 묻겠어. 과연 너한테 겹치기를 허용할 만한 가치가 있을까?"

"글쎄요? 절 평가하는 건 제가 아니라 다른 사람 아닌가요?"

왠지 대답이 무뚝뚝하다—고 생각한 순간, 루뤄메트가 옆에 있는 시로트에게 「같은 질문을 해주겠어요?」 하고 속삭였다.

"너한테 겹치기를 허용할 만한 가치가 있나?"

"모르겠습니다. 하지만 전 당신이 바라는 기대치에 응할 수 있도록 전력을 다하겠어요."

이 노골적인 온도차.

겪어본 지 얼마 되지 않았는데도 자연스럽다고 느껴질 만큼 쿠논다운 대답이었다.

"시로트 양을 위해서라면 전 시녀가 금지한 나흘 연속 철야의 벽도 뛰어넘어 보이겠습니다."

그건 넘지 마.

사흘 이상 철야하면 생명에 지장이 생길 수도 있다.

"어, 뭐야? 그럼 공을 우리한테 넘겼다고 받아들여도 되겠지?"

베일이 끼어들듯 말하자 루뤄메트와 시로트가 수긍했다.

그렇다.

이렇게 됐으니 결국 마술사로서의 실력과 힘이 모든 것을 좌우한다.

"―과연 어떨까? 우린 널 원하지만, 겹치기는 싫어. 널 독점하고 싶어. 불필요한 걱정을 하거나, 노력을 할애할 만큼 널 갖고 싶으냐고 묻는다면 조금 거부감이 들어."

"남성한테서 갖고 싶다는 말을 들어도 곤란합니다."

"지금 그 표현은 옆으로 제쳐놓도록 해. 마술은 실력의 세계야. 젊어서 성공하는 마술사도 있는가 하면, 늙어도 성공하지 못하는 마술사도 득실거리는 비정한 세계야. 다시 말해 겹치기를 허용해서라도 널 가져야겠다는 확신이 들도록 네 실력을 우리한테 보여줬으면 좋겠어."

이 정도 실력이라면 필요 없다.

이만한 실력이라면 꼭 갖고 싶다.

그 경계선을 재보고 싶다는 이야기였다.

"그렇군요."

쿠논이 이야기를 이해하고서 수긍했다.

"요컨대 겹치기를 허락할지 말지 테스트를 해보고 싶다는 말이죠?"

"그런 셈이야."

—쿠논은 납득했다.

권유를 받긴 했지만, 소속을 결정하는 것은 쿠논의 의사였다.

겹치기를 허용해주지 않는다면 들어가지 않겠다고 떼를 쓸 생각은 없었다.

그러나 만약에 겹치기를 허용 받지 못한다면 「들어가겠다」고 약속했던 수많은 여성에게 거짓말을 하게 된다.

다시 말해 수치심을 안겨주게 된다.

신사 쿠논은 여성과의 약속을 어기는 것을 결코 용납할 수 없었다.

"하지만 남자가 갖고 싶다고 말한들."

다만 베일이 갖고 싶다고 해본들 의욕이 전혀 생기지 않는다는 것이 마음에 걸렸다.

"—시로트, 부탁해! 이 녀석은 정말로 남자랑 여자를 대하는 반응이 너무 달라!"

쿠논을 다루는 법이 벌써 확립되었다.

◆

그날 저녁.

"—쿠논 군, 이제부터 어떻게 되는 거야?"

「비행」 연습과 기록을 마친 리야가 성녀의 교실에 돌아왔다.

한 번 성공했기에 빠르게 익숙해졌다. 「비행」 실험도 막바지에 이르렀다.

내일이나 모레에는 리야와 쿠논 모두 납득할 수 있는 리포트가 완성되겠지.

그러나, 그건 제쳐두고.

리야는 교실에 돌아와 있던 쿠논을 발견하고서 그 후에 어떻게 됐는지 캐물었다.

분노한 요정들에게 끌려간 뒤에 쿠논은 과연 어떻게 됐을까?

옆에서 봤을 때는 별일이 없었던 것 같은데, 실제로는 어떨까?

쿠논이 어느 파벌에 소속됐는지까지 포함하여 리야는 흥미진진해했다.

같은 「합리」라면 좋을 텐데, 하고 막연하게 바랐다.

여성관계는 좀 그렇지만, 쿠논은 의외로 진지하고 온화해서 어울리기가 좋았다.

「비행」 훈련을 하면서 숱하게 실패했는데도 불평 한마디 하지 않았다. 「마술사에게 실패는 일상이야」라면서 격려해줬던 이 친구는 여성이 아닌 다른 사람에게도 상냥했다. 무뚝뚝할 때도 많긴 했지만.

"아아, 잠깐만."

영초 시 시루라를 수확할 시기가 거의 다 됐다.

이제부터는 마도구…… 의료품으로 조합할 예정인데, 지금 성녀와 관련 논의를 하는 중이었다.

역시나 이 이야기는 대외비이므로 쿠논은 리야가 볼 수 없도록 서류와 메모를 황급히 숨겼다.

"그래서 문을 잠가두라고 말했는데."

"여성과 밀실에 단둘이 있는 건 용납할 수 없는 행위야. 레이에스 양은 이런 상황을 더 조심해야 해. 오해가 발생했을 때 상처를 입는 건 언제나 여성이니까."

분명 그 말이 맞았다.

맞긴 하지만.

그러나 쿠논이 여성에게 정론을 말하면 이제는 되레 위화감밖에 느껴지지 않았다.

"아, 미안. 논의하는 중이었구나?"

"향후 작업을 확인하는 것뿐이니 신경 쓰지 마. 그래서, 뭐라고 했어?"

"그 후에 무슨 일이 있었냐고."

"그 후에? 딱히 별일 없었어. 파벌 대표라는 사람들과 대화를 나눴을 뿐이야."

거짓말이겠지.

그 분노한 요정들이 끌고 갔는데 고작 대화만 나누고서 끝났을 리가 없겠지.

아니, 당연히.

"결국 쿠논 군은 어느 파벌에 들어가기로 했어?"

"그건— 리야는『합리』에 들어가기로 정했더랬지?"

"어? 아, 응. 아마도."

리야는 모호하게 대답하면서 시골 출신에게는 너무 눈부신 그 가련한 카시스 선배를 떠올렸다. 기분이 미묘해졌다.

쿠논이「그 사람, 남자야」라고 말했다.

아직도 믿겨지지 않았다.

그러나 쿠논이 속여봤자 별 의미도 없는 거짓말을 할 것 같지 않앉고, 하물며 성별도 구별하지 못할 리가 없었다. 근거는 없지만, 추측이 빗나갈 리가 없다고 생각했다.

「합리 파벌」에 들어간다면 그 사람과도 얽히게 되겠지ㅡ. 카시스를 향한 감정을 아직 정리하지 못한 리야는 어쨌든 도시는 무서운 곳이라고만 생각했다.

"그럼 소속된 뒤에 선배들한테 물어보도록 해. 내 입으로 말하는 것도 그러니까."

"왜?"

"그거라서."

"그거라니?"

잘 모르겠지만, 쿠논은 말하기 싫어하는 눈치였다.

"분명 여성과 관련하여 무슨 일이 있었겠죠."

"그렇겠네."

성녀의 의견에는 전적으로 동감이었다.

그렇다. 분명 여성과 얽혀서 무슨 일이 있었겠지. 쿠논이 말하기 껄끄러워하는 사연은 여성 문제밖에 없을 테니까.

ㅡ실제로는 그것을 훌쩍 뛰어넘는 사태가 벌어졌음을 이튿날에 됐다.

제9화 답 맞추기

그리고 이튿날, 여러 가지가 움직이기 시작했다.

마치 서로 짠 것처럼.

누군가가, 혹은 무언가가 이 날을 기다렸던 것처럼.

단순한 우연인 것 같지만—.

아니, 절반은 필시 고의이자 필연이었겠지.

◆

우선 첫 번째.

아침 일찍부터 성녀의 교실에 교사가 찾아왔다.

"—어머! 어머머! 근사해라!"

스레야 가우린 여사였다.

올해 나이가 서른두 살이자 광속성을 지닌 교사였다.

그녀는 지금 화분 다섯 개에 재배된 영초 시 시루라 앞에서 감동의 몸서리를 쳤다.

한편 성녀는 무표정하게 놀랐다.

지금까지 만난 적이 없었던, 흥이 많은 교사가 뜬금없이 등장해서 당황했다.

"영초 씨앗을 스레야 선생님한테서 구입했어."

그러나 그녀를 데려온 쿠논의 말을 듣고서 여러 가지를 납득했다.

자신이 모르는 곳에서 그녀가 이번 실험에 관여했다고 들으니 왜 왔는지 이유를 알겠다.

그렇다. 2, 3주 동안 키워낸 영초 시 시루라의 씨앗을 어디서 구해왔는지 성녀도 조금 궁금했다.

쿠논이 「마련하겠다」면서 금세 씨앗을 가져왔으니까.

희소하고 한정된 곳에서만 자라는데다가 값비싼 영초 씨앗을, 제아무리 마술도시일지라도 평범한 잡화점에서 취급할 리가 없었다.

입수하려면 현지에서 채집해오는 수밖에 없었다.

그런데도 당일 구해올 수 있었던 까닭은—.

"스레야 선생님이 영초 씨앗을 제공해주신 분이었군요."

그렇게 생각하니 납득이 됐다.

스레야가 왜 과도하게 감동했는지도 짐작이 갔다.

이 「영초 시 시루라 재배」는 그녀의 연구과제이기 때문이겠지.

그래서 그녀는 이미 씨앗을 갖고 있었고, 쿠논은 그 사실을 알았기에 금세 받아올 수 있었다.

"참고로 얼마였습니까? 무료는 아니었죠?"

영초는 비싸다.

씨앗도 비싸다.

성녀는 섣불리 출처를 물어봤다가는 비용을 청구할까봐 무서워서 지금껏 언급하지 못했다.

"하나에 20만 넷카."

20만.

다섯 개이니 백 만.

엄청난 거금이었다.

조국에서 돈 걱정을 해본 적이 없었던 성녀는 마술학교에 입학한 뒤로 수입원을 절박하게 찾으면서 상식적인 금전감각을 익혔다.

20만 넷카는 서민의 한 달 치 급료였다.

그것을 다섯 개.

별 생각 없이 화분에 심어서 키워왔던 풀이었다. 그러나 그 가치를 깨달은 지금은 성녀의 마음속에서 점점 무거운 존재가 되어 갔다.

구체적으로 말하자면 위가 조금 쓰렸다.

절대로 실패해서는 안 되는 재배였다는 사실을 새삼 깨닫고는 비로소 압박감에 짓눌렸다.

"하지만 재배하고 육성하는 데 성공하고, 기록을 제공해주면 공짜로 주겠다고 약속했거든. 잘 자라서 다행이네. 나도 백만 넷카를 지불하지 않아서 잘 됐어."

참고로 스레야는 교사다.

이 실험을 수행하면 단위를 주겠다고 했으니 모두가 이득을 보는 계약인 셈이었다.

—이치만 따지자면.

그러나 자신도 모르는 사이에 백만 넷카짜리 리스크를 짊어졌다는 사실을 깨달은 성녀의 마음속이 꽤나 번잡해졌다.

그러나 이 역시 씨앗 가격을 물어보지 못하고 피해왔던 자신의 책임이었다.

참고로 성녀의 돈벌이를 위해서 쿠논도 리스크를 짊어졌던 듯했다.

그는 만약에 재배하고 육성하는 데 실패했다면 본인이 씨앗 대금을 지불했을 거라는 투로 말했다.

그렇게 생각하니— 희박한 감정이 차올랐다.

"쿠논. 민폐를 끼쳤습니다. 미안합니다."

성녀는 그동안에 자신밖에 생각하지 않았다며 창피해했다.

그렇다, 창피였다.

감정이 희박한 성녀도 이 감정은 왠지 알 것 같았다.

지금 느끼고 있는 이 감정은 수치이자 고마움이며, 자신의 문제에 끌어들였다는 미안함이라는 것을.

성녀가 고개를 숙이자 쿠논은 말했다.

"여성한테서는 『미안해요』보다 『고마워요』라는 말을 듣고 싶네. 난 그쪽을 더 좋아하거든."

—교사 스레야가 교실에 왔을 때부터 가만히 지켜보던 행크와 리야는 이런 상황에서도 쿠논이 쿠논답게 행동했다는 사실에 어이가 없었다. 또한 감탄도 했다.

아니, 이번만은 감탄하는 마음이 더 컸다.

지금 이 상황에 잘 어울리는 말이구나, 하고 생각했으니까.

오늘은 기쁘게도 영초 시 시루라가 수확할 수 있는 수준까지 생장했다.

그래서 쿠논은 스레야를 불러왔다.

스레야가 광속성 보유자로서 성녀와 전문적인 이야기를 주고받기 시작했다.

그녀의 손에는 쿠논이 지나칠 만큼 빈번하게 기록했던 리포트가 단단히 쥐어져 있었다.

이곳에 있어봤자 방해만 될 것 같다고 판단한 남자들이 신속하게 성녀의 교실을 나왔다.

쫓겨나온 것 같은 느낌이었지만, 각자 해야 할 일이 있었기에 딱히 문제는 없었다.

"행크, 이거 오늘 고기야."

"알겠어."

행크는 오늘도 베이컨을 제작한다.

쿠논이 건네준 가죽 자루에는 시행착오를 여러 번이나 거듭할 수 있을 만한 작은 고깃덩어리가 잔뜩 들어 있었다.

"리야, 오늘은 오전만 훈련하면 될 것 같아. 이미 기록은 충분한 것 같아."

"진짜?"

리야는 성공한 뒤에도 「비행」 연습과 검증을 거듭했다.

이제 곧 쿠논이 만족할 만한 리포트가 완성될 듯했다.

일당은 받고 있지만, 리야 역시 성공보수를 약속받았다.

이로써 리야는 다음 달까지는 버틸 수 있을 만한 돈을 모았다.

그리고 그뿐만이 아니었다.

「비행」을 쓰면 고속으로 이동할 수가 있다.

너무 무거운 물건은 소지할 수 없지만, 정보나 간단한 물건을 배달할 수 있게 됐다.

다시 말해 풍마술사로서 일거리가 생겼다는 뜻이었다.

마술사의 일은 보수가 좋다.

습득하는 데 상당히 고생했지만, 이제부터는 아주 유용하게 쓰일 것 같았다.

◆

태양이 높이 떠오르고 이제 곧 점심시간이 시작될 즈음.

"—리야 호스."

두 여성이 마지막 「비행」을 기록하고 있던 쿠논과 리야 곁으로 다가왔다.

한쪽은 「비행」하는 데 실패하던 리야에게 실마리가 된 조언을 해줬던 여성이었다.

다른 한쪽은 숨을 삼킬 만한 미소녀…… 아니, 미소년 카시스였다.

"『합리 파벌』 대표의 전령으로서 권유하러 왔어. 인사도 할 겸 점심이나 함께 하면 어떨까 해서."

남자라는 소리를 들었지만 믿기지 않아서 리야가 힐끗 쳐다보자 당사자인 카시스가 뾰로통한 얼굴로 말했다.

얼굴을 봐도, 목소리를 들어도 기분이 언짢은 것 같은데…….

"안녕, 땅에서 장난치고 있는 인어들. 두 사람 모두 너한테 용건이 있대, 리야."

"으, 응…… 인어……?"

쿠논의 말에 일일이 반응해봤자 소용없다는 걸 알지만, 뭐, 마음에 걸리는 건 걸릴 수밖에 없었다.

그런데 그보다도.

"……소녀? 저기, 카시스 선배는 저기…… 정말로 남자야?"

허공에 떠있던 몸을 하강하여 지면에 착지한 뒤 리야가 쿠논에게 속삭였다.

"『마음은 소녀』라고 했어."

그렇게 대답한 쿠논의 눈빛이 안대에 가려졌는데도 흐리멍덩한 것처럼 보였다.

"『남자는 늘 그래. 여자의 몸만 쳐다봐』라고 말했어. 충격이었어. 사람의 겉모습 따윈 보이지 않아서 거의 흥미가 없는데 말이야. 그런데 마음까지 보이지 않는 거냐고 비난하는 것 같아서 상처를 좀 입었어."

리야는 잘 와닿지 않았지만, 쿠논에게는 중요한 문제겠지.

"그래서 난 그를 그녀라고 인정하기로 했어. 내 마음속 신사가 그리 하라고 말했거든."

뭐, 다시 말해서.

그가 남자인 것은 틀림없지만, 마음은 그녀가 맞다고 쿠논은 받아들이기로 했단다.

요컨대 뭐라고 해야 할까— 그녀는 도시의 신비란다.

그렇단다.

대체 무슨 일이 있었기에 그런 심오한 말을 듣는 전개가 펼쳐졌는지 조금 궁금했다.

"카시스 선배, 저기, 뭐라고 해야 좋을까요. 어제는 저기."

"시끄러워. 한동안 아무 말도 하지 마. 나, 오랫동안 꿍하는 성격이거든."

"아, 예……."

역시 카시스가 언짢은 원인은 쿠논인 듯했다.

그리고 평소답지 않게 쿠논이 조금 침울한 것 같았다.

어제 쿠논이 「파벌」에 관해 말하지 않았던 이유는 분명 미소녀처럼 생긴 미소년 카시스에게도 있겠지. 분명.

침울한 쿠논.

언짢은 카시스.

실제로 무슨 일이 있었던 것 같았다. 두 사람의 구도를 보니 무슨 사연이 있는 것처럼 보였다.

"어제 여러 일이 있었구나."

뭐라 표현할 수 없는 이야기이므로 리야는 어물쩍 넘어가는 느낌으로 답변했다.

"리야, 이제 기록은 끝내도 되니까 같이 가도 돼. 바다를 잊어버린 인어들을 기다리게 할 수는 없으니까."

어제 점심 때, 열 명이나 되는 요정들을 기다리게 했던 남자가 할 말은 아닌 것 같지만.

리야는 타인을 기다리게 하는 것을 괴로워하는 평범한 사람이기에 그 말을 따르기로 했다.

"『합리 파벌』에 온 걸 환영해."

『합리』가 거점으로 삼은 지하시설로 안내를 받은 리야는 대표 루뤄메트를 비롯한 파벌 멤버들과 안면을 텄다.

이 지하시설은 과거에 학생들이 인공 던전을 만들려고 했던 흔적이라나? 어떤 실험의 일환이었겠지.

총인원이 서른 명이 되지 않은 조직답게 다들 신입에게 나름 친절했다.

아직 결정을 보류하긴 했지만, 이 파벌이라면 몸을 담더라도 잘 해나갈 수 있을 것 같았다.

"—저기. 어제 쿠논 군이 불려갔는데, 그 친구의 소속은 대체⋯⋯."

리야가 그렇게 말할 때까지는.

""⋯⋯.""

우뚝.

커다란 식당에서 화기애애하게 식사하던 『합리 파벌』 전원이 심각한 표정으로 입을 다물어버렸다.

뭐야.

뭐야 이 반응은.

"쿠논한테서 듣지 못했습니까?"

유일하게 변화가 없는 루뤼메트가 묻자 리야는 언급해서는 안 되는 문제를 건드렸음을 자각하면서도 고개를 끄덕였다.

아픈 상처를 건드리고 말았다.

그러나 상처가 왜 생겼는지 원인을 모르기에 대응하기가 무척 껄끄러웠다.

리야는 쿠논을 친구라고 여기고 있으니까.

그래서 친구가 무엇을 했는지, 그리고 『합리 파벌』이 쿠논을 어떻게 생각하는지 알아두고 싶었다.

대답 여하에 따라서는 소속도 다시 고려할 필요가 있었다.

"그렇습니까? 그가 말하지 않았군요. 그렇습니까……."

루뤄메트가 고개를 여러 번 끄덕이고서— 서서히 입을 뗐다.

"어제, 세 파벌의 주요 학생들과 쿠논 그리온 한 사람이 다 대 일 마술 시합을 벌였습니다."

시합.

특급 클래스 선배들이 쿠논 한 사람과 맞붙었다.

—리야의 등줄기가 오싹해졌다.

단순히 이후 전개를 듣는 것이 무서워졌다.

"결과는…… 우리의 반응을 보면 알 수 있겠죠?"

역시 그건가?

쿠논이 이긴건가?

시합 형식도 궁금하긴 했다. 무슨 시합이었든 간에 쟁쟁한 멤버들이 모인 특급 클래스 선배들이 패배했으니까.

쿠논 한 사람에게.

어제, 그 이후에.

리야의 상상을 뛰어넘는 일이 벌어졌던 듯했다.

◆

"왠지 바빠진 것 같네."

"……?"

"아까 리야도 비슷한 권유를 받았거든."

행크가 고개를 갸웃거리자 쿠논이 간략하게 설명했다.

리야가 『합리 파벌』에 간 뒤 쿠논은 행크를 살펴보러 왔다.

그리고 그곳에서도 마찬가지로 행크를 파벌에 권유하기 위해 사람이 찾아왔다.

"모처럼 권유를 받았으니 행크도 가주는 게 어때?"

행크를 노리고 온 파벌은 『조화』였다.

이미 들어가겠다고 전했다고 했다.

행크는 오랫동안 마술학교에서 조수로서 생활해왔던지라 재학생들 중에 지인이 많다나? 더 자세히 말하자면 행크를 데리러 온 『조화』 남성은 행크의 친구라나?

이름은 오스디.

행크와 마찬가지로 화속성.

"그래? 그럼 염치불구하고."

베이컨 제작을 중단하고서 행크가 『조화』 소속 친구와 가버렸다.

"자, 그럼."

보이지 않지만, 행크를 배웅한 뒤 쿠논은 훈제육을 들고서 식당으로 향했다.

성녀는 아직 교사 스레야와 논의를 하는 중이겠지.

리야와 행크는 쿠논의 눈앞에서 가버렸다.

다시 말해 오랜만에 점심을 혼자 먹게 됐다는 뜻이었다.

점심을 먹으면서 리포트를 정리하거나, 독서를 하거나, 기다리는 책이 반납됐는지 확인하러 도서관에 가는 것도 좋겠다.

머릿속에서 하고 싶은 일과 해야 할 일들이 줄줄이 떠오르니 발걸음이 가벼워졌다— 그런데 쿠논이 잘 걷다가 발을 멈췄다.

"그렇구나……."

떠올리고 싶지 않은 것이 떠오르고 말았기 때문이었다.

지금 벌이고 있는 수면 비즈니스의 현금 출납장을 만들어야만 했다.

시녀가 「가계부를 쓰고 싶다」면서 여러 번 요구했다.

지난달의 정확한 수입과 지출을 알고 싶다면서 말이다.

생활하기 위해 돈은 중요했다. 미연의 사태에 대비하고자 돈을 다소 저축할 필요도 있었다. 돈을 꼼꼼하게 관리해야만 했다.

시녀의 속뜻은 쿠논도 잘 알고 있었다.

—그런데 귀찮다. 무지무지 귀찮다.

자신의 손으로 도저히 할 수 없다고 생각할 정도로 귀찮았다. 돈을 운용하는 문제는 시녀에게 맡길 생각이었는데.

그러나 그 이전의 문제였다.

출납장이 존재하지 않으므로 우선 그것부터 만들어야 했다.

이것이 몹시 귀찮았다.

사업을 벌였던 기록은 해뒀다.

받은 돈은 그대로 책상 서랍에 던져놨고, 손님이 돈이 없다며 달아놓은 외상을 회수하는 건…… 뭐, 누군가에게 부탁하면 해주겠지.

그저 필요할 때에 필요한 만큼 빼서 써왔다.

매일 굽는 베이컨용 고기값도, 행크와 리야에게 주는 일당도.

요전에 시녀에게 급료를 지불했다. 더욱이 기억이 나지 않을 만큼 자질구레한 일상용품도 구매했고, 마술 관련 아이템을 충동 구매하기도 했다. 조합용 기자재도 샀고.

일단 모든 것을 기록해두긴 했다.

문제는 현금을 한곳에 모아두긴 했지만, 그 이외의 기록은 완전히 내팽개쳤다는 점이었다.

추후에 정리하자, 처리하자며 미뤄두고서 허송세월만 했다. 그러다가 다른 서류와 완전히 뒤섞였다.

우선 그것들을 모아서 집계를 해야만 했다.

계산만 하는 거라면 괜찮다.

메모지를 모으는 일이 귀찮았다.

애당초 쿠논이 빌린 이 교실은 불과 한 달 만에 엉망이 됐다.

처음에는 널찍하게 느껴졌던 교실이 지금은 메모와 서류, 책, 실험기구 등등 온갖 물품들로 넘쳐났다.

실로 연구자다운 난잡한 공간으로 변모했다.

생각하는 것조차 싫을 정도였다.

"……하는 수 없나."

시녀가 있었다면 하나하나 정리정돈을 해줬겠지. 하다못해 어디에 뭐가 있는지 정도는 파악할 수 있을 텐데.

그러나 이곳에는 부탁할 수 있는 시녀가 없으니까.

쿠논은 각오를 굳혔다.

오후에는 그토록 꺼려했던 정리정돈을 하고, 내친김에 청소도 조금 하자고.

—그 후에 언젠가 읽으려고 했던 책을 넘겨보고, 쓴 기억이 없는 리포트를 탐독하면서 쿠논은 거의 평상시와 다름없는 하루를 보냈다.

출납장은 쓰지 못했다.

정리정돈과 청소도 못했다.

◆

공교롭게도 리야와 거의 비슷한 시기.

"—졌다고?! 무슨 일이 있었던 거야?!"

『조화 파벌』이 거점으로 삼은 낮은 탑의 식당에서— 조수 시절에 여러 번 왔던 곳에서 행크도 친구 오스디에게서 놀랄 만한 이야기를 들었다.

어제 쿠논이 요정들에게 끌려간 뒤에 벌어졌던 일이었다.

익숙한 사람들이 많은 『조화』파벌 인원들과 식사를 하면서 행크는 「쿠논은 굉장한 녀석이야」라는 말을 들었다. 그리고 불현듯 어제 일을 떠올렸다.

오늘 쿠논의 모습이 평상시와 거의 다를 게 없었던지라 어제 끌려갔다는 사실을 완전히 까먹고 있었다.

세 파벌 사람들을 잘 알기에 그리 험악한 짓은 벌이지 않으리라 믿었기 때문이기도 했다.

그래서 크게 마음에 담아두지 않았다.

—사실은 눈여겨볼 만한 사건이 벌어졌지만.

"그러고 보니 어제 쿠논이 대표들이 보낸 전령한테 끌려갔던데?"

행크가 넌지시 말하면서 진상을 물었다.

"나도 그곳에 있었어. 솔직히 말해서 굉장했어."

오스디가 심각한 얼굴로 말했다.

쿠논이 「모든 파벌에 들어가고 싶다」고 대담하게 말한 것도 놀랐지만, 그 후에 벌어졌던 전개가 더욱 놀라웠다.

"승부 내용을 듣고서 그 아이가 말했어. 『마술로 겨루는 승부라면 전 처음 보는 상대를 반드시 이길 자신이 있어요』라고. 그리고 『몇 명과 맞붙든 똑같으니 희망자는 참가해줘요』라고도 했고."

믿기지 않는 이야기였다.

쿠논이 그렇게 말했다는 사실도, 실제로 그 말대로 흘러갔다는 사실도.

쿠논의 재능은 행크도 인정했다.

그러나 원래부터 특급 클래스는 쿠논처럼 재능 있는 사람들로 구성된 곳이었다.

저마다 특기로 삼은 분야는 다르겠지.

그러나 지식과 마술은 이미 교사 수준에 이른 사람도 적지 않았다. 특급이란 그런 클래스였다.

행크는 그런 특급 클래스의 실정을 잘 알기에 공을 들여서 준비해 왔다.

특급과의 재능차를 시간과 노력으로 메운 끝에 지금 이곳에 있었다.

"반응은 다양했어. 건방지게 보는 사람도 있었고, 그토록 호언장담을 하다니 대단하다며 기대하는 사람도 있었어."

두 반응 모두 알 것 같았다.

행크는 후자였다.

같은 마술사로서 어떤 전개가 벌어질지 몹시 궁금했다.

"그래서 결국 몇 명이 쿠논의 말에 자극을 받아 참가하기로 했어. 우리 『조화』에서는 아트마, 슈리. 『합리』에서는 산드라, 카시스, 유니티. 그리고 『실력』에서는 에리아 양, 니주, 가렛지. 특히 산드라랑 카시스는 반감을 풀풀 풍기더라고. 따끔한 맛을 보여주자고 벼르지 않았을까?"

다혈질인 산드라가 왜 나섰는지는 알겠지만, 카시스까지 화를 내다니 신기했다.

기본적으로 그는 낯을 가려서 초면인 상대와는 거리를 둔다. 마음을 열 때까지는 접근조차 하지 않는데.

⋯⋯여성을 우선하는 쿠논의 성격이 그의 마음에 거슬렸는지도 모르겠다. 그렇게 추측하니 쉽게 상상이 됐다.

"그래서? 어떻게 됐어?"

"한순간. 일방적. 눈 깜빡할 새에 끝났어."

"거짓말이지? 역시 그건 거짓말이야."

행크는 믿기지 않았다.

쿠논은 재능을 알고 있지만, 그래도.

아까 오스디가 거론했던 이름은 특급 클래스 안에서도 상위에 해당하는 마술사들이었다.

특히 세세한 조작은 잘 못하지만, 마력량이 많은 산드라는 유명한 모험가이기도 했다.

「해일의 산드라」라고 불릴 만큼 무시무시한 그녀는 수마술을 호쾌하게 구사하여 수량과 기세로 뭐든지 휩쓸어버린다. 경우에 따라서는 아군까지도.

그런 산드라를 비롯한 특급 클래스 마술사들이 친구의 표현을 빌려서 「한순간, 일방적, 눈 깜빡할 새」에 지고 말았다고 한다.

"그게 말이야—."

"어제 얘기를 하는 거야? 마침 잘됐네. 내가 설명할게."

그렇게 말하면서 끼어든 사람은 『조화』 대표 시로트였다.

그녀는 이제 막 식당에 들어온 참인데—.

"실은 방금 전에도 그 건으로 베일과 루루 셋이서 대화를 나눴어. 쿠논 그리온을 앞으로 어떻게 할지 의논할 작정이었는데, 자연스럽게 어제 치렀던 그 일전을 고찰하게 됐지. 어느 정도는 정리가 됐어."

그 말을 듣고서 다른 곳에서 식사를 하던 같은 파벌 마술사들도 다가왔다.

실제로 눈앞에서 봤던 사람조차도 믿기지 않는 일전이었기 때문이었다.

아니, 믿기지 않는다기보다 뭐가 벌어졌는지 알 수가 없었다.

대체 뭐가 어떻게 됐는지 전혀 모르겠다.

"승부 방식은 스탠다드한 그거야."

—그 옛날, 마술사끼리 진심으로 다퉈야할 때를 위해 개발된 결투용 마법진.

실제로 서로 죽일 수는 없으므로 공격마술 데미지를 방어 마법진으로 일정 수준까지는 줄여주는 간이결계 안에서 맞붙는다.

서로 마술을 날려서 상대의 마법진을 부수면 승리, 부수지 못하면 패배하는 간단한 규칙이었다.

그런 형식으로 싸웠다면…… 더더욱 쿠논에게 승산이 없었을 것 같았다.

그 방식은 여럿을 상대해야 하는 쿠논에게 전혀 유리하지 않았다.

애당초 쿠논은 두 가지 마술밖에 구사하지 못한다고 했고, 둘 다 공격용이 아니었다.

이야기만 들었을 때는 승산이 전혀 없었다.

"행크. 넌 쿠논이 사용한『붉은 비』를 알고 있지?

"……어, 알아."

입학시험 때 봤던 그것이었다.

어디까지나 이론적으로 논파했을 뿐이지만, 쿠논은 사프의 방어 벽을 무너뜨려 승리했다.

—참고로 시로트와 행크도 나름 친했다.

"시합이 개시되자마자 일대에『붉은 비』가 내렸어. 모두가 새빨갛게 물들었지. 그리고 끝났어."

"……어?"

고작 비가 내렸을 뿐인데?

온몸이 물들었을 뿐인데?

"더욱 의문은 마법진이 부서지지 않는데도『붉은 비』가 결계를 통과했다는 점과 비를 맞은 마술사들이 전원 자발적으로 항복했다는 점이야."

"……어?"

들으면 들을수록 모르겠다.

산드라는 죽어도 항복하지 않는 성격인데.

"참가했던 마술사들한테 물어봤는데, 제각기 말이 달라서 일관성을 찾을 수 없었어. 물이 몸에서 떨어지질 않는다, 몸이 무거워져서 승부를 겨루려야 겨룰 수 없었대. 다들 그 상태가 지속되면 위험하다고 판단했다고 하더라."

확실히 위험한 느낌은 들었다.

그 쿠논이 무의미하게 비를 내릴 리가 없다는 걸 행크는 잘 알았다.

승부를 포기했던 마술사들도 각자 희소한 재능을 갖고 있기에 직감적으로 위험을 감지했던 것 같았다.

"그래서 우린 고찰했어. 너희들도 들어줬으면 좋겠다. 그리고 의견을 말해줘. 결론이 나오면 쿠논 그리온한테 가서 답을 맞춰볼 작정이야."

아무도 그 『붉은 비』의 의미를 몰랐다.

그 비를 맞았던 당사자조차 직감으로 위험하다고 느꼈을 뿐, 구체적으로 왜 위험하다고 판단했는지는 알지 못했다.

그래서 모두들 흥미진진했다.

새로운 마술 이야기를 듣고서 가슴이 뛰지 않을 특급 클래스 학생은 없었다.

─행크도 예외는 아니었다. 지금 그의 머릿속에는 놀라움과 흥미뿐이었다.

◆

"어? 그 『붉은 비』의 정체?"

한동안 의논을 하다 보니 어느새 저녁이 거의 다 됐다.

행크와 시로트는 어제 시합의 정답을 맞춰 보기 위해서 쿠논의 교실에 왔다.

―깔끔한 시로트의 기준에서는 믿기지 않을 정도로 난잡한 방이었다. 정신을 놓는다면 몸이 저절로 정리를 시작할 것 같았다.

지금은 그럴 때가 아닌데.

"아까 리야랑 다른 사람들도 물어보러 왔어. 그렇게나 궁금했다면 어제 물어봤으면 좋았을 텐데."

그리고 어질러진 방에서 물침대에 편하게 기대며 쿠논이 책을 읽고 있었다.

더러운 방의 주인은 우아했다.

주변에 널려 있는 것들은 굳이 보지 말라는 듯이.

"아니, 그『붉은 비』는 쿠논의 비장의 패 아냐? 원리를 물어보려면 적어도 가설은 세워야 결례가 안 되잖아?"

보통 마술사는 독자적으로 개발한 마술을 숨겨둔다.

보통 남이 물어보더라도 알려주지 않는다.

보통이라면.

지금 그 단어는 쿠논과 가장 어울리지 않는 듯했다.

"전혀. 그건 스승님과 처음으로 승부를 겨뤘을 때 떠올렸던 거라서 굳이 숨길 필요가 없어. 별 대단한 것도 아니고 말이야."

그렇다고 해도.

쿠논에게는 보통이라는 단어가 어울리지 않았다.

"스승님도 두 번째로 썼을 때는 제대로 대처했으니까. 결국 처음에 우연찮게 이겼던 이후로 한 번도 이겨본 적이 없어."

그 **제온리**와의 추억담도 궁금했지만, 지금은 그 답을 알고 싶었다.

"괜찮다면 알려줬으면 좋겠어."

쌓여 있다가 무너져 내린 것으로 보이는 서류들을 무심코 줍고 있던 시로트가 퍼뜩 제정신을 차리고서 물었다.

"물론입니다. 이렇게 너저분한 방까지 절 찾아와준 당신의 부탁이니 뭐든지 들어줘야죠."

너저분하다는 건 본인도 자각하는 듯했다.

너저분한 수준을 넘긴 했지만.

"그 비의 정체는 『점착수』입니다. 점도가 높은…… 그렇죠, 슬라임의 비 같은 물질이죠. 아, 색깔은 별로 상관없어요. 눈에 띄기 쉬운 색을 입혔을 뿐입니다."

슬라임의 비.

실제로 당해보지 않아서 어떤 것인지 잘 모르겠지만, 맹물과는 크게 다르겠지.

"엄밀히 말해서 비도 아니지만요."

비는 땅에 떨어진다.

그러나 쿠논은 마력을 조작하여 그 물을 주변에 흩뿌렸다.

그래서 비라기보다는 안개에 가까웠다.

"선배들이 바로 승부를 포기하는 것을 보고서 역시 대단하구나 싶었어요. 정체는 몰랐지만, 평범한 물에 젖은 게 아니라는 걸 순식간에 판단했잖아요. ―그거, 계속 방치했다면 슬라임이 온몸에 들러붙었을 겁니다. 결국에는 몸을 집어삼킬 정도로 불어나거든요."

그랬다.

물은 스며들거나 튀거나 떨어지지만, 점도가 높은 물은 그렇지 않다. 부착된 채로 그대로 남는다.

부착된 부분에 또 부착되면 물방울이 점점 커져간다.

—아무래도 상상 이상으로 악질적인 마술이었던 모양이다.

"그래도 본질은 다르지만 말이죠."

"다르다?"

"그건 방어도 겸하고 있습니다. 공방일체예요. 선배들이 마술을 구사하지 못하도록 저지하려고 날린 것이기도 해요."

그렇다. 당연히 방출된 마법에도 슬라임의 비가 부착된다.

예를 들어 건드리면 폭발하는 화염을 방출하려고 했다고 가정하자. 이 세상에 생성되자마자 점착수에 닿는다면 바로 폭발해버릴지도 모른다.

더 예를 들어서 즉석에서 골렘을 만들려고 했다면 비가 생성하는 과정을 방해할 것이다.

또한 얼굴, 특히 눈에 부착된다면 시야를 가려버린다. 입에 들어간다면 호흡하기가 어려워진다.

점도가 높은 물이란 그런 물질이었다.

역시 꽤 악질적이었다.

항복했던 마술사들은 위험을 감지한 순간부터 차마 공격으로 전환할 생각을 못 했다고 했다.

그래서 그 승부에 수많은 마술사들이 참가했는데도 방출된 마법은 딱 하나.

쿠논의 『붉은 비』뿐이었다.

그리고 가장 무서운 사실은—.

"간이결계…… 마법진을 통과할 수 있었던 이유는 그 비에 사용된 마력이 매우 작아서였구나?"

"예. 전 마력을 대량으로 소모하는 마술을 아직 몰라서요. 그건 초급『물 구슬』이에요."

다시 말해 마법진이 공격마술이라고 인식하지 못했다는 뜻이었다.

그래서 비가 아무런 저항도 받지 않고 그냥 통과했다.

"넌 그 마법진의 원리를 알고 있었구나?"

"예. 스승님과 승부를 겨루면서 여러 번 경험했으니까."

그 제온리라면 알고 있겠지.

일찍이 이 학교의 학생이었고, 자신들과 마찬가지로 특급 클래스에서 생활했으며 온갖 문제를 일으켜놓고서 무사히 졸업했으니까.

"—그랬구나. 알려줘서 고맙다."

시로트가 감사를 표했다.

쿠논이 자신의 마술을 아낌없이 해설해준 덕분에 어제 치렀던 일전의 수수께끼가 풀렸다.

본인의 말대로였다.

들으면 들을수록 처음 겪어본 사람은 속수무책일 수밖에 없는 마술이었다.

쿠논이 무엇을 할지 미리 간파하고서 대책을 마련해두지 않는다면 손쓸 도리가 없겠지.

이야기를 들어보니 **그 제온리**조차 첫 승부 때는 당했다고 했다.

무방비한 상태에서 쿠논의 마술이 전개되면 패배.

『붉은 비』가 몸에 어느 정도 붙으면 패배.

불운하게도 행동을 저해할 만한 부위에 붙어도 패배.

즉, 쿠논과 승부를 겨룰 때 「탐색전」을 택한다면 패배한다는 뜻이었다. 초장에 결판을 낼 각오로 덤비지 않으면 끝이었다.

아마도 제온리도 첫 승부 때는 탐색전을 택했겠지. 제자이자 아직 어린애인 쿠논의 실력을 이끌어내고, 스승으로서 한 수 가르쳐주려고.

그 결과, 초반부터 승기를 빼앗기도 말았다.

—그리고 모든 것을 알고서 곰곰이 생각해보니 대책이 몇 가지 떠올랐다.

시로트가 장기로 삼은 『뇌격』은 쿠논의 『붉은 비』보다 빠르다.

행크 같은 화속성 마술사라면 불의 방벽으로 점착수를 어느 정도 증발시킬 수 있지 않을까?

개인적으로 광염과의 승부는 보고 싶었는데…….

뭐, 정말로 무서운 것은 『붉은 비』가 아니라 그것을 다루는 쿠논의 발상력이었다.

어중간하게 대항책을 세워본들 금세 그것을 뒤집어버리겠지.

솔직히 말해서 쿠논에게 『붉은 비』는 아무에게나 알려줘도 상관없는 초반 견제에 불과하니까.

그는 그 마술을 구사하는 것이 탐색전이었다.

당연히 비장의 패는 따로 있을 터.

이런 대단한 마술사가 열두 살이라니.

무시무시한 신입생이 들어왔다.

―그리고.

"그나저나 쿠논. 방을 좀 정리하는 편이 좋지 않나?"

가장 궁금했던 의문이 해소됐기에 시로트의 흥미가 다음으로 넘어갔다.

그렇다. 다음 흥미는 이 한껏 어질러진 교실이었다.

"시로트……."

행크는 시로트가 정리정돈을 좋아한다는 걸 알기에 그녀가 무슨 말을 하려는지 눈치챘다.

"그러게 말이에요. 저도 슬슬 신경이 쓰여서 지금 한창 정리하는 중입니다."

"응……으응?"

고개를 끄덕이려다가 말았다.

―방금 그 말을 듣고서 위화감이 들었겠지.

생각에 잠긴 시로트 옆에서 행크가 말했다.

"내 눈에는 네가 편하게 뒹구는 것처럼 보이는데."

그렇다. 그거다.

지금 쿠논은 물침대에 누워서 책을 펼친 채로 손님을 응대하고 있었다.

전혀 정리하는 것처럼 보이지 않는데.

빈둥거리는 것으로밖에 보이지 않는데.

"지금은 휴식 중이야."

"언제부터 쉬었어?"

"으―음……. 점심을 먹고서 줄곧?"

이제 곧 해가 진다.

말 그대로 받아들이자면 꽤나 긴 휴식시간이었다.

아니, 한창 정리하고 있다고 말했으면서 아직 손도 대지 않았잖아?

"아아—."

쿠논이 몸을 뒤척였다.

"내가 풍마술사였다면 바람의 힘으로 방을 정리할 수 있을 텐데에."

"방 안에 있는 물건들을 죄다 날려버리겠다는 뜻이냐?"

"그렇게 해서 처리해버릴 수 있다면 좋아. 이제 귀찮아."

엄청난 발언을 내뱉었다.

바닥에 널려 있는 서류들 중에는 값비싼 자료들도 있건만 그것들을 모조리 던져버려도 상관없을 만큼 방 정리를 싫어한다는 말인가? 귀찮다는 말인가?

"—일어나."

시로트가 말했다.

안절부절못하면서.

"온 김에 정리를 도와줄 테니 같이 하자. 다행히도 물건만 어질러져 있을 뿐 더럽지는 않으니까 마음만 먹으면 금세 끝낼 수 있겠지."

행크는 시로트가 그렇게 말할 줄 알았다.

그리고 스스로도 각오를 굳혔다.

"별 수 없군. 나도 도울게. 자, 쿠논, 일어나."

"그러면 미안하지! 정리하는 걸 돕겠다니 미안해서 어떡해! 귀찮긴 하지만, 이따가 혼자서 할 테니 신경쓰지 마! 귀찮긴 하지만, 절대로 신경 쓰지 마! 친절은 때로는 민폐가 되기도 해!"

쿠논이 투덜거렸다.

그리도 청소가 싫은가?

왠지 처음으로 평범한 아이다운 모습을 본 것 같았다.

"어서 일어서."

"일어나."

그러나 어린애의 투정은 용납할 수 없었다.

시로트의 말대로 어질러진 물건을 정리하기만 하면 됐기에 순식간에 작업이 끝났다.

셋이서 함께 작업한 것도 컸다.

쿠논이 질리기 전에 빠르게 결판을 내길 잘한 듯했다.

이럴 수가, 발 디딜 곳이 없을 만큼 어수선했던 방이 널찍한 방으로 탈바꿈했다.

필요 없는 서류와 메모는 쓰레기로 처리하기로 했다.

불을 쓸 수 있는 행크가 태우기 위해 가지고 나갔다.

"시로트 양은 풍속성이죠?"

방 안이 어느 정도 정리됐을 즈음에 시로트가 바람을 일으켜서 살짝 쌓여 있던 먼지를 바깥으로 날려버렸다.

─쿠논은 시로트의 주변에 떠다니는 비구름…… 수수께끼의 구름이 보여서 알 수 있었다. 그러나 물론 밝힐 생각은 없었다.

"아아, 보다시피. 일단 묻겠는데, 넌 청소용 마술이 없어?"

"있어요."

당연하다는 듯 「있다」고 대답한 걸 보니 역시나 쿠논은 여간내기가 아니었다.

"하지만 역시 바람에는 못 미치는 느낌이네요. 뭐니 뭐니 해도 속도가 달라요."

쿠논이 손에 작은 「물 구슬」를 꺼내 보였다.

"어제 그 비랑 거의 똑같아요. 이걸 이렇게 굴리면 먼지가 표면에 붙어요."

"오호……."

쿠논의 손에서 바닥에 떨어진 「물 구슬」이 바닥을 데굴데굴 굴렀다.

지나간 자리가 얼마간 깨끗해진 것 같았다. 먼지를 털어내기 전이었다면 차이가 더 확연했을지도 모르겠다.

그 『붉은 비』를 이런 식으로도 응용할 수 있는 듯했다. 아니, 발상으로 따지자면 반대인가? 이게 있었기에 『붉은 비』가 탄생했는지도 모르겠다.

"하지만 제거할 수 있는 건 먼지뿐. 물건은 정리할 수 없어요. 책도 책장에 되돌릴 수 없어요. 서류도 모을 수 없어요. 그러다가 기억에 없는 서류도 나오곤 해요. 그럼 궁금해서 읽을 수밖에 없어요. 그쵸? 이런데 어떻게 정리를 할 수 있겠어요?"

동의를 구한들 대답하기가 난감할 뿐이었다.

그래도 청소하라는 말밖에 할 수가 없었다.

뭐, 정리를 못하는 마술사가 많아서 쿠논만 특수하다고 생각하지는 않지만.

"……저기, 시로트 양."

"왜?"

"카시스 선배는 괜찮습니까?"

"응? 아아, 어제 울렸지?"

어제 쿠논과 승부를 겨뤘던 소녀 같은 소년.

『붉은 비』에 삼켜져 한순간에, 일방적으로, 눈 깜짝할 새에 패배했다.

의기양양하게 승부에 나섰기에 그만큼 그 패배가 무척이나 분했겠지.

카시스는 진심으로 울고 말았다.

그때 쿠논이 「남자가 울어도」 하고 중얼거리자 카시스가 이렇게 말했다.

―「남자는 늘 그래. 여자의 몸만 쳐다봐」라고.

―「내 마음은 소녀인데, 몸이 여자가 아니면 여자가 아닌 거야?」라고.

―「그렇게나 가슴이 좋은가?」라고.

쿠논은 충격을 받았다.

여성의 마음을 지닌 남성이 있다는 사실을 몰랐으니까.

본인 역시 눈이 보이지 않는 신체적 특수성을 갖고 있으면서도.

더욱이 여성을 울리고 말았다.

신사로서 부끄럽기 그지없었다.

"신경 쓰지 마."

그러나 시로트가 말했다.

"승부에 져서 우는 건 상관없지만, 상대방 앞에서 운다는 건 남자든 여자든 연약하다는 증거야. 보이고 싶지 않은 눈물이라면 무슨 일이 있어도 반드시 숨겨야 해."

꽤 가혹한 의견이었다.

"눈물은 여성의 무기라고도 하던데."

"개인적으로는 마음에 들지 않지만, 무기로서 쓰는 경우는 인정해. 고의라면 말이야."

그런가? 쿠논은 고개를 끄덕였다.

"전 아직도 여성이란 존재를 모르는 것 같아요. 신사로서 미숙합니다."

쿠논이 목표로 삼은 신사가 되는 길은 아직도 멀었다─.

"신사라면 제 몸과 주변 정도는 늘 청결하게 해둬야 해."

시로트의 그 말은 못 들은 척 하기로 했다─.

제10화 교섭 성립

마술이란 완성된 것이다.

그러나 완성된 마술들이 전부 발견된 것은 아니다.

마술은 말로써 발동된다.

발동조건은 바로 말이다.

그것이 그 이전의 마술이었다.

옛 문헌, 지방에 남아있는 벽화나 건축물에 새겨진 고대인의 기록.

동화, 옛이야기, 옛 노래.

마술은 도처에 있었다.

그러나 수많은 마술이 세월과 함께 사라졌다.

조각들은 잔뜩 있지만, 조각은 조각일 뿐.

지금도 마술의 심연에 이르기 위한 키워드로서 존재할 뿐이었다.

사람은 기다릴 수 없었다.

「완전한 마술」을 찾기보다 「불완전한 마술」을 만들어내는 눈앞의 샛길로 나아갔다.

기존과는 전혀 다른, 「문장을 고의로 왜곡」시키는 사용법이었다.

그리하여 「새로운 마술체계」가 탄생했다.

아마도 앞으로 이어지는 시대에는 이 「왜곡된 마술」이야말로 표준이 되어 가리라.

◆

"─사람은 기다릴 수 없었다, 라."

마술사 필독서인 『하나부터 시작하는 기초마술』.

2백여 년 전, 불로불사의 마녀 그레이 루바가 쓴 서적이었다.

마술사가 된 사람이 제일 먼저 읽는 전문서였다.

얇고, 읽기 편하고, 삽화가 들어가서 대단히 이해가 잘 됐다.

쿠논도 여러 번이나 읽었다.

어쩌면 백 번은 읽었는지도 모르겠다.

마술에 다소 익숙해진 지금 읽어도 재밌고 흥미로웠다.

끝없는 마술의 심연으로 이어지는 입구에 서기 위한 첫 교본이었다.

그 책의 권두에 그런 서문이 적혀 있었다.

「사람은 기다릴 수 없었다」.

이전의 마술을 모조리 찾아내는 것을 기다리지 못했다.

그래서 「창조해내는 방식」에 관심을 기울였다. 아무리 애써도 찾을 수 없는 것에 매달리기보다 만들어내는 편이 손쉬우니까.

따라서 기존의 마술 방식에서 발전시킨 사용법을 짜내어 그쪽을 탐구하는 데 심혈을 기울이는 것이 주류가 됐다고 한다.

그리하여 새로운 마술이라고 할 수 있는 체계가 이뤄졌다.

옛 마술이라는 거목에서 잎과 가지가 수많이 뻗어나갔다.

그 잎과 가지 중 하나가─.

"쿠논. 찾고 있는 책이 있던가요?"

"아, 미안."

이름을 불리자 제정신을 차렸다.

책의 세상에 있던 쿠논은 마술학교의 도서관이라는 현실로 되돌아왔다.

"이 책을 들면 늘 무심코 펼치고 말아."

책을 덮고서 표지를 보여주자 그녀가 고개를 끄덕였다.

"『하나부터』입니까. 저도 읽었어요. 맨 먼저 읽었던 마술 전문서였습니다."

"나도 그래."

"하지만 지금은 관련이 없잖아요?"

"그러게. 그래도 저기, 읽고 싶지 않아?"

"아뇨. 전 그보다도 돈이 먼접니다."

『하나부터』라는 약칭으로 많이 불리는 위대한 책.

약 2백여 년 전에 태어나 지금도 현역인 마술사가 쓴 필독서.

그러나 위대한 책일지라도 내일의 생활과 내일의 돈 문제를 이길 수는 없었다.

"참 팍팍한 말이네."

쿠논은 『하나부터 시작하는 기초마술』을 책장에 되돌렸다.

머지않아 도서관 탐색이 끝났다.

"—다들, 고마워. 이 정도 자료면 충분해."

동기인 행크 비트, 리야 호스에게 도와달라고 부탁하여 원하던 책을 확보했다.

『유레이유 지방의 들풀 도감』.

『조합연금 제4권』.

그리고『시계구상(時界構想)』.

관련서를 열 권 가까이 찾아냈다. 그러나 지금 특히 필요한 것은 이 세 권이겠지.

뭐, 기왕 찾아왔으니 전부 다 읽을 셈이긴 하지만.

"감사합니다."

성녀 레이에스 센트란스도 감사를 표했다.

약간 거들먹거리는 것처럼 보였지만, 말에 담긴 내용 이상의 의미는 없다는 걸 잘 알았다.

"참고 서적은 이 정도면 되겠어? 새로운 마도구를 만들 거지?"

리야가 말하자 쿠논이 대답했다.

"아이디어는 이미 있거든. 영초 시 시루라를 확보하는 가장 어려운 과정을 극복했으니까 그게 있으면 완성하는 건 금방이야."

그 영초를 정식 경로로 입수하려면 돈이 매우 많이 든다.

설령 귀족 자제일지라도 어린애의 실험을 위해 지불하기에는 액수가 너무 컸다.

그래서 구상만은 해뒀지만, 시도해본 적은 없었다.

이론상으로는 반드시 성공할 터였다.

"레이에스 양, 난 오늘 중에 이 책을 읽어둘게. 마도구 제작은 내일부터 하자."

"알겠습니다. 잘 부탁합니다."

성녀가 재배했던 영초 시 시루라가 훌륭히 다 자라났다.

드디어 영초를 소재로 쿠논이 구상했던 마도구를 제작하는 단계에 접어들었다.

이제는 완성된 마도구를 팔아서 150만 이상의 가치를 창출해낸다.

그 단계에 이르러야만 비로소 성녀의 금전문제가 해결된다.

중요한 고비였다.

◆

"─어머, 일찍 돌아오셨네요."

아직 점심이 조금 지난 시각이었다.

간식을 먹은 뒤 저녁밥을 해야겠다며 식재료를 늘어놓고 있던 시녀가 놀랐다.

평소에는 저녁이나 밤이 되어야만 돌아왔던 쿠논이 일찍 귀가했기 때문이었다.

"다녀왔어. 밀크티 좀 줘. 홍차는 빼고서."

"알겠습니다."

쿠논은 오전에 도서관에서 책을 확보한 뒤 교실에 한동안 남아서 사업장을 지켰다.

그리고 적당한 때에 접고서 자택으로 돌아왔다.

시녀에게 핫밀크를 부탁하고서 마당에 물침대를 꺼낸 뒤 드러눕고는 또다시 독서에 몰두했다.

"─쿠논 님. 쌀쌀해졌으니 슬슬 안으로."

"─응? ……아, 응."

정신을 차려보니 어느새 하늘이 어두워졌다.

"벌써 밤이야? 방금 전에 돌아온 것 같은데 말이야."

옛날부터 신기했다.

집중하면 시간이 날개가 달린 것처럼 사라져버리는 이 현상은 뭘까?

시각이 없는 쿠논에게 빛의 명암은 별로 관계가 없었다. 주변이 서서히 어두워져가는 것도 알아채지 못했다.

그래서인지 시간감각이 남보다 둔감해지고 말았다.

"우유, 다시 데울게요."

"아냐, 됐어."

시녀가 준비해준 핫밀크도 입에 대지 않아서 식어버렸다.

이 역시 비일비재했다.

"저녁이랑 같이 먹을 테니 그대로 옮겨줘."

"알겠습니다."

"미안해. 린코가 애정을 담아서 끓여준 밀크티인데."

"그래요. 제 사랑이 싸늘하게 식어버렸습니다."

"사랑은 식으면 어떻게 돼? 식어버린 사랑이 남아? 아니면 식으면 사라져?"

"글쎄요. 사라져버린다면 참 편할 텐데 말이에요."

"그래?"

"옛 연인을 떠올리고서 감정이 동한다면 사랑은 사라지지 않은 거겠죠."

그런가? 쿠논은 고개를 끄덕였다.

"린코도 옛 연인을 떠올리면 감정이 동해?"

"예. 살의가 샘솟죠. 콸콸."

쿠논은 더는 묻지 않기로 했다. 무서워서.

그리고 식어버린 시녀의 사랑도 직접 옮기기로 했다. 무서워서.

◆

밤을 새다시피 책을 독파하고 이튿날.

"만드는 법은 간단하니까 잘 봐줘."

어제 구상을 단단히 다진 쿠논이 자신의 교실에 있던 조합기구를 들고서 성녀의 교실로 찾아갔다. 곧바로 마도구 제작을 시작하기로 했다.

"우선 영초를 준비합니다."

"아앗."

하늘을 향해 뻗어나가듯.

화분에서 쭉 자라난, 은은하게 빛나는 유리 세공품처럼 섬세한 꽃. 그 형태는 산하엽과 비슷한지도 모르겠다.

쿠논이 그 꽃에 손을 뻗자 스레야 가우린이 비명처럼 소리를 질렀다.

그 광속성 교사는 영초를 딸 때 꼭 동석하고 싶다고 요청했다.

그녀는 영초를 재배하는 것이 얼마나 어려운지 잘 알기에 그만큼 감정이입이 각별했다.

―그래도 아랑곳하지 않았다.

쿠논은 가차 없이 영초를 쥔 뒤 뿌리째 뽑았다.

"꽃잎에서 뿌리 끝까지, 영초 시 시루라를 전부 다 사용합니다. 이번에는 꽃잎만 사용할 테니 나머지는 잘 보관해두죠."

"세 송이! 아니, 두 송이를 보관해두죠! 다음 씨앗을 위해서."

"그건 레이에스 양과 논의해주세요."

영초의 씨앗은 꽃이 시들 즈음에만 채집할 수가 있다. 현 단계에서는 다음에 심을 씨앗을 확보할 수가 없다.

그러나 그 결정권은 쿠논에게 없기에 성녀와 교사 스레야가 합의하여 결정할 수밖에 없었다.

"꽃잎을 잘 으깹니다. 어느 정도 으깨지면 말린 이요초를 넣어서 섞습니다. 다음에 제2종 용수를 넣습니다. 이요초에 제2종 용수를 넣으면 점성이 생기니 영초와 한데 섞일 때까지 계속 저어주세요. 이러면 거의 다 완성입니다."

절구에 남아있는 점액 같은 물질이 완성품이었다.

신성한 영초가 흔적도 없이 녹색 겔 같은 상태가 되고 말았다.

자취를 남기듯 빛을 조금 발하고 있지만, 왠지 서글펐다.

"—그렇구나. 이건 팔리겠네."

영초를 망칠까봐 조마조마하던 스레야가 교사의 얼굴로 신음했다.

투입된 약초와 약제를 보고서 이것이 무엇인지 금세 파악했겠지.

"선생님, 이건 무슨 약입니까?"

"상처약으로서 우수한 시 시루라를 활용한 연고예요. 이요초도 상처약에 쓰이는 약초라서 틀림없겠죠. 이토록 끈끈하니 꿰매야만 할 만큼 깊이 베인 상처에도 쓸 수 있을 거예요."

"평범하네요."

"그러게요. 이건 평범해요."

그렇다. 이런 약은 이미 존재했다.

아니, 본디 영초 시 시루라는 주로 이렇게 사용해왔다.

지금 이 상태는 시중에 팔리는 약을 완성했을 뿐이었다. 마도구로서는 대단히 평범했다.

"물론 이야기는 이제부터입니다. 이제는 이렇게—."

약절구 안에 작은 기포 여러 개가 보글보글 생겨났다.

「물 거품」이었다.

"기포 속에 약품을 가둔 뒤 수분을 빼고서 건조시키면— 자, 완성."

희미한 빛을 발하는 작은 구체 여러 개가 만들어졌다.

"이게 완성품……입니까?"

성녀가 손가락 끝마디의 절반도 안 되는 작은 구체 하나를 집었다.

"이게 마도구인가요?"

"응. 이건 말이야, 뜨거운 물에 녹이면 아까 그 상처약이 돼."

"네……?

그게 뭐 어쨌다고? 대체 아까 전과 무슨 차이점이 있다는 건지—.

성녀가 고개를 갸웃거리자 그 옆에서 교사 스레야가 흥분하여 말했다.

"바로 그거군요! 조합된 시 시루라는 오랫동안 보존할 수가 없어. 차가운 곳에 놔두더라도 열흘에서 스무날밖에 유지되지 않아요. 하지만 이렇게 해두면 아마도 사용기한이 더 늘어날 거예요!"

"제가 계산하기로는 세 달에서 반년은 버틸 수 있을 겁니다."

"정말?! 만약에 그렇다면 획기적이에요!"

"개선점도 있습니다. 약품을—."

"그럼 여길 바꾸면 약의 수명이 더욱—."

쿠논과 스레야가 전문적인 이야기를 하기 시작했다. 성녀는 그 대목부터 이야기를 쫓아갈 수가 없었다.

"이게, 150만……?"

손가락 끝으로 집은 자그마한 구슬.

이요초의 녹색이 번져 빛나는 녹색 구체.

이렇게나 작은 구슬로 정말로 한 달에 반드시 벌어야만 하는 150만에 도달할 수 있을까?

도저히 150만 넷카의 가치가 있을 것 같지 않았다.

─그러나 그것은 터무니없는 착각이었다.

◆

마도구 시작품이 완성된 그날 오후.

쿠논과 스레야는 이런저런 개선점이나 아이디어를 내놓으며 흥분하긴 했지만, 일정을 변경할 생각은 없었다.

물론 개선점과 아이디어는 확실히 메모해두고서 훗날 다시 논의할 작정이지만.

오후부터는 드디어 판매에 나선다.

성녀에게는 오히려 이제부터가 진짜 싸움이었다.

"─피레아입니다."

"─지루니입니다."

그 즈음에 성녀의 호위도 맡고 있는 두 시녀도 합류하여 거들기로 했다.

그 사람이 바로 피레아와 지루니였다.

피레아는 서른이 넘은 실력 좋은 여성 마술사였다.

「경안」으로 보니 주변에 동그란 물 구슬 같은 것이 몇 개가 떠있었다. 아마도 풍속성 보유자겠지. 저것이 마술이라면 수속성이겠지만, 그렇지 않다면— 생물이 아닌 무언가라면 틀림없이.

지루니는 스무 살쯤 된 몸이 다부진 여성이었다.

그녀는 오른쪽 어깨에 시녀복을 뚫고서 못 같은 가시가 돋쳐 있는데— 무언가의 일부가 표면으로 튀어나온 것으로 보아 마술사는 아닐 것이다.

"처음 뵙겠습니다. 쿠논입니다. 레이에스 양의 절친입니다. 우와, 이렇게 근사한 시녀를 둘이나 데리고 있다니 레이에스 양은 행복하겠네. 부러워. 그나저나 점심은 아직인가요? 매력적인 세 여성과 함께 점심을 즐길 수 있다면 오늘 세계에서 가장 행복한 사람은 바로 나겠어요. 내기를 걸어도 좋습니다. 절 세계 최고의 행운남으로 만들어주지 않겠어요?"

초면부터 인사 한 번 대단했다.

"잘 부탁합니다."

그러나 두 시녀들은 모두 쌀쌀맞게 응답했다.

사전에 성녀가 쿠논의 성격을 말해줬다.

—쿠논의 말에 반발하지 말고 받아들이거나 그냥 흘려버리라고.

시녀들은 놀랐다.

성녀는 감정의 기복이 거의 없는지라 남이 일러준 대로 행동할 뿐 자신만의 태도나 말투, 주장을 내세운 적이 없었다.

「그렇게 배워서 그렇게 대답했다」, 「그렇게 하라고 해서 그렇게 했다」라면서 행동할 뿐 자신만의 사고방식이라는 것이 거의 없었다.

융통성이 없는 성격이었다.

그렇게 인간미가 별로 없었던 성녀가 특정한 사람과 어떻게 지내면 되는지 시녀들에게 먼저 알려줬다.

유연하게 대응하여 인간관계를 원만히 유지하는 법을 들려줬다.

남들에게는 당연한지도 모르겠지만, 성녀에게는 그렇지 않았다.

좋은 일인지 나쁜 일인지 판단할 수는 없지만, 그녀가 성장한 것만은 틀림없었다.

─쿠논과 인사를 대강 마친 뒤 네 사람은 판매하러 나서기로 했다.

점심은 일을 다 마친 뒤 먹기로 했다.

현재 식비조차 빠듯해진 성녀와, 급료가 조금 밀린 피레아와 지루니는 이제 얻어먹을 수만 있다면 뭐든지 좋다고 생각했다.

맛있고 비싼 음식을 사정없이 먹어주겠다고 별렀다.

술도 마시자고 생각했다.

네 사람은 먼저 찾은 곳은 모험가 길드였다.

"전 레이에스 양의 방침에 간섭할 생각은 없지만, 그래도 여기에 팔려는 이유를 먼저 듣고 싶어요."

쿠논이 판매처로 염두에 뒀던 곳은 약초 길드, 연금술 길드, 상업 길드였다.

그 세 곳이라면 시작품의 가치를 정확히 꿰뚫어보리라 예상했으니까.

가치가 전해진다면 흥정도 순조롭게 진행되리라 짐작했다.

그런데 성녀가 데리고 온 곳은 모험가 길드였다.

모험가 길드.

뭐, 마술사로서 인연이 아예 없는 곳은 아니지만.

그러나 이곳에 먼저 올 줄은 전혀 예상하지 못했다.

"지루니, 설명을."

"예."

지루니가 쿠논의 질문에 대답해주려는 듯했다.

"새로운 마도구가 상처약이라면 수요가 가장 많을 것 같은 곳은 모험가 길드라고 생각했습니다."

영초 시 시루라는 상처약의 원료로서 알려져 있기에 그 예상은 맞겠지.

"저 자신이 전직 모험가라서 즉효성이 높은 상처약이 얼마나 중요한지 잘 압니다. 게다가 이곳에 제 얼굴이 잘 알려져 있으니 흥정도 수월하지 않을까 해서."

참고로 두 시녀는 어떤 약품인지는 자세히 듣지 못했다고 했다.

상처약 계열이 아니었다면 이곳이 아니라 순리대로 약품 길드나 연금술 길드에 가져갈 예정이었다나?

"—솔직히 말해서 약품 길드나 연금술 길드, 상업 길드를 경유하면 웃돈이 붙거나 중개료가……. 목숨을 구해주는 약이니 전직 모험가로서는 저렴하게 구입하는 게 최선입니다. 그래서 개인적으로는 모험가 길드와 직접 거래하고 싶었습니다."

"그렇군요. 아름다운 목소리입니다."

쿠논이 납득했다.

분명 각 길드를 경유하는 것보다 직접 거래한다면 모험가 길드의 부담이 줄어들겠지.

이른바 산지에서 직송하여 비용을 줄이자는 말이었다.

"레이에스 양은 그래도 괜찮겠어? 다른 길드를 경유하면 돈을 더 많이 벌 수 있을지도 모르는데."

"각 길드의 등록료, 수수료, 거래액에 붙는 세금 등을 고려한다면 값비싸게 팔더라도 추후에 빠져나가는 돈도 많을 겁니다. 그렇다면 개인으로서 거래하는 편이 더 이득일 수도 있습니다. 모험가 길드가 거래 상대이니 돈을 떼어먹힐 일도 없을 테고요."

"그렇구나. 꼼꼼히 판단하고서 선택했으니 난 이제 할 말이 없어. 네 목소리도 아름다워."

네 사람은 모험가 길드 안으로 발을 내디뎠다.

마술도시 디라싯크는 마술사가 많은 도시다.

강국인 제국, 성교국, 신왕국에 둘러싸여 있는데도 침략전쟁과 흡수, 합병 교섭을 물리치고서 지금도 독립을 유지하고 있는 도시—.

아니, 이제는 어엿한 한 나라라고 표현해도 될지도 모르겠다.

나라로서 체재는 갖추고 있지 않지만, 독자적인 자치체계와 법칙, 법이 확실히 존재했다.

그렇기에 지금은 주변 세 강국과도 교류를 하고 있었다.

뭐, 그러한 사정은 제쳐두고, 마술사가 많은 도시이기에—.

"여기가 모험가 길드구나. 난 처음 왔어. 레이에스 양은?"

"저도 마찬가지입니다."

어울리지 않는 곳에 어린애가 찾아오자 길드 안에 있던 모험가들의 눈이 반짝였다.

—이 도시에서 로브를 착용한 아이는 대체로 마술사였다.

마술사에게 섣불리 시비를 걸었다가는 죽을 수도 있다. 그렇기에 이 도시에는 목숨 아까운 줄 모르는 어리석은 사람이 없었다.

덧붙이자면 장차 의뢰주나 모험가 동료가 될 가능성도 있는 상대였다.

아양을 떨 필요는 없지만, 나쁜 인상을 남기고 싶지도 않았다.

가뜩이나 이 도시에는 마술사가 많다.

세계에서 가장 유명한 마술사인 그레이 루바의 본거지다.

마술사들에게 미움을 샀다가는 이곳에서 살아남기가 대단히 고달파진다.

그래서 아이들이 왔다고 해도 다가가려는 사람은 딱히 없었다.

"—지루니 씨, 이쪽으로."

사전에 의사를 타진했는지 쿠논 일행이 찾아오자마자 접수처 아가씨가 안으로 안내했다.

그리고 안내해준 방에서 잠시 기다리니…….

"오래 기다리셨습니다."

쿠논이 성녀나 시녀들에게 추파를 던지기 전에 가냘픈 남자가 찾아왔다.

"전 모험가 길드 디라싯크 지부, 경리부 책임자 아산드 스미시입니다. 길드 마스터께서 외출하셔서…… 이번에는 제가 이야기를 듣도록 하겠습니다."

성녀를 필두로 쿠논 일행도 이름을 밝히고서 곧바로 흥정에 돌입했다.

"……과연."

환약 시작품을 자세히 관찰하고서 아산드가 깊이 수긍했다.

"지루니 씨가 제안한 거래이니 틀림없다고 생각했습니다. 기대한 대롭니다."

일단은 아산드의 구매 욕구를 자극한 듯했다.

그 반응을 보고서 성녀가 흥정에 나섰다.

"영초 시 시루라 한 뿌리로 그 약을 10개에서 11개를 만들 수 있습니다. 시 시루라 하나의 가격은 50만에서 100만 넷카. 거기에다가 운송료에 가공비까지 포함하면—."

"전부 합해서 150만에서 200만쯤 되겠군요?"

왔다.

왔다!

왔다아!

성녀의 표정은 변하지 않았지만, 마음속에 빛이 새어들었다.

드디어, 드디어!

드디어 금전문제에 종지부를 찍을 때가 왔다!

"잠깐 괜찮을까요?"

"예?"

여태껏 성녀 옆에서 상황을 줄곧 지켜보고 있던 쿠논이 이렇게 말했다.

"이 약은 아직 시작품입니다. 이제 막 개발했습니다. 3개월에서 반년은 쓸 수 있다는 얘기도 어디까지나 이론일 뿐이고, 아직 시험 해보지도 않았습니다. 실제로는 그렇게까지 오래 유통할 수는 없을 지도."

"……흐음? 그럼 전제가 바뀌는군요."

그렇다.

영초 시 시루라로 만든 상처약은 치유마술 효과가 있다. 즉효성이 뛰어나서 치명적인 부상도 치료해버린다.

그러나 시 시루라의 문제점은 한번 가공해버리면 오래 보관할 수 가 없다는 점이었다.

그 문제점을 해결한 상처약.

그렇게 인식했기에 아산드는 성녀 일행이 가져온 환약에 가치가 있다고 판단했다.

그렇지 않다면 가격은 떨어진다.

"그렇다면 우리 길드에서는 이 거래를 받아들일 이유가 없어지는 군요."

그보다도 지금 당장 구입할 필요가 없었다.

어차피 며칠 지나면 사용기한이 다하여 가치가 떨어질 테니까.

"쿠논……?"

또다시 금전문제에 암운이 드리워지자 성녀가 쿠논을 불렀다. 그 가 평온하게 웃으며 고개를 끄덕였다.

괜찮다는 듯이.

"이 대목에서 중요한 건 거래할 권리라고 생각합니다."

"……권리?"

"그렇습니다. 아산드 씨가 거래에 응하지 않는다면 우린 다음 거래처로 가면 그만이죠. 『어쩌면 오래도록 변질되지 않을지도 모를 상처약』을 들고서."

요컨대 모험가 길드에 굳이 팔 필요는 없다는 이야기였다.

불량품일지도 모르고, 그렇지 않을지도 모른다.

그러나―.

"―그렇군요. 문제점이 있을지도 모를 환약이 아니라 문제점을 해결했을지도 모를 환약을 모험가 길드가 우선하여 사들일 수 있기에 이 거래에 가치가 있는 것이지요. 다시 말해 지금 이 자리에서 구입권을 확보해둘 것이냐 말 것이냐, 그런 얘기로군요."

아산드의 입장에서는 도박이었다.

그러나 이긴다면 대박이었다.

설령 환약이 불량품일지도 성녀― 성교국 센트란스의 이름을 지닌 레이에스와 인연을 맺어둘 수가 있다. 더 나아가 빚을 지게 할 수 있으니 이득이 컸다.

지루니도 빚을 지게 된다.

그리고 성녀 옆에 있는 쿠논도.

그가 **그 제온리**의 제자라는 소문쯤은 아산드도 들었다.

우수한지 아닌지는 아직 잘 모르겠지만― 아니, 우수하겠지. 이곳에 동석한 시점에 그렇게 판단해도 무방할 것이다.

"알겠습니다."

아산드는 결단을 내렸다.

"한 달에 한 번, 최소 시 시루라 한 뿌리분을 정기 구입하겠습니다. 계약은 3개월. 그 이상은 상황을 지켜보고서 갱신할지 말지 결정하겠습니다. 시 시루라 한 뿌리당 200만 넷카를 보수로 지불하겠습니다."

200만.

3개월 계약이니 3개월 동안 한 달에 200만 넷카를 받을 수 있다는 계산이었다.

그리고 만약에 추가로 구입한다면 200만씩 더……!

성녀는 무심코 주먹을 불끈 쥐었다.

돈이 손에 들어온다.

한 달 넘게 고뇌했던 문제가 해결된다.

내일부터 식사도 호화롭게 먹을 수 있다.

손에 땀을 쥐지 않았을 리가 없었다.

"레이에스 양, 그 조건에 만족해?"

"예, 물론. 어서 계약을 체결하도록 하죠, 어서."

성녀는 흥분했다.

타인은 전혀 모르겠지만, 흥분했다.

"아, 그런데 아산드 씨."

"예."

무사히 서면 계약을 체결하고서 악수를 나눴다. 이제는 돌아가려고 할 차에.

쿠논이 말했다.

"그 시작품은 뜨거운 물에 녹습니다. 하지만 융해 온도를 더 낮출

수도 있습니다."

"……예?"

무슨 이야기지?

이 자리에 있는 모두가 갑자기 뜬금없는 소리를 내뱉은 쿠논을 보고서 의아해했다.

"다시 말하자면요. 융해 온도를 낮춘 그 약을 얇은 종이처럼 가공합니다. 누군가가 부상을 입습니다. 상처에 종이처럼 가공한 약을 부착합니다! 그러면—."

"……앗!"

아산드가 눈이 휘둥그레져서는 의자를 박차고서 벌떡 일어섰다.

"설마 혈액에 녹는다?! 뜨거운 물에 녹일 필요도 없는 약이다?!"

획기적.

시 시루라로 만든 상처약의 수명이 늘어난 것도 기대치 않았던 요행이건만.

새롭게 제시한 그 아이디어는……!

전투 중에도 약으로 치료할 수 있을 가능성이 있다는 말이었다.

치명상을 입더라도 회복할 가능성이 올라간다는 뜻이었다.

그뿐만 아니라 심각한 부상을 당하더라도 즉석에서 회복하고서 곧장 전투를 지속할 수 있을지도 모른다는 이야기였다.

—영초 시 시루라의 가치까지 변동될 수 있는 무시무시한 아이디어였다.

"보존하기가 어려워질 테지만, 이론상 문제는 없어요. 아니, 간단합니다."

"쿠논 군! 그 아이디어! 그 시작품! 300…… 아니, 500만에 삽니다! 가장 먼저 모험가 길드에 가져와주십시오!"

"아, 그런가요? 그럼 계약을…… 아, 레이에스 양 일행은 먼저 가요. 계약하고서 갈 테니까. 맞다, 점심을 어디서 먹을지도 정해두고요."

"……"

성녀는 역시 쿠논이다, 하고 생각했다.

―레이에스는 그가 자신을 위해서 재능과 시간을 써줬다고 생각했는데, 그렇지 않았다.

성녀의 실험과 병행하여 자신도 이득을 거둘 방법을 확실히 궁리했다.

의외라고 생각하지는 않았다.

쿠논은 우수하다. 그 정도는 태연히 해낼 수 있겠지.

""……""

단순한 괴짜가 아니었다.

시녀들도 쿠논을 바라보는 인식을 고쳤다.

◆

""잘 먹었습니다.""

"……응. 예."

레스토랑에서 나왔을 때 쿠논은 조금 후회했다.

점심만 먹었을 뿐인데 22만 넷카.

추후에 필시 시녀에게 꾸지람을 들을 만한 지출이었다.

―모험가 길드에서 무사히 거래를 마무리한 뒤 성녀, 두 시녀와 함께 세계에서 가장 행복한 점심을 끝마쳤다.

쿠논 일행은 고급 레스토랑에 갔다.

요리도 나쁘지 않았고, 가격도 「조금 비싼」 수준이었는데……

와인이 치명적이었다.

와인은 비쌌다.

빈티지인지 뭔지 모르겠지만, 와인이 20만이나 하다니.

그런 와인을 주문하다니.

분명 「사양하지 말고 뭐든지 시키라」고 했지만, 한도가 있지.

―섣불리 「내가 사겠다」고 말해서는 안된다는 좋은 교훈을 깨달았다.

신사는 실패하더라도 흐트러지지 말고 우아하게 배우는 존재.

여성 앞에서는 특히.

스스로에게 그렇게 타이르며 쿠논은 눈물을 꾹 삼켰다.

"맞다. 레이에스 양, 앞으로 어떻게 할지 잠시 이야기를 나누고 싶은데."

기분을 바꿀 겸 쿠논은 점심 이야기를 끊어내기로 했다.

"앞으로? 아, 지금 파르페도 먹으러 가자는 얘기인가요? 쿠논이 여러 번이나 권유했죠. 오늘은 함께 할게요."

성녀가 그렇게 말하져 시녀들이 기뻐했다.

그토록 먹고 마셨는데도 아직도 들어가는 모양이었다.

저 어른들은 사양할 줄도 모르나?

미리카 전하도 단 음식은 들어가는 배가 따로 있다고 말하긴 했지. 쿠논은 그렇게 생각하면서 말을 이었다.

"앞으로는 그 시작품을 검증하고 평가하는 작업이 주가 될 거야. 내가 보기에는 못해도 최소 3개월은 쓸 수 있을 테지만, 어쩌면 더 짧을지도 몰라. 보존 상태에 따라 얼마나 열화되는지도 살펴봐야하고, 관찰 결과에 따라서는 여러 개선책을 마련할 필요도 생기겠지. 일단 여기서 일단락을 짓고 싶긴 하지만, 아직도 해야 할 일이 산더미야. 완벽하게 완성되기까지 1, 2년은 걸릴지도."

"그렇, 겠죠……."

성녀는 냉정히 생각했다.

눈앞의 금전문제는 해결했지만, 아직 본질적으로 해결된 것은 아니었다.

그 환약은 어디까지나 아직 시작품.

향후 3개월의 수입은 확보했지만, 계약이 계속 갱신되리라는 보장은 없었다.

그래도 시간을 유예했다는 점이 컸다.

이미 재정 상태가 아슬아슬했기에.

"그래서 말이야. 이제부터는 레이에스 양한테 맡길까 해."

"네?"

"물론 가공 작업은 성실히 도울게. 나도 관계자이긴 하니까."

"이럴 수가…… 아니, 그런가요? 그렇겠네요."

무심코 만류할 뻔했지만, 성녀는 참았다.

쿠논은 자신을 위해서 이미 충분히 시간을 할애해줬다.

금전문제에 관해 상담을 한 지 벌써 한 달이 넘었다.

그는 수많은 일들을 도와줬다. 매일 제공해준 점심까지 포함해서.

약초를 이용하여 돈을 벌 계획을 세워준 사람도 쿠논이었다.

매일처럼 상태를 살펴보러 와줬고 기록도 해줬다. 영초 씨앗을 마련해준 사람도 쿠논이었다.

자신의 문제에 더 끌어들이는 것은 역시 미안했다.

단위를 취득해야 하는 문제도 있었다.

언제까지나 동일한 연구, 동일한 나날을 보낼 수는 없었다.

영원한 작별을 하는 것도 아니었다.

애당초 영초 시 시루라 사업에 쿠논도 한몫 거들었으니 앞으로도 얼굴을 마주할 기회가 많겠지.

난관에 부딪친다면 상담 정도는 청해도 될 터.

어리광을 계속 부리는 것은 안 된다.

지금 성녀가 매달리려고 하는 특급 클래스는 그런 곳이니까.

지금은 어렵겠지만, 언젠가 쿠논이 어려움에 처했을 때 상담을 받아줄 수 있을 만한 역량을 갖추고 싶다고 성녀는 생각했다.

그러기 위해서라도 더 열심히 해야만 했다.

"스레야 선생님도 계시니 괜찮을 겁니다."

"나도 그렇게 생각해. 선생님이랑 레이에스 양은 상성도 좋은 것 같고."

같은 광속성 보유자라서 확실히 말이 잘 통하긴 했다.

"—그럼 레이에스 양. 이제부터 하는 말은 순전히 내 희망이긴 한데."

쿠논이 그렇게 운을 띄우고서 말했다.

"결계를 펴는 것 말고 다른 방법으로 영초 시 시루라를 재배하는 데 성공해줬으면 좋겠어. 그리고 되도록 약 가격을 낮추는 데 노력 해줬으면 좋겠어."

"······가격?"

"지금은 돈이 부족할 테지만, 돈을 벌 방법은 얼마든지 있어. 그리고 시 시루라 재배 규모를 어느 정도 넓히면 어떻게든 되지 않겠어? 지루니 씨의 말이 맞아. 상처약이 필요한 사람에게 돌아가지 않는다면 의미가 없어. 하지만 편리한 약을 완성했다고 해도 값이 비싸서 쉽사리 살 수가 없다면 지금이랑 별 다를 게 없잖아. 거래처를 모험가 길드로 정한 이상, 단순히 약만 팔지 말고 그들의 요구와 수요에 유연하게 대응해갈 필요가 있다고 봐. 변화가 없는 사업은 계속 지속할 수가 없으니 말이야."

쿠논의 말을 듣고서 성녀의 머릿속에서 「박리다매」라는 단어가 맴돌았다.

고개를 흔들어서 그 단어를 털어냈다.

"부상자를 돕기 위해 많이 만들어서 저렴하게 제공하라는 말이죠? 최대한 수많은 사람들한테 돌아갈 수 있도록."

성녀는 여태껏 돈만 생각해왔다.

그러나 성녀는 결코 돈벌이를 위한 역할이 아니다―. 그 사실을 오랜만에 떠올랐다.

정말로 오랜만에.

굶주림은 신의 가르침마저 잊게 만든다.

하마터면 돈의 마성에 물들 뻔했다. 감정이 희박한데도.

"분명 쉽지 않을 거야. 스레야 선생님도 오랫동안 연구했지만, 아직 성과를 내지 못했대. 시 시루라를 재배하기 위해서는 분명 네 힘이 대단히 유용할 거야."

—쿠논 본인도 영초 재배를 흥미로운 연구 테마로 여겼다.

그러나 유감스럽게도 광속성을 갖고 있지 않아서 어쩔 도리가 없었다.

연구할 자격이 없다고 말해도 될지도 모르겠다. 이 연구만은 광속성의 특권이라고 할 수 있는 테마였다.

더 덧붙이자면 현재는 성녀만이 재배할 수 있는 독점상태였다.

부디 그녀가 현재의 독점을 유지하지 않고, 더 나은 발전을 목표로 삼아주길— 개인적으로 바랐다.

"……흐으응."

그리고 쿠논이 모르는 사이에 시녀 지루니의 호감도가 올라갔다. 별난 아이가 진지하고 기특한 생각을 다 하는구나, 하고.

쿠논의 그 충고는 그야말로 지루니가 바랐던 것이니까.

—그러나 안타깝게도 그녀는 빈티지 와인을 주문했던 장본인인지라 쿠논의 마음속에서는 이미 호감도가 조금 낮아진 상태였다.

◆

거액의 거래와 값비쌌던 점심을 끝마친 뒤 다시 학교에 돌아왔다.

"어서 와. 어땠어?"

성녀의 교실에서 기다렸던 교사 스레야에게 거래 결과를 전했다.

"그래. 다행이네요."

특급 클래스 학생은 스스로 생활비를 벌어야만 한다.

성녀가 금전문제로 비명을 지르고 있었다는 사실을 알았던 스레야가 그 고민이 해소된 것을 기뻐해줬다.

"저랑 레이에스 양의 공동연구는 이쯤에서 그만둘까 합니다."

말이 나온 김에 이제부터는 쿠논이 영초 재배 연구에서 빠지기로 했다는 말도 전했다.

"선생님과 작별하자니 괴롭습니다만⋯⋯."

"그래. 쿠논 군은 속성이 다르니 어쩔 수 없겠네."

"아아―. 내일부터 스레야 선생님이랑 만날 수 없는 날이 있을지도 모르는데, 과연 난 버텨낼 수 있을까? 버텨낼 자신이 없는데에."

"우후후. 유부녀를 놀리면 못써요."

뭐, 어쨌든.

영초 시 시루라의 재배 연구는 일단 끝났다.

교사 스레야에게 연구 성과와 생장기록을 제공했다.

이제는 교사들이 세심히 검토하여 단위를 줄지 말지 결정한다.

―뭐, 영초를 재배하는 데 성공한 것은 역사에 이름을 남길 만한 위업이었다. 단위를 주지 않을 리가 없겠지.

"⋯⋯자."

성녀, 스레야 선생과 헤어진 뒤 쿠논은 복도로 나왔다.

일이 끝났다.

행크의 베이컨 제작도 끝났고, 리야의 「비행」도 보수를 지급했다.

성녀의 금전문제도 어떻게든 해결됐다.

그녀가 돈을 버는 기본적인 방법을 익혔으니 분명 자신이 나설 차례는 거의 없겠지.

ㅡ드디어 쿠논은 한가해졌다.

「수면」 사업을 궤도에 올렸고, 도서관에 소장 중인 책이 궁금해서 탐독하기도 했지만, 마술사로서의 활동은 아직 시작하지 않았다.

슬슬 무언가를 시작해도 좋을 시기였다.

아니, 단위를 취득하기 위해서라도 어떤 연구를 시작해야했다.

"일단 베일 선배를 만나러 가볼까."

맨 먼저 떠오른 사람은 『실력 파벌』 대표인 베일 카쿤튼이었다.

상담하고 싶은 일이 있어서 만나러 가기로 했다.

지금 만나러 가는 사람이 여성이 아니어서 아쉬웠지만, 쿠논의 발걸음은 가벼웠다.

에필로그　편지

친애하는 약혼자께.

요즘 뺨을 어루만지는 바람에서 가을이 느껴집니다. 어떻게 지내고 계시는지요?

그쪽에 별일은 없습니까?

전 개인적으로 제작했던 베이컨 보관고가 가득 차버려서 큰마음을 먹고 두 번째 베이컨 보관고를 만들지 고민하는 중입니다.

마술도시 디라싯크에서 보내는 생활이 시작된 지 한 달쯤 지났습니다.

드디어 학교생활에도 익숙해졌습니다.

지인도 생겼습니다.

여성 친구도 수십 명쯤 생겼습니다.

여러 여성을 알고, 여러 경험을 쌓고, 당신에게 걸맞는 신사가 되기 위해 나날이 정진하고 있습니다.

이제부터는 본격적으로 마술 공부가 시작됩니다.

휴그리아 왕국으로 돌아갈 만한 시간을 낼 수가 없어서 당신과 만나려면 몇 년은 지나야할 것 같습니다.

편지를 보내겠어요.

몇 통이든 몇 번이든 보내겠습니다.

절 잊지 말아주세요.

전 한시도 당신을 잊은 적이 없습니다.

전하께서 귀족학교 기사과에 전입하셨다고 들었습니다.

축하드린다고 말씀을 드려야할까요?

하지만 전 몹시 걱정됩니다.

매일 심신을 깎는 훈련을 받겠죠.

다치는 날도 있겠죠.

당신의 노력을 응원하고 싶지만, 당신이 괴로워하는 모습을 보고 싶진 않습니다. 뭐, 보이지는 않지만.

부디 무리만은 하지 마시길.

앞으로 점점 추워집니다.

부디 몸조심하시길.

당신의 쿠논 그리온이 영원한 사랑을 담아서

추신

학교 사람들이 곧잘 저의 신사다움이 잘못됐다고들 지적합니다.

전하께서는 어떻게 생각하나요?

추가 번외편 : 기사과 1학년 봄부터 여름까지의 궤적

"여러 일들이 있었구나……."

미리카가 깊은 감회를 담아 중얼거렸다.

학교에 갈 준비가 다 됐는데, 오늘만은 좀처럼 방에서— 테이블에서 떠날 수가 없었다.

원인은 눈앞의 테이블에 놓인 한 통의 편지 때문이었다.

봄이 지나고 마술학교로 떠났던 쿠논이 보낸 편지였다.

—여름도 막바지에 접어든 오늘.

휴그리아 왕국에서 떠난 지 3개월 넘어서야 비로소 쿠논이 미리카에게 편지를 보냈다.

기다리고 기다렸던 연락이었다.

쿠논은 「자리를 잡으면 편지를 보내겠다」고 했다. 아니, 미리카가 그렇게 말하고서 설득했다. 「익숙지 않은 곳에서 새로운 환경에 적응할 때까지 오로지 자신만을 생각하라」고. 마치 누나라도 된 것 같은 얼굴로 그렇게 말했다. 쿠논이 떠나자마자 이내 후회했다. 「자리를 잡는 대로 편지를 빨리 보내라」고 왜 말하지 않았을까? 실컷 자책했다.

그 약혼자가 보낸 편지가 드디어 도착했다.

그러나 현재 일정이 있어서 열어볼 수가 없었다.

그 대신에— 이 편지를 보고 있으니 어째선지 쿠논이 없어진 뒤 자신이 보내왔던 생활이 떠올랐다.

올해 봄부터 시작된, 미리카의 상급귀족학교 기사과 1학년 생활은…….

뭐, 순조롭다면 순조롭다고 할 수 있고, 순조롭지 않다면 순조롭지 않다고도 할 수 있는, 한 마디로는 표현하기 어려운 나날이었다.

그저 할 수 있는 말은 순식간에 지나가버렸다는 것뿐.

지금껏 어떻게 보내왔는지 돌이켜볼 수 없을 만큼 하루하루를 필사적으로 달려왔다.

……아니면 쿠논의 연락을 받지 못하는 불안감과 걱정을 속이기 위해 아무 생각도 나지 않게끔 스스로를 몰아붙였는지도 모르겠다.

"정말로 여러 일들이 있었네요."

―옆에 있는 전속시녀 로라도 감회가 조금 깊었다.

제9왕녀 미리카 휴그리아의 인생에서 봄부터 오늘에 이르기까지 여러 일들이 있었으니까.

아니, 정확히 말하자면 훨씬 예전부터인가?

재작년에 기사과 전과 신청을 놓치고 말았다.

작년에는 어떤 이유 때문에.

그리고 올해에 드디어 전과시험을 통과해서 무사히 기사과 소속이 됐다.

그 배후에서 꽤 여러 일들이 벌어졌다.

"지금도 리다리아 전하께서 방해를 하시나요?"

"방해라고 해야 하나, 가끔씩 괴롭히긴 해."

제5왕녀 리다리아는 올해 17살인 왕녀다. 미리카의 배다른 언니다.

어느 후작가 영식과의 약혼이 정해졌다. 그러나 뒤에서는 영식의 얼굴과 신분이 탐탁지 않다며 투정을 부리는 문제아였다.

"……그 여자."

이름이 나와서 얼굴까지 떠오르고 말았다.

"목소리에 살기가 배어 나와요."

그야 나올 수밖에 없겠지. 밖으로 나올 수밖에 없겠지.

벌레도 죽이지 못할 영애처럼 연약하게 웃는 리다리아 공주—라고 소문이 날 만큼 미소녀였다. 그러나 미리카에게는 밉살스럽기 그지없는 존재였다.

어디서 들었는지 모르겠지만, 왕궁마술사에게 인정받은 쿠논 그리온의 소문을 듣고서 미리카에게서 빼앗을 궁리만 했던 밉살스러운 언니였다.

그녀가 방해한 바람에 작년에는 기사과 전과 신청을 내지 못했다. ……뭐, 스스로를 단련한다는 의미에서도 1년이라는 시간은 필요했지만.

"귀족 노릇을 꽤 잘 하시네요, 리다리아 전하."

겉으로는 덧없고 연약한 미소녀 이미지를 지키면서도 배후에서는 독을 품는다.

양처는 아니더라도 현모가 될 그릇이긴 했다.

왕도에서 살아가는 고위귀족의 아내는 그래야만 헤쳐 나갈 수 있다고 생각했다.

그녀는 이미 늦었다.

작년이 아니라 재작년부터 움직이기 시작했다면 어쩌면 미리카에게서 쿠논을 정말로 빼앗았을지도 모르겠다.

"뭐야, 로라. 그 여자의 편을 드는 거야?"

"필요한 소질이 다르고, 이제 적도 아군도 아니에요."

—이제 곧 결혼하는 리다리아는 상대의 가문에 맞춰서 왕도를 중심으로 귀족사회에서 살아가게 되겠지.

그에 비해 미리카는 쿠논과 함께 어느 영지에 틀어박혀 그 지역을 위해서 심혈을 기울이게 되겠지. 적어도 몇 년은.

리다리아는 정치적 수완으로써…… 이른바 독을 품고서 정치적인 정보전을 벌여야 한다.

미리카는 약간의 정치적 수완과 더불어 힘으로써 여러 문제에 대처해야 한다.

요컨대 싸워야 할 주요무대가 다르다는 이야기였다.

그러나 승부는 정해졌다. 리다리아에게는 이미 시간이 없었다.

"그보다도 미리카 님, 슬슬 나가셔야 하지 않을까요?"

"응."

미리카는 일어섰다.

쿠논이 보낸 편지는…… 모든 것이 끝난 밤에 천천히 읽기로 하자.

"안녕하세요, 전하."

"안녕. 오늘도 잘 부탁해."

마부에게 인사를 하고서 마차에 올라탔는데—.

"늦어."

먼저 탑승한 손님이 불평했다.

"오늘은 계실 줄 알았어요. 오라버니."

그곳에는 제6왕자 라일 휴그리아— 미리카의 이복 오빠가 있었다.

미리카보다 한 살 많은 열다섯 살.

옛날부터 몸집이 큰 오빠였다. 그런데 요 몇 년 동안에 몸이 부쩍 커지고 다부져졌다. 조금 동안지만, 몸은 어엿한 성인이었다.

—악동 라일. 왕족이면서도 사납고 흉포하고 난폭한…… 터무니없는 문제아다.

겉으로는.

돌이켜보면 이 오빠와 어울린 뒤부터 미리카는…….

아니, 자신의 선택에 후회는 없었다.

후회는 없지만, 아쉬운 것이 없는 것도 아니었다.

뭐, 조금 복잡했다.

"준비는 다 됐냐? 다 됐지?"

마차가 움직이자마자 라일이 의기양양하게 웃었다.

"완벽해요. 실력은 모르겠지만, 마음만은 질 생각이 없습니다."

오늘은 학년별로 치러지는 기사과 하계 고사의 마지막 날이었다.

견습 기사들의 실력을 측정하기 위해 테스트가 치러진다.

뭐, 요컨대 승부의 날이라는 뜻이었다.

예의범절 평가와 필기시험도 있지만.

역시나 기사이므로 실력을 시험받아야 했다.

"잘 말했다. 그래야 『삼일월의 황웅단』의 부단장이지."

"하아……."

—서로 속내를 터놓은 지금은 이 오빠의 정체가 납득이 되는 듯도

하고, 안 되는 듯도 한데.

악동 라일의 정체는 모험가였다.

아니, 악동의 면모를 유감없이 발휘했던 귀족학교 시절에는 아직 모험가 지망생이었지만.

그 당시부터 라일은 모험가가 되기 위해 스스로를 단련했다고 했다.

악평을 뿌리고 다녔던 이유는 악동이라고 오해를 사야만 자신만의 시간을 만들기 쉬웠기 때문이었다. 아무도 다가오려고 하지 않는다면 남의 눈을 피해서 움직이기가 쉬우니까.

그렇게 자유를 얻어서 밤마다 변두리 술집에 가서는 모험가의 이야기를 듣거나, 단련을 받았다고 했다. 뭐, 그 부분은 평범한 악동 같긴 하지만.

─제6왕자라는 신분은 별로 대단치도 않으니 나 하나쯤은 괜찮겠지.

어렸을 적에 그렇게 결심한 뒤에 좋아하는 일…… 모험가가 되어 자유롭게 여러 땅과 나라를 돌아다니고 싶다고 뜻을 품었다나?

그런 그가 작년에 진짜 모험가가 됐다.

상급귀족학교에도 소속되어 있지만, 악동의 면모는 건재했다. 이따금씩 땡땡이를 치고서 어딘가에 간다고 했다.

1년 전.

미리카가 언니의 방해로 기사과에 들어가지 못했던 직후에 이 나쁜 오빠가 권유했다.

─「기왕 단련할 작정이라면 실전경험도 쌓아보는 게 어때?」하고.

라일은 강했다.

줄곧 단련해온 사람답게 다양한 전투법을 체득했다. 올곧은 기사

검술밖에 몰랐던 미리카는 정말로 놀랐다.

형식에 구애받지 않는 그 전투법에 검술 스승인 다리오 선즈도 탄식했다.

그리고 미라카도 그가 만든 모험가 그룹 「삼일월의 황웅단」의 일원이 됐다. 실전전투를 익히기 위해서였다. 어느새 부단장이 됐는데, 딱히 별 생각은 없었다.

참고로 귀족학교 시절에 라일과 함께 했던 악동 패거리 몇 명도 이 그룹의 멤버가 됐다.

그로부터 1년 동안 상급귀족학교 2학년 과정을 소화하면서 빈 시간에는 라일과 함께 모험가로서 여러 일을 해왔다.

그 결과, 악동 라일과 어울리는 불량공주 미리카…… 라고 불리기 시작했는데.

그 사실을 알았을 때는 이미 수습할 수가 없는 상황이었다.

기사과로 옮겼는데도 악평은 지워지지 않았고, 현재에 이르렀다.

체력적인 문제도 있어서 기사과로 옮긴 이후에는 모험가로서 활동하지 않았지만.

라일의 입장에서는 미리카는 지금도 모험가 동료 중 하나였다. 더욱이, 부단장이었다.

"기사과도 재밌을 것 같네."

"오라버니도 들어오면 좋을 텐데."

"싫어. 난 그런 고상한 검술에는 매력을 느끼질 못해."

모험가의 검과 기사의 검은 달랐다.

작년에 딱 일 년만 모험가로서 활동했던 미리카는 그 말의 의미를 잘 알았다.

—모험가의 전투는 언제나 목숨을 걸어야 한다.

그렇기에 철저히 필사적이었다.

말하자면 더럽게 싸워야만 했다.

그렇기에 오빠는, 모험가는 강했다.

"알겠냐? 1위를 노려야 한다? 우리 황웅단의 실력을 보여줘라, 부단장."

"예예, 열심히 할게요."

이 승부의 날에 약혼자가 편지를 보냈다.

뭐라고 해야 할까, 느낌이 좋다고 해야 할까? 징조가 좋다고 해야 할까.

어쨌든 미리카는 충분히 기합이 들어갔다.

시험으로 실력을 보여준 뒤 기분 좋게 쿠논이 보낸 편지를 읽고 싶었다.

—먼저 편지를 보지 않았던 것이 정답이었음을 이날 밤에 깨닫게 된다.

"적, 미리카 휴그리아!"

"예!"

심판을 맡은 교사가 호명하자 미리카가 앞으로 나왔다.

상급귀족학교 기사과의 교정에서 우천중지는 생각할 수도 없는 화창한 하늘 아래에서 하계 고사의 마지막 시험이 치러지고 있었다.

최종일 마지막 시험은 검술 승부.

성적순으로 어느 정도 나뉘어져 있었다. 필기 성적은 최고 수준인 미리카는 마찬가지로 상위권 학생과 맞붙게 됐다.

"백, 키아즈 후렉심!"

"옙!"

―역시 키아즈가 나왔구나. 미리카는 생각했다.

후렉심가는 대대로 기사를 배출해온 가문으로 그의 실력은 올해 기사과 1학년 중에서도 발군이었다.

체격도 타고났고, 유소년 때부터 갈고닦아온 검술은 대단히 예리했다.

솔직히 미리카에게 승산이 없었다.

언젠가 그의 검술을 보고서 한눈에 알아챘다. 실력 차가 꽤 난다는 것을.

정공법으로는 절대로 이길 수 없었다.

그렇다면 어떻게 해야 할까?

"잘 부탁한다."

키아즈는 아는지 모르는지 왕족인 미리카에게 흥미조차 없는 듯했다.

실제로 단순한 상대일 뿐이겠지.

미리카도 상당히 강해졌지만, 그가 의식할 만큼 강하지는 않겠지.

"나야말로."

서로 가볍게 인사를 나눴다.

기사과 1학년 모두가 지켜보는 앞에서 미리카와 키아즈가 목검을 쥐었다.

누가 보더라도 결과가 뻔한 승부였다.

두 당사자도 포함해서 말이다.

—그렇기에 승기가 있다고 미리카는 생각했다.

라일과 함께 쌓아왔던 모험가 경험을 이 승부에 쓰겠다.

마물과 마수는 대체로 사람보다 강하다. 그들을 상대할 때는 반드시 지혜와 지식, 전략이 필요하다.

미리카는 생각했다.

자신보다 강한 상대와 어떻게 싸울지.

"—시작!"

심판이 신호를 보내자 두 사람은 움직였다.

승기는 딱 한 번, 그것도 한순간.

그것을 잡지 못한다면 밑바탕의 차이 때문에 확실하게 질 것이다.

"큭……!"

키아즈의 검은 묵직했다.

미리카는 흘려내는 것만으로도 벅찼다.

체격차도 있고, 단순히 실력으로도 뒤처졌다.

그렇기에…… 승기가 있었다.

"—아닛?!"

실력 차를 느끼고서 힘으로 밀어붙였던 키아즈가 균형을 크게 잃었다.

이 하계 고사의 일전을 예상하고서 미리카는 키아즈의 정보를 은밀히 모았다.

전투방식과 버릇, 공격전략 등등.

꼼꼼히 관찰해왔다.

준비를 하지 않았다면 맞붙는 것조차 불가능했을지도 모르겠다.

견습 기사끼리의 승부라면 결과는 뻔했다.

그러나 모험가와 기사의 승부라면— 결과는 알 수 없었다.

"……결판!"

키아즈가 앞으로 고꾸라지며 순간 두 손을 땅바닥에 대는 추태를 보이고 말았다.

뒤를 돌아본 순간 미리카가 눈앞에 목검을 들이밀자 그는 놀랐다. 그와 동시에 패배가 선언됐다.

—키아즈가 밀어붙인 순간 미리카가 과감하게 앞으로 나섰다.

그것도 키아즈가 내디뎠던 다리에 몸을 날리는 형태로.

체격차가 여실해서 완력만으로는 도저히 감당할 수 없었다.

그러나 그러한 상대의 다리 하나쯤은.

그 정도는 미라카도 쓰러뜨릴 수 있었다.

그대로 한쪽 다리가 빠지자 키아즈가 앞으로 고꾸라졌는데—.

요컨대 키아즈는 미리카의 태클에 무너졌다.

기사답지 않은 불확정 기습이라고도 할 수 있는 계책에 제대로 걸려들었다.

"……좋아!"

상정한 대로 승리를 거뒀다.

세간의 평을 크게 뒤집는 기적 같은 대승이라고 할 수 있을지도 모르겠지만, 승리를 목표로 삼았던 미리카에게는 노림수가 제대로 먹혀들었을 뿐이었다.

체격과 실력 모두 차이가 현저했기에 칭찬을 받아 마땅한 결과였다.

그러나 주변에서 미리카에게 보낸 것은 웅성거림과 야유였다.

—그것도 상정한 대로였다.

애초부터 학생들이 싫어하고 꺼려해왔던 불량공주가 기사답지 않은 전법으로 올해 기사과 대표라고 할 수 있는 키아즈 후렉심을 격파했으니까.

진지하게 기사를 목표로 삼은 사람은 이 결과를 받아들이고 싶지 않겠지.

패배는 예상도 못 했는지 아연실색한 키아즈와 인사를 나눈 뒤 미리카는 씩씩하게 그곳을 떠났다.

—불량공주.

요즘에는 그렇게 불리는 게 꼭 기분 나쁘지는 않았다.

정공법을 취하는 기사도보다 이기는 기사도를 택했기에.

한 수 위의 상대를 이기는 결과를 갖고서 미리카는 기분 좋게 왕성의 본인 방으로 돌아왔다.

"—잘했다! 역시 우리의 부단장이다!"

어딘가에서 봤는지 돌아가는 마차 안에서 라일이 칭찬했다.

"—축하드립니다."

검술 스승인 다리오도 칭찬해서 기분이 더욱 좋아졌다.

뭐, 오늘쯤은 들떠도 되겠지.

왜냐면 이겼으니까.

그리고 약혼자가 보낸 편지도 기다리고 있으니까.

훈련을 급히 마친 뒤 욕조에 몸을 담그고서 저녁을 먹었다.

미리카는 모든 일과를 마치고서 끝내 드디어 비로소.

약혼자가 보낸 편지를 열어볼 준비를 마쳤다.

"친애하는 약혼자께, 래."

편지를 열어보고서 미리카가 웃었다.

요즘에 부쩍 어른스러워진 열네 살짜리 소녀가 아이처럼 천진하게 웃었다.

아이가 아니라 어른을 대하는 태도로 조금씩 전환하고 있는 시녀 로라도 주인이 오랜만에 아이처럼 웃자 흐뭇해했다.

"쿠논 군, 여전히 베이컨을 좋아하네."

그의 좋아하는 음식 이야기가 나왔다.

쿠논의 생일에 맞춰서 미리카와 함께 몰래 변두리에서 최고급 베이컨을 주문하러 갔던 적도 있었지. 로라는 그 기억이 떠올랐다.

"쿠논 군이 여길 떠나고, 그쪽에서 준비하고, 학교생활을 시작한 지 3개월이나 지났구나……."

돌이켜보니 순식간이었다.

그러나 쿠논이 없었던 이 3개월은 본인이 원치 않아도 미리카를 어른으로 만들어 준 것 같다고 로라는 생각했다.

아직도 어린애였다면 그의 부재를 견디지 못했을 테니까.

"지인도 생겼대. 쿠논 군, 친구가 없다고 했으니까."

유소년 때 쿠논은 방에 틀어박히기만 했으니 어쩔 수 없었다.

"여성 친구도 수십 명…… 어?"

—로라가 평온하게 들을 수 있었던 대목은 거기까지였다.

"여, 여성 친구도, 수십 명, 생겼다……?"

분노인지 질투인지 무엇인지.

어쨌든 동요하여 부들부들 떠는 미리카의 뒤에서 로라가 편지를 들여다보고서…… 그렇구나, 하고 고개를 끄덕였다.

확실히 그렇게 적혀 있었다.

그의 편지에 「여성 친구도 수십 명쯤 생겼습니다」라고 적혀 있었다.

—뭐, 쿠논의 성격으로 헤아려보건대 그럴 만도 한 느낌이었다.

"괜찮아요, 미리카 님."

"뭐가 괜찮다는 거야?! 이거, 하나도 안 괜찮은데?!"

쿠논과 결혼하기 위해 노력해왔고, 필사적으로 기사가 되려고 하는 미리카의 입장에서는.

그가 바람을 피우는 것을 절대로 용납할 수 없겠지.

그렇지 않더라도 용서하기 어려운 면도 있다—. 어쨌든 미리카를 슬프게 한다면 로라도 좌시하지 않을 것이다.

"괜찮아요. 편지에 적을 만한 관계이니 전혀 위험하지 않다는 뜻입니다."

"진짜로?!"

"예. 남자가 갑자기 상냥해지면 위험합니다만, 이 편지에는 쿠논 님다운 느낌밖에 느껴지질 않거든요."

마음에 걸리는 한 문장에 연연해하는 미리카보다 먼저 로라가 앞 내용을 읽어버렸다.

괜찮다.

그 편지에는 미리카를 향한 애정으로 가득했다.

"……여성 친구가 수십 명이라……."

편지를 다 읽고서 미리카가 떨떠름한 얼굴로 중얼거렸다.

아이다움은 터럭만큼도 없는, 철저히 어른스러운 얼굴이었다.

여성 친구가 수십 명.

자꾸만 마음에 걸리는 문장이었다.

"……아침에 읽지 않길 잘 했어."

이런 심정으로 하계 고사에 임했다면 시합을 제대로 할 수 없었을 지도 모르겠다.

편지로 「여성 친구들은 어떤 사람?」이라고 넌지시 물어볼까?

아니, 어떤 대답이 돌아올지 너무 무서웠다.

도저히 언급할 수 없었다.

미리카는 고민하면서 답장을 썼다.

쿠논이 보낸 편지를 읽으면서 느꼈던 미묘한 뒷맛이 답장에 배지 않도록 주의하면서.

■작가 후기

여러분, 처음 뵙겠습니다. 초면이 아닌 분은 안녕하세요. 미나미노 우미카제입니다.

2권입니다. 「3권인가?」, 「혹시 1.5권인가?」 하고 의심하는 분도 계실지 모르겠지만, 걱정하실 필요 없습니다. 이 작품은 틀림없이 2권입니다. 안심하고서 계산대로 가져가주십시오.

이번에는 본편 분량 때문에 후기를 주절주절 쓸 수가 없습니다. 뭐, 작가가 주절거리는 이야기 따윈 아무도 원치 않으니 뭐, 괜찮지 않나 싶기도 하지만, 그건 그것대로 허전한지라 쓸데없는 이야기를 꽉꽉 눌러 담아서 써볼까 생각해봤습니다만, 쓸데없는 이야기를 할 공간도 없고 억지로 써본들 작가의 텅텅 빈 필력이 들통날 것 같으니 역시나 길게 쓰는 것보다는 짧은 편이 더 나을 것 같군요.

일러스트를 맡아주신 Laruha선생님, 이번에도 일러스트를 근사하게 그려주셔서 감사합니다.

월간 코믹 얼라이브에서 La-na선생님이 맡아주신 만화판도 시작됐습니다. 소설과는 다른 재미가 틀림없이 당신을 습격할 겁니다. 꼭 체크해보세요.

제가 실수한 바람에 마감일이 크게 미뤄지고 말았습니다. 담당자 O씨, 민폐를 끼쳐드렸습니다.

그리고 응원해주시는 독자 여러분, 정말로 감사합니다.
그럼 여러분, 다음에는 꼭 3권에서 만날 수 있기를!

마술사 쿠논은 보인다 2

초판 1쇄 발행 2023년 12월 20일

지은이_ Umikaze Minamino
일러스트_ Laruha
옮긴이_ 박춘상

발행인_ 최원영
편집장_ 김승신
편집진행_ 권세라 · 최혁수 · 김경민 · 최정민
편집디자인_ 양우연
관리 · 영업_ 김민원

펴낸곳_ (주)디앤씨미디어
등록_ 2002년 4월 25일 제20-260호
주소_ 서울시 구로구 디지털로 26길 111 JnK디지털타워 503호
전화_ 02-333-2513(대표)
팩시밀리_ 02-333-2514
이메일_ lnovellove@naver.com
L노벨 공식 카페_ http://cafe.naver.com/lnovel11

MAJUTSUSHI KUNON WA MIETEIRU Vol.2
ⓒUmikaze Minamino, Laruha 2022
First published in Japan in 2022 by KADOKAWA CORPORATION, Tokyo.
Korean translation rights arranged with KADOKAWA CORPORATION, Tokyo.

ISBN 979-11-278-7320-2 04830
ISBN 979-11-278-6877-2 (세트)

값 11,000원

나에겐 이 어둠이 아늑했다 1~3권

호지자키 콘 지음 | Niθ 일러스트 | 박춘상 옮김

"하하⋯⋯. 진짜냐⋯⋯."
이세계에서 히카루를 기다리고 있었던 것은 시야를 가득 메운 광대한 숲.
농밀한 기운이 감도는, 흉악한 마물을 잉태한 대자연이었다―.
어느 날 갑자기 모든 세계에 울린 「신」의 목소리.
그 내용은 「무작위로 선발된 천 명을 이세계로 보내
그 모습을 모든 세계에 실시간 방송한다」는 것이었다!!

―바라든 바라지 않든 모든 행동이 전 인류의 구경거리가 되는 특수한 「이세계」.
걸려 있는 목숨의 수조차 [조회수=기프트]로 바뀌는 무자비한 세계에서
억 단위의 시선들에 노출된 채 수없는 위기에 직면하면서도
히카루는 어둠의 정령의 총애를 받고, 궁지에 몰린 소녀 검사를 구해내
살해당한 소꿉친구의 모습을 찾아 죽음이 도사리는 세계를 헤쳐 나간다!!

구울이 세계를 구했다는 것은 나만이 알고 있다 1권

카토 묘진 지음 | 코메시로 카스 일러스트 | 박춘상 옮김

"난 용사 따위가 아냐. 괴물을 먹어치우는 괴물이다."
흉악한 마물들이 득실거리는 혼돈의 세계—
멸망해가는 인류 최후의 요새인 성도에
용사의 칭호를 이어받은 「마물」이 있었다.
첫 『미궁』 탐색에서 견인 떼에
습격을 받은 신참 모험가 앨리스.
그녀의 목숨을 구해준 자가 바로 마물의 몸을 가졌으면서도
인간의 마음을 가진 3대 《구세》의 용사, 레온이었다.

세상이 버린 용사와 소녀가 그려내는 다크 판타지, 개막!

라이트노벨의 새로운 빛! L북스의 신간은 매월 20일에 발매됩니다. http://cafe.naver.com/lnovel11

전 세계 1위의 서브 캐릭터 육성 일기
~폐인 플레이어, 이세계를 공략 중!~ 1~5권

사와무라 하루타로 지음 | 마로 일러스트 | 이승원 옮김

일개 온라인 게임에 인생을 걸어 버린 남자, 사토 시치로.
세계 랭킹 1위로 군림하던 그는 이상야릇하게도
자신이 하던 게임과 꼭 닮은 세계로 전생한다.
하지만 그 모습은 전혀 육성해 두지 않았던
창고용 서브 캐릭터 「세컨드」인데?!
세계 1위의 지식을 이용해
초고효율로 경험치 벌이&스킬을 습득하는 세컨드.
얼간이 여기사와 천진난만한 고양이 수인을 동료로 삼아,
팍팍 육성하며 최강 파티를 결성한다!!

그가 동료들과 함께 추구하는 목표는 단 하나—
세계 1위!!

나는 모든 것을 【패리】한다 1~4권

나베시키 지음 | 카와구치 일러스트 | 김성래 옮김

재능 없는 소년.
그렇게 불리며 양성소를 떠났던 남자 노르는
홀로 한결같이 방어 기술 【패리】의 수행에 열중하며 살았다.
그러던 어느 날, 마물에게 습격당한 왕녀를 구하게 되며
운명의 톱니바퀴는 뜻밖의 방향으로 돌기 시작한다.
밑바닥 랭크의 모험가임에도 불구하고 왕녀의 교육자로 발탁되었는데…….
본인이 지닌 공전절후의 능력을 아직껏 노르 혼자만이 알지 못한다…….

무자각의 최강은 위기에 빠진 왕국을 구원할 수 있는가?